À propos de l'auteur

Diplômée de l'École de journalisme de l'université de l'Ohio, Sherryl Woods a travaillé dix ans pour les pages culturelles de divers quotidiens d'Ohio et de Floride, avant de se consacrer à sa carrière de romancière. Elle est une habituée des listes des meilleures ventes du *New York Times*.

La mélodie de Noël

SHERRYL WOODS

La mélodie de Noël

Traduction française de

DOMINIQUE TRUFFANDIER

HARLEQUIN

Titre original :
A SEASIDE CHRISTMAS

Ce roman a déjà été publié en 2014

HARPERCOLLINS FRANCE
83-85, boulevard Vincent-Auriol, 75646 PARIS CEDEX 13
Service Lectrices — Tél. : 01 45 82 47 47

www.harlequin.fr

ISBN 978-2-2804-1867-6

1

Quand Jenny Collins s'engagea dans Main Street, en direction de la baie de Chesapeake, sa première impression fut que Chesapeake Shores avait été figée dans le temps. Les boutiques aux vitrines accueillantes et délicieusement surannées, qui attendaient encore d'être décorées en vue des fêtes de fin d'année, n'avaient presque pas changé depuis son enfance. Après Flowers on Main, qui appartenait à Bree O'Brien, la femme de son oncle Jake — que Jenny considérait comme son amie autant que sa tante —, venait la librairie de Shauna, avec qui elle avait un lien de parenté par l'intermédiaire des O'Brien. Ensuite, il y avait le café de Sally, Seaside Gifts et, enfin, Ethel's Emporium, où l'on trouvait de tout, confiseries à un sou comme tenues de plage voyantes.

La boutique de Bree et la librairie étaient les commerces les plus récents. Quant aux autres magasins, ils existaient depuis la fondation de la ville. Ethel elle-même était une sorte d'institution, une femme qui était au courant de tout... et ne gardait rien pour elle.

Jenny poursuivit son chemin comme si elle était la spectatrice d'un vieux film. C'était Bree qui avait réussi à la convaincre de revenir dans la ville de son enfance, qu'elle évitait soigneusement depuis plusieurs années. Aucun des membres de sa famille n'avait jamais cru aux prétextes qu'elle invoquait pour justifier ses absences. Ses études prenantes, puis le début de sa carrière d'auteur-compositeur à Nashville lui avaient fourni des excuses plausibles mais qui commençaient à avoir fait leur temps.

A la vérité, elle avait pris ses distances parce qu'elle avait été incapable d'accepter le remariage de sa mère avec Thomas O'Brien — qui était bien plus âgé qu'elle —, et la naissance de Sean, son demi-frère. Le monde stable et sûr dans lequel elle avait grandi avait changé du tout au tout, et elle n'avait pas su trouver sa place dans ce nouveau monde. La fuite et l'éloignement avaient été pour elle la seule solution.

Bien sûr elle était la première à reconnaître que l'intense jalousie qu'elle avait éprouvée parce qu'elle n'avait plus sa mère pour elle toute seule ne lui faisait pas honneur. Mais qu'y pouvait-elle ? Pendant longtemps, après le départ de son père, sa mère et elle avaient formé un véritable duo de choc, avec son oncle Jake comme seul soutien. Et cette façon de vivre lui plaisait — même quand sa mère lui faisait perdre jusqu'à son dernier lambeau de patience à force de la surprotéger !

Mais c'était une époque révolue...

Elle baissa la vitre de la voiture, s'enivra du parfum piquant et familier de l'air marin et soupira. Même si ce séjour devait se révéler pénible, c'était incroyablement bon d'être à la maison. Elle se sentait apaisée, comme si une part d'elle venait de lui être rendue.

Les yeux rivés à l'océan qui scintillait sous un soleil timide, elle repensa aux innombrables fois où sa mère lui avait dit combien elles devaient s'estimer heureuses que cette ville soit leur foyer, et que la baie de Chesapeake — que Thomas aimait passionnément et à laquelle il se consacrait dans le cadre de son travail — était un estuaire magnifique en même temps qu'un véritable trésor national. Elle ne s'en était pas rendu compte à l'époque, mais en un jour comme celui-ci, elle le comprenait pleinement. Elle pouvait même admettre qu'elle admirait les efforts que faisait Thomas pour préserver la baie.

Un coup d'œil à la pendule de la voiture lui apprit qu'elle avait du retard sur l'horaire qu'elle s'était fixé. Elle prit la direction du théâtre dont Bree était la propriétaire et qui, bien plus que la boutique de fleurs, était sa véritable passion. Bree avait écrit une pièce de Noël, et Jenny lui avait promis de composer quelques chansons pour son spectacle. Elle n'avait pu résister à la perspective de cette collaboration qui lui permettrait peut-être de faire découvrir ses chansons à un public entièrement nouveau.

Cette occasion lui avait aussi fourni une excuse parfaite pour fuir Nashville en cette période de fêtes. L'année précédente, après sa rupture avec la superstar Caleb Green, elle avait tenu bon, essentiellement pour prouver à tout le monde qu'elle allait très bien. Mais affronter une seconde année de solitude à cette époque si particulière de l'année ? Elle n'avait tout simplement pas pu s'y résoudre.

Une fois dans le théâtre, elle ôta son manteau et se dirigea vers la salle de répétitions, où résonnaient des cris et des rires d'enfants, entrecoupés de quelques applaudissements. Elle entra dans la salle juste au moment où le silence se faisait. Un océan de jeunes visages fascinés étaient levés vers Bree. Cette dernière, qui avait dépassé la trentaine mais semblait bien plus jeune, avait ramené sa masse de cheveux roux foncé en une queue-de-cheval lâche d'où s'échappaient des boucles aux reflets éclatants encadrant son visage d'une pâleur de porcelaine.

— Et, une fois encore, la ville tout entière fut

gagnée par la magie de cette période de l'année, conclut-elle avec un geste théâtral.

Les enfants, parmi lesquels Jenny reconnut bon nombre de membres de la dernière génération O'Brien, applaudirent avec enthousiasme. Devant tant d'exubérance, le visage de Bree se fendit d'un sourire qui s'élargit encore quand elle nota la présence de Jenny, au fond de la salle. Elle se leva d'un bond, laissant à deux jeunes femmes le soin de s'occuper des enfants, et courut jusqu'à elle. Les deux jeunes femmes firent un signe de la main à l'adresse de Jenny qui se rendit compte, avec un léger choc, qu'il s'agissait des deux filles jumelles d'Abby, la sœur de Bree.

— Bienvenue à la maison ! lança Bree en la serrant dans ses bras.

— Merci.

D'un signe de la tête, elle désigna les jumelles et demanda :

— Caitlyn et Carrie ?

Bree rit de sa stupéfaction.

— Eh oui ! Est-ce que tu peux y croire ? Elles ont tellement grandi ! Abby n'arrive toujours pas à s'en remettre. Quant à Trace, j'ai bien peur qu'il ait du mal à admettre qu'elles sont maintenant assez grandes pour sortir avec des garçons et pour se retrouver seules à l'université. Il a établi une liste longue comme le bras de règles qu'elles doivent suivre chaque fois qu'elles rentrent pour les vacances. Les filles sont persuadées qu'il se croit encore au Moyen Age. Elles m'ont montré la liste, et… elles pourraient bien avoir raison !

Jenny éclata de rire.

— J'imagine. Elles ne sont peut-être pas ses filles biologiques, mais Trace a toujours été aussi protecteur que si elles l'étaient.

— Il est bien pire que leur père, qui a toujours cédé à tous leurs caprices pour se faire pardonner de ne pas être là, fit remarquer Bree. Pardon ! Je n'aurais pas dû dire ça, ajouta-t-elle vivement avec une grimace.

Jenny haussa les épaules.

— Ma relation avec mon père est ce qu'elle est. J'ai fini par accepter qu'il ne se souciait absolument pas de moi ou de ma vie. Il y a des années qu'il ne m'a pas envoyé de carte pour mon anniversaire, et encore plus longtemps qu'il ne m'a pas appelée.

— Mais tu as un beau-père qui se soucie de toi, lui rappela Bree. Mon oncle Thomas veut vraiment tenir une place dans ta vie, et…

Jenny leva une main en signe d'avertissement.

— Ne parle pas de ça, d'accord ?

— Comme tu voudras. Ce n'était qu'une remarque en passant. Il n'empêche que Thomas est un homme génial, et que c'est une bonne chose de l'avoir dans son camp.

Mais Jenny ne voulait pas aborder le sujet ;

tout au moins pas dans l'immédiat, car il allait bien falloir l'évoquer un jour.

Elle balaya la salle du regard, et se rendit compte que Bree et elle étaient la cible de l'attention de certains des enfants, dont son demi-frère. Sean Michael O'Brien, qui avait eu quatre ans quelques mois plus tôt, la dévisageait, l'air perplexe, comme s'il n'était pas tout à fait sûr de savoir qui elle était, mais qu'il sentait qu'il aurait dû la reconnaître. Avec ses boucles d'un roux éclatant et ses yeux bleus, c'était incontestablement un vrai O'Brien. Les gènes des Collins n'avaient pas été de taille à rivaliser avec son hérédité irlandaise.

Jenny se tourna de nouveau vers Bree, bien décidée à alléger l'atmosphère et à diriger la conversation sur un sujet moins épineux que la famille.

— Tu as donc présenté ton histoire sur un public exclusivement O'Brien ? lança-t-elle, moqueuse. Tu ne prends pas trop de risques.

— Que veux-tu, il y a beaucoup de jeunes, dans la famille O'Brien. Ils forment un groupe idéal sur lequel tester mon histoire afin de m'assurer qu'elle plaira à tous les âges. Et mes sœurs et belles-sœurs y gagnent un moment de baby-sitting gratuit. Maintenant que leur carrière est en plein essor, le temps est une denrée précieuse pour elles, à cette époque de l'année.

Elle hésita un instant avant de reprendre :

— Mais viens dire bonjour. Emily Rose et Sean sont vraiment impatients de te voir.

Même si Jenny avait hâte de voir Emily Rose, la fille de Bree et Jake, elle ne put s'empêcher de se raidir à la mention de son jeune frère. Cette réaction l'emplit d'une honte qui fut encore amplifiée par le regard entendu que Bree posait sur elle.

— Ne fais pas payer à Sean la rancune injustifiée et toutes les émotions conflictuelles que tu ressens, Jenny. Ce serait injuste.

— Je sais, murmura Jenny, rougissant sous l'intensité de l'examen dont elle faisait l'objet. C'est juste que je ne sais pas comment me comporter avec lui. Je n'ai pas l'impression d'être sa grande sœur.

— Parce que tu as choisi de te tenir à l'écart. Tu fais pourtant partie de sa famille, Jenny. Sean est ton petit frère. Les faits sont là, tu dois les accepter.

— Je ne suis pas une O'Brien, répliqua-t-elle comme si c'était tout ce qui importait.

Et par beaucoup de côtés, c'était le cas pour elle.

— Va dire ça à mon père ! s'exclama Bree en riant. Voilà deux ans qu'il ronge son frein et menace d'aller à Nashville pour te ramener à la maison manu militari. Il n'aime pas voir de scissions au sein de la famille, surtout depuis que maman et lui ont réglé leurs différends et sont revenus ensemble, et que nous nous sommes tous mis d'accord pour pardonner à maman, nous aussi. Maintenant, il s'attend à ce que la paix et l'harmonie règnent au royaume des O'Brien.

Jenny sourit ; elle n'en était pas étonnée. Mick O'Brien était une force de la nature qui avait littéralement construit Chesapeake Shores aux côtés de ses deux frères, Thomas — qui était maintenant son beau-père —, et Jeff. Il avait tendance à penser que cela lui conférait le droit d'exercer son contrôle sur tout ce qui se passait non seulement au sein de la famille, mais dans la ville tout entière.

— Et qu'est-ce qui l'a empêché d'aller jusqu'à Nashville ? demanda-t-elle, sincèrement curieuse.

— Demande plutôt « qui », répondit Bree. Mamie, bien sûr. Nell lui a dit, ainsi qu'à nous tous, que tu avais dû faire face à beaucoup de changements dans ta vie, que tu n'étais pas le premier membre de la famille à avoir besoin de respirer un peu, et que tu rentrerais quand le moment te semblerait propice. Je suis à peu près certaine qu'elle faisait allusion à la longue absence de ma mère, et que ce n'était que pour bien se faire comprendre de papa.

— Mais toi, tu as quand même décidé de me *forcer la main* en me proposant d'écrire les chansons de ta pièce de Noël.

Bree rougit.

— Eh bien… on peut voir ça comme ça, oui.

En fait, je n'ai fait que saisir l'occasion, qui me semblait tomber à pic. Même si tu n'en as rien dit, la vie à Nashville n'a pas dû être facile pour toi, depuis ta rupture avec Caleb. Vous étiez indissociables l'un de l'autre, dans votre métier comme dans la vie de tous les jours. Ce doit être pénible de continuer à évoluer dans le milieu de la musique country en sentant tous les regards braqués sur toi.

Jenny ne chercha même pas à démentir. Elle avait eu bien du mal à ignorer les regards et les questions un peu trop personnelles, et il lui avait été encore plus difficile de donner l'impression que Caleb ne lui manquait pas.

— Cette pause arrive à point nommé, reconnut-elle simplement. Cela ne fait aucun doute.

— Parfait ! Car j'en avais assez de montrer des photos de toi à ma fille et à ton frère pour m'assurer qu'ils te reconnaîtraient. Tu vois ce que je veux dire ? Le timing est parfait.

A cet instant, une fillette s'approcha en sautillant et posa sur Jenny un regard sévère. Avec ses cheveux roux emprisonnés dans deux tresses, dont seule l'une était encore retenue par un ruban, on aurait dit une version miniature de Bree. Elle tenait fermement la main de Sean dans la sienne, et tout dans son attitude indiquait qu'elle voulait le protéger, comme si elle avait saisi les courants sous-jacents qui tourbillonnaient autour d'eux.

— Tu es Jenny, affirma la fillette d'un ton empli de certitude.

— C'est bien moi, oui.

— Donc je suis ta cousine, comme avec Sean.

Malgré sa gêne, Jenny sourit et répondit :

— Tu as tout à fait raison.

— Tu habites à Nashville et tu écris de la musique, poursuivit Emily Rose, comme si elle récitait un petit discours bien répété. J'ai entendu tes chansons à la radio. Je peux en chanter quelques-unes.

— Moi aussi, intervint Sean d'une petite voix timide. Maman les écoute tout le temps à la maison. Elle m'a dit que c'était ma sœur qui les avait écrites. Parfois, elles la font pleurer.

Jenny sentit ses propres yeux s'emplir de larmes à cette révélation innocente.

— Pourquoi est-ce que je t'ai jamais vue ? demanda le petit garçon.

Jenny, qui n'en menait pas large, s'agenouilla pour pouvoir le regarder dans les yeux.

— Tu m'as déjà vue, répondit-elle. Mais tu étais trop petit pour t'en souvenir, c'est tout.

Elle repensa au jour où il était né, interrompant un mariage O'Brien — un double mariage, même. Ce jour-là, tandis que les yeux de sa mère et de Thomas étincelaient de bonheur, elle s'était sentie tellement humiliée qu'elle aurait voulu mourir. Elle savait que c'était là une réaction affreusement puérile, mais elle n'avait pas pu l'empêcher. Certains sentiments ne relevaient tout simplement pas de la logique.

— Mais y a longtemps que je suis grand, répliqua Sean, l'air perplexe.

— C'est vrai, reconnut-elle.

Elle prit une profonde inspiration et, parfaitement consciente du regard attentif que Bree posait sur elle, ajouta :

— Peut-être que nous allons pouvoir rattraper le temps perdu pendant mon séjour.

— Tu vas habiter chez nous ? demanda-t-il. Ta chambre est juste à côté de la mienne. C'est maman qui l'a dit. Je n'ai pas le droit d'y entrer. Elle a peur que je fasse des bêtises.

Stupéfaite, Jenny jeta un regard affolé vers Bree. Séjourner chez sa mère et Thomas ? Ce n'était pas ce qui avait été convenu. Elle avait encore besoin de temps pour s'habituer aux changements qui étaient survenus dans sa famille au cours des années précédentes. Revenir ici n'était que le premier pas. Elle n'était pas encore prête pour l'étape suivante.

Bree posa la main sur l'épaule de Sean.

— Jenny va habiter chez Jake et moi, mais tu la verras tout le temps, promit-elle.

Le visage de Sean s'allongea, mais Emily Rose poussa un cri de joie.

— Ma puce, lui dit Bree, si tu allais avec Sean

manger l'un des cookies de Mamie Nell tant qu'il en reste ? Jenny et moi devons régler quelques détails.

Jenny attendit que les deux enfants se soient éloignés avant de se tourner vers Bree.

— Je n'ai accepté de venir que parce que tu m'as invitée à séjourner chez toi et oncle Jake. Tu n'as pas changé d'avis, au moins ?

— Bien sûr que non, répondit Bree. J'ai juste pensé que tu voudrais peut-être y réfléchir. Ta mère sera anéantie si tu ne vas pas chez toi, et tu le sais.

— Je ne suis pas chez moi, dans cette maison, répliqua-t-elle sèchement. Je n'y ai jamais passé une seule nuit.

Son chez-elle, c'était la petite maison dans laquelle avaient été élevés sa mère et Jake, et où elle avait grandi, elle aussi.

— Et à qui la faute ? demanda Bree. C'est la maison que Thomas a construite pour ta mère et sa famille. Et tu as beau essayer de le nier et te tenir à l'écart, tu fais partie de cette famille, Jenny.

— Je fais aussi partie de *ta* famille. Je préfère venir chez toi et oncle Jake.

Bree hocha la tête, mais sans chercher à masquer sa déconvenue.

— Comme tu veux, ma belle. Tu es toujours la bienvenue chez nous, et tu le sais.

— Merci, Bree.

— De rien. Mais si tu me trouves insistante,

attends d'avoir vu ton oncle. Cette situation lui déplaît vraiment, tu sais. Il pense qu'il est grand temps que ta mère et toi fassiez la paix.

— Je suis certaine qu'il pense que tout est de ma faute, que je suis trop têtue et puérile.

Bree essaya en vain de réprimer un sourire.

— C'est toi qui le dis, mais… oui, il a fait ce genre de remarque, reconnut-elle. Je vois que tu le connais bien.

Jenny soupira. Soudain, la perspective de passer quelques jours chez Bree et Jake ne lui sembla pas beaucoup plus attrayante que celle de les passer chez sa mère et Thomas.

— Je devrais peut-être prendre une chambre à l'auberge, suggéra-t-elle.

L'établissement était lui aussi tenu par une O'Brien, mais elle s'y trouverait peut-être en terrain plus neutre.

— Hors de question, répliqua Bree. Tu n'aurais même pas eu le temps de défaire tes valises que Jake serait déjà là pour te traîner jusque chez nous.

— Mais tu pourrais l'en empêcher, non ? demanda-t-elle sur un ton plaintif. Je sais qu'il t'écoute.

Bree se contenta de rire.

— Je suis peut-être une O'Brien, mais ton oncle n'est pas du genre à se dégonfler. Il sait précisément comment obtenir ce qu'il veut, et je plains celui qui ose se mettre en travers de son chemin.

De toute façon, comme je suis d'accord avec lui sur ce point, je n'essaierai même pas de l'arrêter.

— Tu es vraiment sensible à son charme, on dirait.

— Bien sûr, que je le suis ! répondit Bree sans se faire prier. Mais j'ai vu des femmes plus fortes que moi se laisser convaincre de changer d'avis après deux ou trois petites discussions avec Jake.

Jenny se borna à lever les yeux au ciel. Enfant, elle avait idolâtré son oncle, mais elle était à peu près certaine de pouvoir lui tenir tête, maintenant.

— Je suis prête à l'affronter, affirma-t-elle.

A la vérité, elle était impatiente de mesurer sa volonté à celle de son oncle. Dès l'instant où elle était arrivée en ville, elle avait ressenti une pointe de nostalgie, pour la première fois depuis des années, mais très vite, elle s'était sentie ballottée sans cesse entre ses émotions. Rien de tel qu'un bon affrontement pour occuper son esprit.

Caleb Green, jadis membre de l'un des groupes de musique country les plus célèbres du pays et lauréat d'une demi-douzaine de CMA Awards et de deux Grammys, était assis dans la pénombre d'un club bondé, dans les faubourgs de Nashville. Il était venu assister à un spectacle dans lequel se produisait un jeune artiste de sa connaissance. Et ils espéraient tous deux que cela déboucherait sur un contrat d'enregistrement. Ce genre de spectacle était la façon habituelle d'amener les agents et les maisons de disques à venir écouter les talents en devenir.

Caleb avait assisté à quelques-unes des répétitions de Ricky Nolan, mais il ne l'avait jamais entendu chanter la ballade qu'il interprétait maintenant pour conclure son tour de chant.

Il se redressa, troublé. Il n'y avait aucun doute ; il savait qui avait composé cette chanson. Seule Jenny Collins pouvait, par ses mots et ses notes, arracher le cœur d'un homme et l'emplir de regrets. N'était-ce pas ce qu'elle avait fait sur les nombreux succès de son groupe ? Leur collaboration avait été une véritable mine d'or. Toutes les chansons qu'ils avaient écrites ensemble, dans lesquelles ils mariaient la country et la pop afin de toucher un plus large public, avaient grimpé aux premières places des hit-parades en moins de deux.

Le spectacle prit fin, et Caleb se détendit — ou, du moins, essaya de se détendre. Ricky était maintenant entouré d'un cercle d'admirateurs parmi lesquels se trouvait Ken Davis, l'un des agents les plus importants dans le milieu de la musique country. Caleb n'avait jamais travaillé avec Ken, mais il le connaissait bien. Aussi avait-il décroché le téléphone pour lui demander, comme un service personnel, de passer ce soir. Il ne savait trop s'il jouissait encore d'assez de crédit pour se permettre de l'appeler, car beaucoup de gens, à Nashville, l'avaient rayé de leurs listes au cours de l'année qui venait de s'écouler. Mais Ken avait pris son appel, ce qui était encourageant, et avait été suffisamment convaincu par les éloges qu'il lui avait faits au sujet de la voix de Ricky pour venir ce soir. Voilà qui lui redonnait de l'espoir. Peut-être que tout le monde ne le considérait pas comme un paria, en fin de compte, et qu'il avait encore un avenir dans le métier. Ken Davis semblait encore se fier à son jugement, du moins pour ce qui était de découvrir de nouveaux talents.

Mais même s'il était sincèrement heureux pour Ricky, Caleb ne put s'empêcher de ressentir une pointe de jalousie en repensant à la chanson poignante que le jeune chanteur avait interprétée. D'instinct, il savait que cette chanson était exactement celle qui lui permettrait de faire redémarrer sa carrière, qu'il avait brisée en commettant toute une série d'erreurs ; comme tourner le dos à Jenny et lui briser le cœur. En ce qui concernait Jenny, il ne pensait pas qu'elle lui pardonnerait un jour cette rupture très publique. Il lui avait été infidèle, ce qui était déjà assez grave ; mais en plus, il l'avait humiliée, ce qui était impardonnable.

En ce qui concernait sa carrière, en revanche…

Dès que l'agitation qui régnait dans le club s'apaisa un peu et qu'un autre interprète fut monté sur scène, Ricky vint rejoindre Caleb au fond de la salle.

— Alors ? Qu'est-ce que tu en dis ?

Toute la bravade que Ricky avait déployée sur scène avait à présent disparu, et il ne restait plus qu'un gamin de dix-neuf ans qui venait chercher l'approbation de quelqu'un en qui il avait confiance.

Ricky n'avait que seize ans quand Caleb et Jenny l'avaient entendu pour la première fois dans un club, près de Charlottesville, en Virginie. Caleb lui avait proposé de le mettre en relation avec les personnes les plus influentes du milieu de la musique country, mais Ricky avait attendu d'avoir dix-huit ans et d'être sorti du lycée pour le prendre au mot et venir à Nashville. Hélas, à cette époque, Caleb était incapable de s'aider lui-même. Comment aurait-il pu aider quelqu'un d'autre ? Maintenant, un an plus tard, il respectait sa promesse et cherchait à retrouver sa réputation de type bien, toujours prêt à aider un jeune artiste.

— Tu les as tués, lui répondit-il franchement. Et je pense que c'est exactement ce que Ken Davis t'a dit, lui aussi.

Le regard de Ricky s'illumina au nom de l'agent.

— Il veut me parler. Nous nous voyons demain.

— C'est super. Si Ken s'occupe de toi, tu vas monter à toute vitesse. Tout le monde le respecte en ville. Il est honnête et ne travaille pas avec n'importe qui. S'il parle de toi aux maisons de disques, je te garantis que tu ne mettras pas longtemps à être sous contrat, et qu'il t'organisera une tournée avant l'été.

Ricky souriait mais il semblait un peu hébété.

— Je n'arrive pas à croire que ça arrive vraiment, dit-il. Tout le monde chez moi me disait que j'étais fou, et que mes chances de réussir étaient bien minces.

— Ce n'est pas encore fait, le raisonna Caleb. Mais avec Ken, tes chances augmentent sérieusement.

— C'est grâce à toi, Caleb. C'est toi qui m'as fait passer ici ce soir. Et je sais que tu as dit quelque chose à Ken, aussi. Sinon, jamais il ne serait venu. Je te suis redevable.

— Tu ne m'es redevable de rien. Si Ken n'avait pas aimé ce qu'il a entendu, il serait reparti sans te dire un mot, et cela n'aurait servi à rien que je le fasse venir jusqu'ici.

— Je te suis redevable, répéta Ricky.

— Eh bien, si tu y tiens… il y a un service que tu pourrais me rendre.

— Tout ce que tu veux. Dis-moi.

— Cette chanson, celle que tu as chantée à la fin… C'est Jenny Collins qui l'a écrite, pas vrai ? J'ai reconnu son style.

— Oui, c'est elle. Je sais qu'elle et toi… Enfin, je sais que ça s'est mal terminé. Nous nous sommes rencontrés par hasard il y a quelque temps. Elle se souvenait de moi et de cette soirée à Charlottesville. Elle a dit que je serais l'interprète parfait d'une chanson qu'elle venait tout juste d'écrire. Dès que je l'ai entendue, j'ai su que je ne pouvais pas refuser. Ce n'est pas tous les jours qu'on entend des chansons comme celle-ci. Ken est d'accord. Il dit que cette chanson sera un tube et que c'est un atout pour moi.

Ces mots rendirent Caleb songeur. Comment pouvait-il demander à ce gamin de lui céder une chanson qui pouvait faire démarrer sa carrière sur les chapeaux de roue ?

Ricky le dévisagea un instant avec intensité.

— Tu veux cette chanson, pas vrai ? demanda-t-il.

Caleb hocha la tête.

— J'aimerais revenir dans le circuit, comme artiste solo, cette fois, et je pense qu'elle pourrait remettre ma carrière sur les rails, expliqua-t-il. Mais c'est à toi que Jenny l'a donnée, et Ken pense que tu peux en faire un tube… Je n'ai aucun droit de te demander de renoncer à la chance qui s'offre à toi. Il faut que je me contente de ce que j'ai.

— Pas question, vieux. Cette chanson est à toi. Moi, j'en aurai d'autres. Comme je te l'ai dit, je te suis redevable et, pour être franc, dès que j'ai entendu cette chanson, j'ai su que c'était toi qui aurais dû la chanter. Tu es le seul qui puisse vraiment lui faire honneur. En plus, il est bien trop risqué de demander à un nouveau venu tel que moi de l'interpréter. Cette chanson mérite de passer sur toutes les radios du pays. Jenny y a mis tout un univers de douleur. Il suffit de l'entendre pour comprendre que c'est une chanson inspirée par une expérience personnelle.

Caleb soupira, et une vague de culpabilité s'abattit sur lui.

— C'est une chanson très personnelle, oui, reconnut-il. Et je suis le responsable de la douleur qu'elle contient. L'unique responsable.

— Raison de plus pour que ce soit toi qui l'interprètes. Mais… que va penser Jenny en apprenant que je t'ai cédé la chanson ?

— Ah ça, c'est la question à cent mille euros. Il faudra sans doute que je trouve un arrangement avec elle.

Avec un sourire sans joie, il ajouta :

— Et si elle me hait en ce moment, son agent doit avoir un tonneau de goudron et un sac de plumes à mon nom à portée de main.

Ricky ne put s'empêcher de rire.

— C'est exactement l'impression que j'ai eue, dit-il. Le jour où j'ai signé le contrat qu'avait établi Margo, ton nom a été mentionné dans la conversation, et… Je pense que tu devines.

— Je devine, oui. En ce qui concerne cette chanson, je peux toujours essayer d'arranger les choses.

Ce qu'il ne disait pas, c'était qu'en négociant

pour obtenir les droits de cette chanson il parviendrait peut-être aussi à s'engager dans la voie qui le mènerait vers une réconciliation avec Jenny. Ou du moins, il aurait l'occasion de lui présenter ses excuses pour l'avoir traitée comme il l'avait fait.

— Elle a quitté la ville, au fait, reprit Ricky. J'ai entendu dire qu'elle était partie dans cette ville du Maryland où elle a grandi. A ce qu'on dit, elle avait besoin de s'éloigner pendant quelque temps. D'après la rumeur, elle collabore avec un membre de sa famille. Elle doit écrire quelques chansons pour un spectacle de Noël.

Sans doute Bree, dont elle lui parlait de temps en temps, et qui était passionnée de théâtre. Mais pourquoi Jenny était-elle retournée dans la ville de son enfance ? Pendant tout le temps où ils avaient été ensemble, elle avait toujours refusé de mettre un pied à Chesapeake Shores. Pourquoi y était-elle retournée maintenant ? Ce n'était sans doute pas uniquement pour écrire quelques chansons pour un petit spectacle de Noël miteux, même s'il savait combien Jenny aimait et admirait Bree.

Il n'y avait qu'une façon de découvrir les vraies raisons de ce petit séjour… D'ailleurs, jamais il ne parviendrait à conclure un accord avec Jenny au sujet de cette chanson par téléphone, il en était sûr et certain. Pour arriver à ses fins, il devait la voir en personne. Il ne lui restait plus qu'à prier pour qu'elle ait été contaminée par l'esprit de Noël et qu'elle ne lui claque pas la porte au nez.

Mick fixait son frère. Thomas, qui était en temps normal d'un naturel optimiste, surtout depuis qu'il avait épousé Connie et eu un fils, semblait porter tout le poids du monde sur ses épaules.

— Comment ça, Jenny va chez Bree et Jake ? s'exclama-t-il.

— Comme je te le dis. Et Connie en a le cœur brisé, répondit Thomas avec une tristesse évidente. Tout est de ma faute. J'aurais dû faire plus d'efforts pour apprivoiser Jenny avant d'épouser Connie. J'ai toujours su qu'elle avait l'impression que je lui volais sa mère, même si cela n'a jamais été mon intention. Je voulais seulement fonder une famille avec Connie et, dans mon esprit, Jenny faisait partie intégrante de cette famille. Je ne voulais certainement pas creuser un fossé entre elles.

— Est-ce que tu l'as déjà dit à Jenny ?

— Et comment est-ce que j'aurais pu le faire ? répliqua Thomas, frustré. Chaque fois que j'essayais de lui parler, elle me sortait un prétexte pour prendre la fuite. Ensuite, il a été trop tard. Pendant le voyage en Irlande, elle a appris que nous attendions un enfant de la pire façon possible, devant toute la famille. Tout son univers en a été bouleversé. Non seulement j'avais pris sa place dans le cœur de sa mère, mais il y avait un bébé en route. Jamais elle n'aurait dû considérer Sean comme un rival, mais je sais que c'est ce qu'elle a ressenti. Et elle a décidé d'entrée de jeu qu'elle sortirait perdante de cette compétition.

— Tu dois reconnaître que la faute en incombe en partie à son père. Après tout, il les a abandonnées, sa mère et elle. Et si tu veux mon avis, ce type aurait dû être abattu. Même si Connie et lui ne s'entendaient plus, comment a-t-il pu quitter la ville comme il l'a fait et couper les ponts avec sa propre fille ? Il est parfaitement logique que Jenny soit victime du syndrome d'abandon, si c'est bien ainsi que l'on nomme cette sensation permanente d'insécurité.

— Sans aucun doute.

— Et maintenant, c'est toi qui en paies les pots cassés, conclut Mick en secouant la tête. C'est compréhensible, mais ce n'est pas juste.

— Je ne pense pas que la justice entre en ligne de compte. N'importe qui aurait pu venir se mettre entre elle et sa mère, et je pense qu'elle ne lui aurait pas fait plus confiance qu'à moi.

— C'est vrai, reconnut Mick. Mais elle est adulte, maintenant. Il faut qu'elle arrête de pleurnicher et qu'elle accepte la situation. Il y a des années que je connais Connie, et jamais je ne l'ai vue aussi heureuse que depuis que vous êtes mariés. Et tu sais que je ne suis pas du genre à lancer des compliments en l'air.

— Ne t'inquiète pas, je le sais, répliqua Thomas, moqueur. Mais bon sang, qu'est-ce que je dois faire maintenant ? Je ne peux pas aller chez Jake et Bree et ramener Jenny à la maison de force. Il est un peu tard pour endosser l'habit du beau-père autoritaire.

— Tu veux que j'y aille ?

Il manquait cruellement d'occupations ces derniers temps, maintenant que presque tous les membres de la famille étaient casés et heureux en ménage.

Il surprit le sourire que Thomas n'avait pas complètement réussi à réprimer, mais ne se formalisa pas de l'amusement de son frère.

— Ton offre est généreuse, Mick, mais tu n'as pas le tact que requiert la situation. Maman a été très claire : je ne dois pas te mêler à tout ça. Elle préconise la patience. D'après elle, plus tu essaieras de pousser Jenny dans une direction, et plus elle freinera des quatre fers et prendra la direction opposée.

— Maman t'a vraiment dit ça ? marmonna Mick, vexé.

Thomas laissa échapper un petit rire.

— Vraiment. Elle a aussi parlé d'éléphant dans un magasin de porcelaine et de manque de diplomatie. Et Dillon était d'accord avec elle.

Mick fut un peu blessé par cette remarque, mais il devait bien reconnaître que Nell O'Brien posait sur sa famille un regard d'une lucidité totale. Et il attachait presque autant de prix à l'avis de Dillon O'Malley. Depuis que Dillon et Nell s'étaient récemment retrouvés en Irlande et s'étaient mariés, ils avaient tous les deux tendance à adopter exactement le même point de vue sur ce genre de sujet.

— D'accord, je ne m'en mêle pas pour le moment, promit-il à contrecœur. Mais si tu as besoin de moi, fais-le-moi savoir.

Thomas se leva.

— Merci de m'avoir écouté, Mick. C'est surtout de cela que j'avais besoin. Je ne veux pas que Connie voie combien je suis frustré. Sinon, elle va s'en vouloir de m'avoir mêlé à cette histoire. Cela ne fera que compliquer la situation, et elle l'est déjà bien assez.

— J'ai une idée. Tu viens déjeuner ici avec Connie et Sean dimanche, comme d'habitude ? Je ferai en sorte que Jenny soit des nôtres.

Thomas fronça les sourcils.

— Est-ce que tu as entendu ce que je viens de te dire ? Ne te mêle de rien.

— Je croyais qu'il m'était seulement interdit de m'approcher de Jenny, rétorqua Mick, heureux d'avoir trouvé la faille idéale. Mais je peux très bien *suggérer* à Bree d'amener Jenny jusqu'ici pour un repas en famille. J'en parlerai aussi à Jess, et nous ferons de ce déjeuner une petite fête de bienvenue. Jenny ne pourra pas refuser l'invitation, surtout si nous nous réunissons en son honneur. Ce serait extrêmement grossier de sa part, et je sais que Connie l'a mieux élevée que ça.

L'expression de Thomas se fit songeuse.

— Je pense que tu contournes le décret de maman, mais je suis prêt à prendre le risque, dit-il enfin. Je veux voir ma femme sourire de nouveau. Je pensais qu'il suffirait que Jenny soit de retour en ville, mais je m'étais trompé. Tout à l'heure, il a suffi que je lui demande si elle avait vu Jenny pour qu'elle fonde en larmes et quitte la pièce. Et elle était inconsolable.

Il soupira et poursuivit :

— Et ce n'est pas tout. Sean sent qu'il se passe quelque chose d'important. Il a rencontré Jenny au théâtre de Bree cet après-midi. Quand il est rentré à la maison, il avait mille et une questions à poser au sujet de sa grande sœur, et, entre autres, il a voulu savoir pourquoi elle ne venait pas chez nous. Comme je ne pouvais pas répondre à la plupart de ses questions et que Connie n'était pas de force à affronter sa curiosité, je l'ai déposé chez Kevin et Shauna pour qu'il joue avec leurs enfants. D'ailleurs, il faut que je retourne le chercher.

— Vas-y, et arrête de t'inquiéter. Nous allons tout arranger. C'est Noël, après tout, et les O'Brien ne sont-ils pas des spécialistes des miracles de Noël ?

2

Deux coups de fil suffirent à Caleb pour obtenir la confirmation de ce que lui avait appris Ricky : Jenny était effectivement partie pour Chesapeake Shores, et elle y séjournerait pendant la durée des fêtes. La seconde confirmation lui fut apportée par son agent qui ne fut pas précisément ravie de constater qu'elle lui avait indiqué par mégarde où se trouvait Jenny.

— Ne t'approche ni de cette ville ni de Jenny, le prévint Margo Welch. Je te promets que je vais lui conseiller d'obtenir une ordonnance restrictive !

Même s'il était peu probable que Jenny suive un tel conseil, il fut ébranlé d'une telle véhémence.

— Et pour quels motifs ? demanda-t-il, curieux.

Qu'avait bien pu raconter Jenny après leur rupture ? Les photos de lui en compagnie d'une autre femme qui s'étaient étalées dans les journaux à sensation n'avaient-elles pas relaté l'histoire assez clairement ? Jenny avait-elle ressenti le besoin d'entrer dans les détails ? Pour être sous le coup d'une ordonnance restrictive, il fallait sans doute avoir commis des faits assez graves ; en général, il ne suffisait pas d'être plus bas que terre dans l'estime de quelqu'un.

La voix rauque de Margo prit des accents protecteurs quand elle répondit :

— Tu as brisé le cœur de Jenny. Et je ne permettrai pas que tu t'approches assez d'elle pour recommencer.

— Cette décision n'appartient qu'à Jenny, pas vrai ? répliqua-t-il doucement. Ecoute, Margo. Je sais que tu ne veux que son bien. Tu n'as jamais voulu que son bien et, que tu le croies ou non, moi aussi. Je te jure que si je vais là-bas, ce ne sera pas dans le but de l'importuner.

Elle soupira avec force.

— Mais tu iras quand même à Chesapeake Shores, marmonna-t-elle. Rien de ce que je pourrai dire ne t'en dissuadera.

— Rien, certifia-t-il. Et, pour ton information, j'ai l'intention de tout faire pour la convaincre de me vendre les droits de la ballade qu'elle a composée et proposée à Ricky Nolan.

— Si c'est après cette chanson que tu es, Caleb, oublie-la. Nous avons établi un contrat, et quand j'établis un contrat, il est solide. Tu devrais le savoir.

— Crois-moi, je le sais. Mais Ricky et moi

nous sommes déjà mis d'accord, et il va me céder ses droits. Pour te dire la vérité, nous pourrions sans doute conclure un accord directement, sans intervention extérieure, mais je ne veux pas agir dans le dos de Jenny. Je veux que tout soit fait au grand jour, je veux la persuader que je suis l'interprète parfait pour enregistrer cette chanson. Et si tu es honnête, Margo, tu sais que j'ai raison sur ce point.

— Cette chanson sera un tube quel qu'en soit l'interprète. J'ai déjà discuté avec Ken Davis. Il veut en faire le premier single de Ricky. Est-ce que tu vas dépouiller ce garçon de la chance d'obtenir un disque de platine dès son premier titre ? Voilà qui confirmerait tout le mal que j'ai toujours pensé de toi.

Caleb jugea bon de ne pas lui rappeler combien elle avait souhaité, à une époque, que Jenny et lui travaillent ensemble. Elle avait été encore plus heureuse quand leur relation s'était étendue à leur vie privée, faisant naître une véritable mine d'or publicitaire qui avait profité à Jenny et, par extension, à elle aussi.

— Ricky a assez de talent pour devenir disque de platine avec n'importe quelle chanson, reprit-il. Il reconnaît lui-même que cette chanson en particulier est faite pour moi. Nous nous sommes déjà mis d'accord, Margo. Il faut juste que je règle les détails avec Jenny.

— Et si elle refuse ?

— J'espère qu'elle ne refusera pas, mais si elle refuse, nous en resterons là. Je serai déçu, mais je ne ferai pas pression sur elle.

— Je vais lui conseiller de refuser. Jenny m'écoute, Caleb, et tu le sais. Je ferai tout ce qui sera en mon pouvoir pour l'empêcher de renouer avec toi, que ce soit sur le plan professionnel ou sur le plan personnel.

Même si l'attitude de Margo desservait ses intérêts, le respect qu'elle lui inspirait grandit encore. Elle protégeait les arrières de Jenny avec une férocité toute maternelle, et cela le rassurait.

— Je n'en attendrais pas moins de toi, répondit-il.

Sur un ton plus calme, elle enchaîna :

— Caleb, s'il te plaît… ne fais pas ça. Il a fallu beaucoup de temps à Jenny pour se remettre de ce que tu lui as fait subir. Si tu veux mon avis, elle n'est partie à Chesapeake Shores que pour une seule raison : s'éloigner de Nashville et de tous les souvenirs qu'elle y a de toi.

— Alors, il est plus que temps que je m'excuse de l'avoir fait souffrir, rétorqua-t-il, sûr de lui. Peut-être que cela lui permettra de boucler le chapitre et de passer au suivant.

— Si c'était là ta seule intention, je ne discuterais pas. Mais tu veux plus. Tu veux cette chanson et, à moins que je ne sache plus aussi bien lire en toi qu'avant, tu veux *aussi* que Jenny revienne dans ta vie. J'étais là quand tu as sorti le grand jeu pour la séduire, la première fois. C'est ce que tu as l'intention de faire maintenant, pas vrai ?

Il hésita, et décida que le moment était mal choisi pour ajouter un mensonge à la liste de ses péchés.

— Je ne peux pas le nier, avoua-t-il.

Il repensa à la première fois où il avait posé les yeux sur Jenny. Ce jour-là, il n'était vraiment pas dans son assiette, et son agent était venu chez lui avec Jenny. Après s'être débarrassé de sa gueule de bois sous une bonne douche, il était sorti dans le patio.

Jenny y était, grattant sa guitare. Nimbée par le soleil, elle lui avait semblé irréelle. Quant à sa musique, elle était divine et avait immédiatement touché sa corde sensible.

Comme elle n'avait pas remarqué sa présence, il avait continué à l'écouter. A chaque seconde, il était tombé un peu plus amoureux, de la musique comme de la femme. Il aurait été bien en peine de dire laquelle des deux l'avait le plus accroché. La musique, très probablement, parce qu'à cette époque son travail était toute sa vie. Ses sentiments pour Jenny avaient grandi avec le temps.

Et après... Après il avait tout gâché.

Il soupira.

— Oh ! Caleb, murmura Margo, l'air sincèrement attristée. Si tu l'aimes encore, est-ce que tu ne peux pas la laisser tranquille ?

Longtemps après avoir raccroché, il pensait encore à cette dernière remarque. Margo avait sans doute raison. Le plus grand service qu'il pouvait rendre à Jenny était de la laisser repartir de zéro, avec un homme qui la méritait plus que lui. S'il n'avait voulu qu'une chanson, peut-être qu'il aurait pu le faire. Mais il y avait plus que cette chanson. Il lui manquait un morceau de son cœur, et il voulait le récupérer.

Jenny sortit du théâtre et se dirigea à pied vers le front de mer, qu'elle longea en essayant de reprendre le contrôle de ses émotions. Elle s'était bien attendue à ce que Bree lui reproche son attitude et la gronde gentiment, pour la forcer à poser sur elle-même un regard lucide, mais cette confrontation l'avait quand même mise un peu mal à l'aise.

Elle ne pouvait s'élever contre aucun des points abordés par Bree. Cela faisait bien trop longtemps qu'elle luttait contre elle-même pour essayer de se raisonner ; mais, chaque fois, la raison cédait devant les émotions.

Il n'y avait que quelques minutes qu'elle marchait dans le vent glacial qui soufflait de l'océan, mais elle était déjà gelée. Alors elle traversa la rue d'un pas vif et reprit la direction de Main Street, où elle entra dans le café. Son portable sonna au même moment. Un regard à l'écran lui apprit que c'était son agent qui cherchait à la joindre. Or en ce moment, le travail était la dernière de ses préoccupations. Alors elle laissa la messagerie vocale se déclencher et s'installa à une table, dans un box.

— Jenny Louise Collins ! lança Sally, dont le visage se fendit d'un large sourire. Il y a bien trop longtemps que nous ne t'avions pas vue en ville. Bienvenue à la maison !

— Merci, Sally. Rien n'a changé, ici.

Sally balaya du regard la salle un peu vieillotte, mais agréablement familière, et secoua la tête.

— Si tu veux mon avis, ce café aurait bien besoin d'un coup de jeune, reconnut-elle. Mais chaque fois que je parle d'apporter quelques changements, les clients protestent. On dirait qu'ils ont peur que je le transforme en restaurant gastronomique prétentieux et hors de prix !

— C'est rassurant de voir que rien ne change ici, reconnut Jenny. Je sais qu'il est tard, mais… est-ce qu'il te reste des croissants au chocolat ?

— Quelque chose a dû me dire que tu serais là aujourd'hui. J'en avais justement mis un de côté au cas où je recevrais la visite d'un client pas comme les autres.

Jenny n'en crut rien, et certainement pas qu'elle

était « le client pas comme les autres » qu'attendait Sally. Mais l'attention la toucha... et la perspective de savourer cette douceur la fit saliver.

— Je vais le prendre, avec un café, dit-elle. Je n'aurais pas cru qu'il ferait aussi froid. On dirait presque que la neige arrive.

— C'était ce que je me disais, moi aussi, mais la météo n'en annonce pas. Difficile de croire que nous avons eu une vague de chaleur il y a une semaine. Il faisait 15°C le jour de Thanksgiving. On n'avait vraiment pas l'impression que l'hiver approchait.

Jenny sourit. Elle avait si souvent entendu ce genre de remarque, dans son enfance ! Une fois que les arbres avaient fini de perdre leurs feuilles et que la page de novembre avait été tournée sur les calendriers, tous les habitants de Chesapeake Shores commençaient à scruter le ciel, guettant l'arrivée de la neige. Mais, malheureusement, les Noëls blancs étaient bien rares. Aussi n'en étaient-ils que plus magiques.

— Laisse-moi aller te chercher ce café et ce croissant, dit Sally en se hâtant vers le comptoir.

Elle venait juste de revenir quand Jess O'Brien entra, accompagnée par une bouffée d'air glacial, ôta son manteau et se glissa sur la banquette face à Jenny, sans attendre d'y avoir été invitée.

— J'ai appris que tu étais de retour, dit Jess en tendant la main pour presser la sienne. Je suis passée au théâtre, mais Bree m'a dit que tu étais partie. Comme ta voiture était toujours sur le parking, j'ai pensé que je te trouverais en train de te réchauffer quelque part.

— J'ai eu une envie soudaine de croissant au chocolat, avoua-t-elle.

Jess, qui était la sœur cadette de Bree et la propriétaire du Inn at Eagle's Point, posa sur le croissant un regard gourmand et leva des yeux emplis d'espoir vers Sally.

— Il en reste ? demanda-t-elle.

— Au chocolat, non. Mais il en reste un à la framboise.

— Je vais le prendre, avec un café, s'empressa de dire Jess.

— Comment as-tu su que j'étais de retour ? demanda Jenny.

Jess éclata de rire.

— Nous sommes à Chesapeake Shores, et tu connais le téléphone arabe des O'Brien : il fonctionne à merveille ! Je parie que la nouvelle avait commencé à se répandre *avant* même que tu aies franchi les limites de la ville.

Jenny esquissa un rapide sourire. Devait-elle vraiment le croire ? Bien sûr, elle savait que les rumeurs se répandaient à toute vitesse, ici, mais elle savait aussi avec quel talent les O'Brien savaient recruter de l'aide quand ils avaient une mission à mener à bien. Et, en ce moment, normaliser les relations qu'elle entretenait avec sa famille devait être la priorité chez tous les membres du clan.

— J'ai parlé à papa il y a peu, poursuivit Jess d'un ton un peu trop détaché. Il rassemble les troupes pour organiser un déjeuner de bienvenue pour toi chez lui, dimanche.

Les déjeuners du dimanche chez Mick étaient une tradition, initiée par Nell. A l'origine, c'était le seul moyen qu'elle avait trouvé pour rassembler ses trois fils et leur famille sous le même toit. A l'époque, elle cherchait aussi — et surtout ! — à réconcilier Mick, Thomas et Jeff après qu'ils se furent déchirés au sujet de l'expansion de la ville. Par la suite, ces déjeuners étaient devenus prétexte à organiser de grands rassemblements turbulents. Jenny y avait parfois été invitée en compagnie de sa mère. Chaque fois, elle posait sur la famille O'Brien un regard plein d'envie, sans parvenir à se défaire de l'impression qu'elle était une étrangère.

Si Mick organisait vraiment ce déjeuner en son honneur, c'était sans doute pour essayer de la mettre en présence de sa mère et de Thomas dans un environnement amical. Or, elle n'avait aucune envie de ce genre de réjouissances pour l'instant.

— Pourquoi est-ce que tu fais cette tête ? demanda Jess. On dirait un lapin pris dans la lumière des phares.

— Je ne suis pas prête pour un grand rassemblement de O'Brien.

— Je peux te comprendre. Il m'arrive parfois de trouver moi-même que ma famille est un peu trop envahissante. J'ai même eu l'honneur d'être l'objet de quelques-unes de leurs *interventions*. C'était assez marrant, d'ailleurs. Enfin... après !

Jenny sourit. Elle imaginait très bien tout le clan des O'Brien entièrement concentré sur la tâche qu'il s'était assignée : faire comprendre à l'un des leurs ce qu'ils pensaient de sa conduite.

— Que Dieu me vienne en aide, murmura-t-elle.

— Je veux bien essayer, moi aussi, mais je connais papa. Tu devras y passer tôt ou tard. Alors tu ferais aussi bien de te débarrasser de la corvée au plus vite. Regarde le bon côté des choses : la maison est grande. Il y a plein d'endroits où on peut se cacher !

Jenny ne put s'empêcher de rire.

— On dirait du vécu, fit-elle remarquer.

— C'en est. Je peux te donner quelques tuyaux, si tu veux. D'ailleurs, j'aurai même peut-être envie de me cacher avec toi. Tout le monde nous harcèle, Will et moi, pour savoir quand nous aurons un bébé. Comme s'il n'y avait pas déjà assez de O'Brien dans cette ville ! Mais non, toute la famille est impatiente d'en voir arriver un autre !

— Will et toi ne voulez pas d'enfant ? demanda-t-elle, étonnée.

— Bien sûr que si !

Mais elle avait parlé un peu trop vite, et Jenny l'observa avec attention.

— Tu n'as pas l'air convaincue.

— D'accord, reconnut Jess. Will veut un enfant. Moi, je suis terrifiée.

— Pourquoi ?

— Et si le bébé avait un trouble déficitaire de l'attention, comme moi ? Tu parles d'un cadeau que je lui ferais !

— Ce n'est pas une maladie mortelle, Jess.

Elle ne comprenait pas trop ses réticences. Bien sûr, Jess avait dû lutter pour surmonter son trouble déficitaire de l'attention, mais elle semblait avoir sa vie bien en main, maintenant.

— Non, mais c'est un trouble qui a empoisonné chacun des jours de ma vie, répondit Jess. Et il a contribué à me façonner, mais pas toujours de la meilleure façon qui soit.

— Au moins, tu saurais reconnaître les symptômes et tu pourrais obtenir l'aide dont ton enfant aurait besoin sans perdre de temps. En plus, Will est psy. Il pourrait l'aider, lui aussi. Est-ce que tu es certaine que c'est la seule raison pour laquelle tu hésites ?

A peine avait-elle posé cette question qu'elle grimaça, et s'empressa d'ajouter :

— Désolée ! Cela ne me regarde pas.

— Ne t'excuse pas. Puisque c'est moi qui ai abordé le sujet, ça te regarde.

Jess soupira avant de poursuivre :

— Et tu as raison. Peut-être que je doute d'avoir les qualités nécessaires pour être une bonne mère. J'ai beau avoir mis en place toute une batterie de règles et les suivre scrupuleusement, il m'arrive encore de m'éparpiller.

— Mais je t'ai vue avec tes neveux et nièces. Tu serais une mère merveilleuse, Jess. Je pense que tu t'inquiètes pour rien.

— Merci de me le dire.

— Mais je le pense.

Jess arracha une corne du croissant, le mit dans sa bouche et le mâcha lentement, avant de fermer les yeux.

— Ces croissants sont une merveille..., soupira-t-elle. Ils fondent littéralement dans la bouche.

— Parce qu'il y a beaucoup de beurre.

— Je donnerais n'importe quoi pour pouvoir les mettre au menu de l'auberge, mais Sally refuse de m'en donner ne serait-ce qu'une douzaine. Tu te souviens du stage de cuisine qu'elle a fait à Paris il y a quelques années, pour un prix exorbitant ? Elle dit que ces croissants sont la seule recette qu'elle y a apprise, et le seul titre de gloire du café. Elle prétend que l'auberge a sa propre réputation culinaire et que je n'ai pas besoin de lui voler la sienne.

— Elle n'a pas tort.

— Je sais, mais c'est quand même frustrant.

Jess termina son croissant, se leva et enfila son manteau.

— A dimanche, alors ? lança-t-elle.

— Est-ce que l'on t'a chargée de faire ton rapport à ton père ?

La situation l'amusait, même si le stress auquel elle était soumise commençait à lui donner la migraine.

— Quelque chose comme ça, oui, reconnut Jess. Je suis sûre que les autres ont été chargés d'une tâche similaire, mais c'est moi qui t'ai trouvée la première ! lança-t-elle, triomphante.

— Quelqu'un a-t-il jamais dit que l'esprit de compétition des O'Brien n'est surpassé que par leur tendance à se mêler des affaires des autres ?

— Souvent, répondit Jess avant de se pencher pour la prendre dans ses bras. C'est bon de te revoir à la maison, Jenny.

Jenny commençait à avoir l'impression que tout le monde avait planifié sa vie. Son oncle avait couché Emily Rose avant de les rejoindre, Bree et elle, pour un dîner tardif. Et, depuis qu'il était entré dans la cuisine, il lui prenait la tête. D'abord, il avait essayé de faire appel à son bon sens. Ensuite, il avait cherché à l'amadouer. Et maintenant, il avait recours aux menaces.

— Tu seras dans mon camion demain matin à 6 h 45, même si je dois te tirer moi-même du lit, te charger sur mon épaule et te porter ! décréta-t-il.

Jamais Jenny ne lui avait vu une expression aussi féroce, sauf peut-être le soir où il l'avait surprise dans son bureau, à la pépinière qu'il possédait juste en dehors de la ville, alors qu'elle embrassait Dillon Johnson.

Entre la pépinière et son entreprise de paysagiste, Jake était toujours sur la brèche dès l'aube. Sa sœur Connie s'occupait de tous les papiers et de l'emploi du temps de la société. Deux ans plus tôt, il lui avait attribué un titre et une augmentation de salaire, parce qu'ils savaient tous deux que jamais il n'aurait eu la patience de gérer tous les détails dont s'occupait Connie. Lui, il n'aimait que le grand air et le travail harassant de paysagiste.

Jenny planta son regard dans le sien, dans l'espoir de lui faire baisser les yeux.

— Oncle Jake je…

— Ta mère ne mérite pas que tu l'ignores comme tu le fais. Thomas non plus d'ailleurs, mais nous en reparlerons un autre jour. Tu vas venir avec moi demain matin, et tu ne quitteras pas la pépinière avant d'avoir fait la paix avec ta mère.

Elle se tourna vers Bree, espérant son soutien, mais sa tante semblait soudain entièrement absorbée par le chargement du lave-vaisselle. Avec un profond soupir, elle capitula.

— Très bien, oncle Jake. Comme tu veux.

— Tu parles comme une adolescente boudeuse, mais il y a longtemps que tu n'en es plus une, lança Jake, une lueur taquine dans les yeux. Je ne veux que ce qui est le mieux pour toi, tu le sais.

— Cela n'a rien à voir avec moi. Tu veux juste faire plaisir à maman pour ne pas qu'elle t'empoisonne l'existence à la pépinière.

Il haussa les épaules.

— C'est aussi ce que je cherche, oui, reconnut-il. Je déteste la voir pleurer, ou même la surprendre quand elle semble sur le point de fondre en larmes.

Il se leva, l'embrassa sur le front et conclut :

— Je suis heureux de t'avoir à la maison, petite. Tu m'as manqué. A demain matin.

— A 6 h 45. Compris.

Elle regarda son oncle monter l'escalier avant de poser la tête sur ses bras repliés pendant quelques instants.

— Jamais je n'aurais dû revenir ici, gémit-elle.

Bree vint s'asseoir auprès d'elle.

— Non, ma belle. Tu as bien fait et, au fond de ton cœur, tu le sais. Les premiers jours seront un peu difficiles, c'est tout. Et voilà pourquoi le déjeuner de dimanche dont t'a parlé Jess est une excellente idée. Si tu vois tout le monde d'un seul coup, tu pourras laisser ta gêne derrière toi et vraiment profiter des fêtes.

— Je suis ravie de voir que votre père vous a enrôlées aussi rapidement, Jess et toi, marmonna Jenny. Je suppose que la prochaine personne qui se lancera à mes trousses sera Nell. Toute une file de O'Brien va défiler devant moi jusqu'à ce que j'accepte cette invitation.

Bree éclata de rire.

— C'est très probable, reconnut-elle. Personne ne peut dire non à Nell, pas même toi.

— Je pourrais bien être la première.

Mais elle savait que Bree disait vrai. Il y avait tant de chaleur et de sagesse en Nell que personne ne déclinait jamais ses requêtes. S'il n'y avait pas eu la pression qu'elle s'attendait à ressentir, elle aurait eu hâte de la voir. Elle aurait adoré avoir une telle grand-mère.

— Non, assura Bree sur un ton plein de confiance. Tu es tout aussi incapable que nous de résister à Nell. Surtout maintenant qu'elle est techniquement ta grand-mère, à toi aussi.

Jenny lui jeta un regard abasourdi avant de soupirer en se rappelant qu'elle était effectivement apparentée à Nell, par l'intermédiaire de Thomas.

— C'est vrai, oui.

— Et pourquoi n'en as-tu pas l'air plus heureuse ? demanda Bree. Je sais que tu l'adores.

— Parce que même si elle a dit, quand je suis

partie, que j'avais besoin de temps pour me faire à tous ces changements, elle doit me prendre pour une sale petite morveuse égoïste. Comme je ne revenais pas, elle a dû penser que je voulais punir maman d'avoir épousé Thomas.

— Et ce n'est pas le cas ?

— Non, pas vraiment. Je me sentais juste perdue, comme si j'étais devenue une étrangère dans mon propre monde. Pendant toutes les années qui ont suivi le départ de mon père, il n'y avait eu que moi, maman et oncle Jake.

— Pourtant, tu ne m'en as pas voulu quand j'ai épousé Jake, fit remarquer Bree.

— Bien sûr que si, avoua-t-elle en rougissant. Mais comme c'est grâce à toi qu'oncle Jake n'a pas été trop sévère avec moi quand je sortais avec Dillon Johnson, disons que tu t'es rachetée.

Bree hocha la tête en souriant.

— C'est donc ainsi que j'ai échappé à ton courroux, dit-elle.

— En grande partie. A l'époque, je pensais que tu étais ma seule alliée.

Avec un regard empreint de résignation, elle ajouta :

— Maintenant, je n'en suis plus aussi sûre.

— Ne me mêle pas à ça, ordonna Bree. Restons-en au vrai problème. Quand Thomas est arrivé, tu as cessé d'être le soleil qui illuminait l'univers de ta mère. C'est bien ce que tu as ressenti, non ?

Jenny ne répondit pas tout de suite. Bree parlait d'elle comme d'une gamine capricieuse et… elle n'avait pas tout à fait tort.

— Je sais que c'est ridicule, reconnut-elle. D'autant que je partais pour l'université et que je ne voulais pas qu'elle reste seule. J'aurais dû être ravie qu'elle tombe amoureuse. Je n'étais pas aveugle. Je voyais bien que Thomas l'adorait, et qu'il était prêt à tout faire pour la rendre heureuse. Quand ils se sont mariés, elle était rayonnante. Et ensuite, juste alors que je commençais à accepter la situation, elle est tombée enceinte…

Elle secoua la tête en se rappelant sa réaction à cette nouvelle qui lui avait fait l'effet d'une véritable trahison. Dès qu'elle avait appris la grossesse de sa mère, elle s'était enfuie de la fête de Noël organisée dans l'hôtel où ils séjournaient, à Dublin.

— Mon Dieu, je me suis comportée d'une façon tellement odieuse !

— Tout le monde a compris que tu étais bouleversée, la rassura Bree. Tu aurais dû être la première à apprendre la nouvelle. Thomas et Connie auraient tous deux dû avoir plus d'égards pour toi et prendre tes sentiments en compte. Mais je pense qu'ils étaient tellement heureux qu'ils n'ont pas pu se retenir de l'annoncer devant toute la famille.

— Je comprends. Et moi je n'avais pas le droit de

gâcher ce moment. Mais ils avaient l'air tellement heureux ! Comme si on venait de leur accorder un miracle. Et leur bonheur m'a fait mal.

— *C'était* un miracle, lui fit doucement remarquer Bree. Et si tu as eu mal, c'est parce que cette nouvelle t'a fait prendre conscience que ta mère était une femme, et qu'elle avait besoin de quelqu'un d'autre que toi dans sa vie. Tu ne lui suffisais pas. Cette découverte a dû être difficile à accepter.

Jenny la regarda, bouche bée.

— Tu as compris ça, toi ?

— Ma chérie, mon métier est d'observer les êtres humains et leurs faiblesses. Il faut un minimum de perspicacité pour écrire une pièce qui ait un sens.

Elle sourit et ajouta :

— Et mes pièces ne sont pas trop mauvaises.

— Elles sont bien plus que ça, lui certifia Jenny avec une sincérité absolue.

— Tu possèdes le même genre de perspicacité, tu sais. C'est évident. Pourquoi penses-tu qu'autant de tes chansons soient devenues des tubes ? Le public répond à la justesse et à la sensibilité de tes paroles.

— Et moi qui pensais que c'était parce que j'avais eu la chance de les voir interprétées par quelques-uns des chanteurs les plus en vue de Nashville…

— Ça joue aussi, répondit Bree en souriant.

Elle reprit son sérieux pour poursuivre :

— Je te l'ai déjà dit, mais je suis vraiment désolée pour Caleb et toi. Je sais que cette rupture t'a fait souffrir.

— C'est du passé, répondit-elle sans même chercher à cacher son amertume. Je n'ai pas eu de ses nouvelles depuis qu'il est entré en cure de désintoxication. Et si je n'en ai plus jamais, tant mieux !

— Tu es sérieuse ? Tu parles comme une femme qui cherche encore à surmonter ses sentiments. A moins que je me trompe, vous n'avez jamais parlé de ce qu'il s'est passé, tous les deux. Ces photos qui s'étalaient dans tous les journaux à scandale. Il est entré tout droit en cure.

Jenny repensa soudain à ces jours terribles. Caleb ne lui avait pas passé un seul coup de fil, n'avait même pas cherché à s'excuser ou à s'expliquer.

— Nous n'en avons jamais parlé, non, murmura-t-elle.

— En ce cas, clore le chapitre pourrait t'être utile.

— Clore le chapitre et jeter le livre ! Caleb appartient au passé. Je ne sais pas où il est en ce moment, et je ne veux pas le savoir. Il a bousillé sa carrière en même temps que notre relation. Si jamais je me risque de nouveau à tomber amoureuse, ce ne sera certainement pas d'un autre mauvais garçon chanteur. Ce qu'il me faut, c'est un homme gentil, stable et barbant.

C'est ce qu'elle se répétait toutes les nuits, seule dans le lit qu'elle avait jadis partagé avec Caleb.

Si Bree avait quelque chose à répondre à cette déclaration farouche, elle eut la sagesse de le garder pour elle. Tant mieux ! Elle n'était pas d'humeur à l'entendre défendre l'homme qui, au moment de choisir entre elle et une bouteille, avait préféré la bouteille.

Elle se leva brusquement.

— Si je dois partir aux aurores, je ferais mieux d'aller me coucher, dit-elle en prenant Bree dans ses bras. Merci de m'héberger, et d'être aussi compréhensive.

— Tu es la bienvenue. Et, ma chérie… quand tu verras ta mère, sois indulgente avec elle. Elle t'aime énormément.

La gorge serrée, elle acquiesça d'un signe de la tête.

— Je ferai de mon mieux, promit-elle.

— Est-ce que tu passeras au théâtre après l'avoir vue ? Nous pourrions parler des chansons que tu vas écrire pour la pièce, et peut-être tester quelques pistes ?

— Bonne idée. J'ai lu le scénario et pris des notes. D'ailleurs, j'ai même commencé à écrire quelques paroles.

Bee lui offrit un sourire rayonnant.

— Je savais que tu le ferais ! Il faudra sans doute que j'appelle ton agent demain pour établir ton contrat.

Jenny posa sur elle un regard consterné.

— Je ne veux pas de contrat, Bree. Je n'ai accepté que pour avoir le plaisir de travailler avec toi.

— Excuse-moi, mais tu es auteur-compositeur professionnel, maintenant. Tu es payée pour écrire des chansons. D'ailleurs, vu les sommes que tu dois demander ces temps-ci, je vais peut-être profiter de mon statut d'amie et membre de la famille pour obtenir une réduction.

— J'expliquerai tout ça à Margo par courriel. Ce qui me fait penser qu'elle m'a laissé un message tout à l'heure. Mais je suis trop fatiguée pour m'en occuper ce soir. D'ailleurs, je suis surprise qu'elle m'ait appelée. Je lui ai dit en partant que j'étais officiellement en vacances, et que tout devrait attendre mon retour à Nashville, après le premier de l'an. Il me faut une vraie coupure. Je croyais qu'elle l'avait compris.

Bree fronça les sourcils.

— Si elle t'a quand même appelée, c'était peut-être pour te parler d'un sujet important, lui suggéra-t-elle.

— Il n'y a pas beaucoup d'urgences dans mon domaine professionnel. Je m'en occuperai demain. De toute façon, quoi qu'elle ait à me dire, cela peut sans doute attendre jusqu'après le premier de l'an.

— C'est toi qui vois.

Une fois dans la chambre d'amis, Jenny sortit son téléphone portable de son sac et le rangea dans l'un des tiroirs de la commode, sans le consulter. Pour plus de sûreté, elle le couvrit d'une pile de pulls. Quand elle avait dit à Margo qu'elle voulait faire une pause ininterrompue pendant les semaines à venir, elle était sérieuse.

Même si elle avait continué à travailler au moment de sa rupture avec Caleb, et cela malgré les remous qui avaient suivi, elle ne pouvait nier que l'année qui venait de s'écouler avait été stressante. Elle avait dû supporter la pitié de son entourage — et la jubilation de certaines femmes qui avaient rêvé d'être à sa place. Son séjour à Chesapeake Shores allait sans doute être tout aussi stressant, d'une autre façon. Alors, elle ne voulait pas s'occuper en plus de détails professionnels qui n'avaient rien d'urgent.

En refermant le tiroir sur cette facette de sa vie, elle sourit. Si seulement elle avait pu ranger ses souvenirs avec autant de facilité... Malheureusement, elle ne pouvait les cacher nulle part. Ils étaient destinés à revenir la hanter en permanence, jusqu'au jour où elle laisserait de nouveau un homme entrer dans son cœur. Et, ce jour-là, les poules auraient des dents !

3

Caleb avait coutume de vivre en jean, T-shirt et veste de cuir, aussi ne lui fallut-il pas longtemps pour faire ses bagages. Il jeta quelques vêtements de rechange dans un sac, qu'il mit à l'arrière de son pick-up, ainsi que quelques-unes de ses guitares préférées, sortit de Nashville et prit la direction de l'est.

Il aimait rouler de nuit. D'une part parce que la circulation était moins dense, mais surtout parce qu'il en avait pris l'habitude en tournée. Le groupe descendait de scène et faisait la fête pendant deux heures avant de remonter dans le bus pour aller rejoindre la prochaine ville. Bien sûr, en ce temps-là, ils avaient un chauffeur. Mais jamais il ne s'était lassé de regarder par la vitre le paysage qui défilait, ponctué par la lueur qui baignait les rues des villes endormies, dans le lointain.

Il s'était toujours demandé quelle serait sa vie

s'il s'installait quelque part, s'il y laissait pousser des racines. Il ne s'était jamais fixé, sauf peut-être pendant les deux années où il avait vécu avec Jenny, à Nashville. Mais là aussi, ils étaient souvent sur la route pour les tournées. Et d'ailleurs, jamais il ne s'était séparé de sa maison, jamais il ne s'était engagé jusqu'à vraiment vivre avec Jenny. Avec le recul, il se demandait s'il avait su dès le début qu'il ficherait en l'air tout ce qu'ils auraient construit ensemble, tôt ou tard.

C'était peut-être de son père, Noah, qu'il tenait son goût de l'errance ; ce dernier avait quitté le domicile conjugal quand il était encore à l'école primaire et, pour autant qu'il sache, n'avait jamais cessé de faire la route. Lors des rares visites qu'il rendait à sa mère, Caleb la surprenait parfois à regarder par la fenêtre, l'air nostalgique, comme si elle croyait que son mari finirait par réapparaître un jour.

Mais Caleb savait que non. Les voyageurs ne se fixaient jamais très longtemps au même endroit. Et, s'ils lui ressemblaient un tant soit peu, ils avaient aussi du mal… à rester fidèles. Pourtant, il avait toujours cru que s'il lui était possible de s'engager pour le long terme, de vivre heureux jusqu'à la fin de ses jours aux côtés d'une femme, il voulait que cette femme soit Jenny.

Par certains côtés, il était ironique que ce soit l'absence de père qui les ait rapprochés, Jenny et lui. Lors de leur première rencontre, ils avaient passé de longues heures à évoquer ce sujet. Jenny avait clamé haut et fort qu'elle se moquait pas mal de l'homme qui l'avait engendrée, mais elle mentait ; il n'y avait qu'à voir la douleur qui se lisait dans ses yeux. Il connaissait cette même douleur, même s'il la niait avec tout autant d'habileté qu'elle.

Si c'était le chagrin qui avait créé ce premier lien entre eux, c'était la passion commune qu'ils avaient pour la musique qui les avait véritablement rapprochés. Caleb ne vivait que pour monter sur scène, pour distraire un public. Jenny ne vivait que pour écrire des chansons auxquelles les gens pouvaient s'identifier, qu'elles expriment une joie intense ou qu'elles touchent le recoin le plus secret de leur cœur. Par sa musique et ses mots, elle pouvait tout autant remonter le moral de quelqu'un que faire vibrer sa corde sensible, avec une habileté qu'il n'avait jamais rencontrée auparavant.

Parfois, pendant sa cure, alors qu'il luttait pour se libérer de l'emprise que l'alcool avait sur lui, il s'était inquiété : et si ce qu'il avait fait à Jenny réduisait au silence son incroyable créativité ? Mais à présent, il se disait que si toutes ses nouvelles chansons étaient du calibre de celle que Ricky avait interprétée, elle avait puisé une inspiration encore plus profonde dans la douleur qu'il lui avait infligée. C'était même peut-être le seul effet positif qu'avaient eu sur elle ses agissements méprisables.

Comme cela lui sapait le moral de repenser ainsi à la façon dont il avait tout gâché, il alluma la radio et choisit une station qui passait de la country. Enveloppé dans la musique, il passa la frontière du Tennessee et prit la direction du Maryland.

Malheureusement, comme il avait pris la route en fin d'après-midi, le jour était encore bien loin de se lever quand il arriva à Chesapeake Shores, qui semblait être le genre de ville où l'on ne croisait plus un chat dans les rues bien avant minuit. Le dernier motel qu'il avait dépassé se trouvait à des kilomètres derrière lui. Qu'allait-il faire, maintenant ?

Il se souvint alors du Inn at Eagle's Point. Jenny lui avait dit que l'auberge était la propriété de l'un des membres de cette fameuse famille O'Brien, et dont la seule mention faisait toujours naître un regard lointain dans ses yeux. Il fit une rapide recherche sur son téléphone portable, trouva l'adresse de l'auberge et, quelques instants plus tard, s'engageait sur une route venteuse qui longeait le rivage et se terminait sur une pointe. Au bout de la route se dressait le Inn at Eagle's Point, qui surplombait la baie de Chesapeake. Il y avait de la lumière au rez-de-chaussée, une lumière accueillante qui semblait l'inviter à approcher.

Il porta son sac et sa guitare jusqu'à la porte, mais elle était fermée. Une petite affiche écrite à la main et fixée sous une sonnette, à côté de la porte, conseillait de « Sonner pour demander de l'aide », ce qu'il fit. En appuyant sur le bouton, encore et encore, il regardait à travers les panneaux de verre dépoli de la porte, cherchant à distinguer quelque signe d'activité.

Enfin, une silhouette descendit l'escalier et la porte s'ouvrit sur une femme étonnamment jeune. Pieds nus et emmitouflée dans une épaisse robe de chambre, elle arborait une expression contrariée, qui n'enlevait rien à sa beauté.

— Nous sommes au milieu de la nuit, lui signala-t-elle, bien que ce ne soit pas nécessaire.

— Et c'est précisément pour cela que j'ai besoin d'un lit bien chaud.

Il lui décocha l'un de ses sourires capables de faire fondre le plus dur des cœurs féminins. Selon certaines sources, les femmes qui avaient la trentaine, comme celle-ci, y étaient particulièrement sensibles. Mais cette femme, pour sa part, semblait immunisée. Elle plissa les yeux et resserra les pans de sa robe de chambre pour se protéger contre une bourrasque d'air glacial.

— Vous êtes Caleb Green, affirma-t-elle, comme si elle pensait qu'il ne le savait pas.

— Coupable.

— Vous pouvez le dire, marmonna-t-elle.

Cette réaction ne présageait rien de bon. Il aurait dû se douter que toutes les personnes de cette ville qui connaissaient Jenny n'allaient certainement pas le recevoir à bras ouverts.

— Ecoutez, madame, j'ai fait une longue route cette nuit. Je sais bien que je vous dérange en arrivant à cette heure-ci, mais s'il vous reste une chambre libre, j'aimerais vraiment la prendre.

Il n'y avait aucune autre voiture que la sienne dans le parking. Irait-elle jusqu'à mentir pour se débarrasser de lui ?

Elle hésita quelques instants, les sourcils froncés, avant que son sens de l'hospitalité se réveille.

— Une nuit, dit-elle enfin.

— Jusqu'à ce que je décide de partir, répliqua-t-il.

Elle fronça les sourcils de plus belle.

— Pourquoi ? Si vous n'êtes ici que pour harceler Jenny, vous n'êtes pas le bienvenu ici. Ni à l'auberge ni dans cette ville.

Elle connaissait donc toute l'histoire, et avait déjà choisi son camp. Il sourit.

— Je vois maintenant ce que voulait dire Jenny quand elle me disait que cette ville se mêlait sans cesse de ses affaires.

— Dans cette ville nous veillons seulement sur les nôtres, rectifia son hôtesse. Et Jenny n'est pas seulement l'une des nôtres, elle fait partie de ma famille.

Mais bien sûr ! Le lien de parenté aurait dû

lui sauter aux yeux dès que cette femme avait ouvert la porte.

— Vous êtes une O'Brien, devina-t-il.

— Maintenant, je suis Jess Lincoln. Mais je suis une O'Brien, en effet.

— Et... la cousine de Jenny ?

Pour autant qu'il se souvienne, Jenny n'avait jamais accepté de faire partie des O'Brien. Elle se sentait étrangère, exclue du clan, même alors qu'elle mourait d'envie d'en faire partie. Elle avait beau le nier, quand elle abordait le sujet, cela se lisait dans ses yeux.

— Exactement, répondit Jess. Jenny et moi sommes cousines. Du moins, j'aime penser que nous le sommes.

Il décida de laisser tomber son numéro de charme, qui ne ferait sans doute aucun effet, et opta pour la franchise.

— Très bien, Jess. Alors maintenant que les présentations sont faites, qu'est-ce que vous décidez ? Est-ce que vous allez me donner cette chambre ? Ou est-ce que vous préférez que nous restions dehors à geler pendant que vous passez quelques coups de fil pour consulter votre famille ?

Elle lui jeta un regard qui n'avait rien de commercial, s'écarta et répondit, sans masquer sa réticence :

— Je pense que vous feriez aussi bien de rentrer.

Mais si j'apprends que Jenny veut que vous partiez, vous partirez, faites-moi confiance.

Il hocha la tête. Il respectait la loyauté de Jess, et acceptait la ligne de conduite qu'elle lui dictait.

— A votre place, j'agirais exactement de la même façon, dit-il.

Jess prit une clé au tableau, derrière le comptoir, et la lui tendit.

— Nous nous occuperons des papiers demain. Je retourne me coucher avant que mon mari descende, vous voie et me dise que j'ai tort de vous laisser entrer.

Caleb laissa échapper un petit rire.

— Une vraie tête brûlée. Je crois que je vous aime bien, Jess O'Brien Lincoln.

— Gardez votre sourire pour celles qui savent l'apprécier, rétorqua-t-elle en haussant les épaules. La chambre est à l'étage, sur votre gauche. Le petit déjeuner est servi de 7 à 9 heures. Si vous le ratez, vous devrez soit vous en passer, soit aller le prendre en ville.

— Compris.

Tout en montant l'escalier, il se demanda une fois de plus pourquoi Jenny avait refusé pendant si longtemps de revenir ici. Bien sûr, il savait qu'elle était en butte à toutes sortes de tensions familiales, mais Jess venait de lui donner l'impression que c'était elle, et non les O'Brien, qui avait creusé le fossé qui les séparait. Mais il était toutefois sûr d'une chose : tout comme Margo Welch, Jess se rangerait toujours dans le camp de Jenny. Alors si tous les membres du vaste clan des O'Brien lui apportaient leur soutien de la même façon, il risquait d'avoir bien du mal à mener à bien sa mission : se réconcilier avec Jenny.

Connie faisait les cent pas dans le bureau de la pépinière. Ses yeux revenaient sans cesse à la pendule, dont les aiguilles semblaient se déplacer à une allure d'escargot, ce matin. Jake avait promis qu'il trouverait un moyen d'amener Jenny. Il tenait toujours parole, certes, mais Jenny était têtue comme une mule, et rien ne prouvait qu'elle obéirait à son oncle comme quand elle était petite.

Enfin, elle entendit des pneus crisser sur le gravier et regarda par la fenêtre. Quand Jenny descendit du pick-up, son cœur manqua s'arrêter.

Sa fille avait tellement changé... Elle n'était plus une jeune étudiante, maintenant, elle était devenue une femme, et ce changement n'était sans doute pas seulement dû au passage des années. Son chagrin d'amour devait aussi avoir joué un rôle dans cette transformation. En apprenant sa rupture avec Caleb, elle avait voulu lui tendre la main, mais Jenny l'avait repoussée en prétextant qu'elle allait très bien et n'avait nullement besoin de réconfort maternel. Ce qui était un mensonge, et elle le savait.

Jenny traversa le parking avec une réticence indéniable. On aurait dit un petit enfant qui va chez le médecin pour se faire faire une piqûre. Jake se pencha vers elle, lui murmura quelques mots à l'oreille, et la poussa carrément vers la porte.

Connie ouvrit aussitôt, traversée par une vague appréhension. Et si Jenny tournait les talons et partait avant même qu'elles se soient dit un seul mot ? Non. Sa fille ne lui ferait pas ça.

Les larmes aux yeux, elle dit :

— Bonjour, ma chérie. Bienvenue à la maison.

Elle tendit les bras mais les laissa retomber aussitôt. Jenny n'avait pas bougé d'un pouce.

— Salut, maman, répondit-elle avec raideur, regardant dans toutes les directions, sauf dans la sienne. Tu as l'air en forme.

— Et toi, tu es magnifique.

Comme elle regrettait que ces retrouvailles se déroulent dans une atmosphère aussi gênée… Elle s'effaça pour laisser passer Jake. Jenny emboîta le pas à son oncle, à contrecœur.

— J'ai apporté du café, dit Jake, rompant le silence qui s'était installé.

Il leur tendit des gobelets jetables de chez Sally ainsi qu'une poche de croissants à la framboise et au chocolat, avant de repartir en lançant :

— Je dois filer. J'ai du travail, ce matin.

Jenny sembla prise de panique.

— Hé, attends ! protesta-t-elle. Comment est-ce que je vais rentrer en ville ? Bree et moi avons rendez-vous ce matin. Nous devons nous mettre rapidement au travail, si nous voulons que la pièce soit prête pour la semaine de Noël. Il va falloir que tu me ramènes.

— J'ai peur que ce soit impossible, répondit Jake. Mais ta mère pourra te ramener quand tu le souhaiteras.

Il sortit et laissa la porte se refermer derrière lui.

— Il n'est pas vraiment subtil, pas vrai ? fit remarquer Jenny, un sourire timide aux lèvres.

Connie lui rendit son sourire.

— Il ne l'a jamais été, précisa-t-elle. Et pour être franche, en cet instant, je lui en suis reconnaissante.

Elle dévisagea sa fille et ajouta :

— Mais je vois bien que toi, tu ne l'es pas.

Jenny garda le silence pendant si longtemps que Connie crut que les efforts de Jake avaient été vains.

— Je peux t'emmener à ton rendez-vous maintenant, si c'est ce que tu veux, finit-elle par proposer dans un soupir.

Jenny tressaillit.

— Ça va. J'ai un peu de temps devant moi. Bree n'était même pas encore habillée quand nous sommes partis de la maison. D'ailleurs, elle pestait encore parce qu'elle avait dû se lever.

— C'est un miracle que Jake et elle arrivent à se croiser. Il a toujours été du matin et Bree est un véritable oiseau de nuit.

— Mais leur couple fonctionne à merveille, apparemment. Ils sont très heureux. Et tous les deux fous d'Emily Rose.

Elle sourit et poursuivit :

— Elle est très précoce, cette gamine. Si oncle Jake me trouvait difficile quand j'étais adolescente, il va souffrir quand Emily Rose atteindra le même âge.

— C'est ce que nous lui avons tous dit, répliqua Connie en riant. Il jure qu'il a déjà la solution : il compte l'enfermer à clé dans sa chambre et condamner les fenêtres pour plus de sûreté.

— Ce qui veut dire qu'elle deviendra experte en menuiserie et en crochetage de serrure. Elle arrivera à sortir.

— Cela ne fait aucun doute !

Connie planta son regard dans celui de sa fille et ajouta :

— Tu m'as manqué, mon bébé.

Elle crut tout d'abord que Jenny n'allait pas réagir, mais elle la vit esquisser un petit sourire en coin.

— Tu m'as manqué aussi, maman, répondit-elle d'une voix si basse qu'elle n'était presque qu'un murmure.

Cette fois, quand Connie ouvrit les bras, sa fille s'y jeta.

Connie adressa une brève prière de remerciement au ciel. Après trop d'années de conversations guindées et de silences lourds, son monde était enfin redevenu tel qu'il devait l'être. Mais elle ne se faisait pas d'illusions pour autant. Tous leurs différends, à Jenny et elle, n'avaient pas disparu, et les anciennes blessures mettraient du temps à guérir. Mais en cet instant, alors qu'elle tenait sa fille dans ses bras, elle savait qu'un premier pas venait d'être fait, le plus important.

Pendant une heure, devant un café et les croissants qu'avait achetés son oncle, ce fut comme si sa mère et elle étaient revenues au bon vieux temps, et Jenny parla de sa vie à Nashville et des gens qu'elle y avait rencontrés et avec qui elle travaillait, même si elle se garda d'aborder des détails trop personnels. Elle ne mentionna pas une seule fois le nom de Caleb, et sa mère ne lui demanda pas s'il y avait quelqu'un dans sa vie. On eût dit qu'elles avaient passé un accord tacite, par lequel elles s'engageaient à ce que la première conversation qu'elles avaient depuis bien longtemps reste légère et superficielle. De ce fait, Jenny avait plus l'impression d'échanger des nouvelles avec une vieille connaissance que d'avoir une de ces discussions mère-fille dont elle gardait le souvenir. Et cela l'attristait.

Mais tout se passa bien… jusqu'à ce que sa mère parle de Thomas.

— Nous avons tellement hâte que tu viennes à la maison ! lança-t-elle, sans masquer son enthousiasme. C'est Matthew qui l'a dessinée, et l'équipe de Mick qui l'a construite. Ta chambre donne sur la baie. J'y ai mis toutes tes affaires, mais j'ai pensé que tu voudrais peut-être la redécorer pendant ton séjour. Nous pourrions aller faire quelques courses, choisir de la peinture et des rideaux, peut-être un nouveau dessus-de-lit…

— Maman, je loge chez Bree et Jake. Je croyais que tu l'avais compris.

— Je sais bien que c'est ce qui était prévu, mais maintenant que nous avons discuté, j'espérais que tu voudrais venir à la maison, au moins pour quelque temps. Thomas aimerait tant apprendre à mieux te connaître. Et ton petit frère est fou de joie que tu sois de retour. Il trouve que c'est super d'avoir une grande sœur.

L'espace d'un instant, Jenny revit le regard de Sean, et ses questions…

— Je ne peux pas, murmura-t-elle. Pas encore.

Et, parce qu'elle souffrait de voir la tristesse gagner le regard de sa mère, elle ajouta :

— Pardonne-moi. Mais je ne me sentirais pas à l'aise, là-bas.

— Et pourquoi ? C'est ta maison.

— Non. Je n'ai qu'un chez-moi : la maison de grand-mère, celle où j'ai grandi, celle où nous vivions quand il n'y avait que nous deux. Mais je suppose que tu l'as vendue.

— Non, ma chérie. Je l'ai gardée. Jake a entretenu le jardin. Thomas a demandé à Mick de venir la repeindre et y faire quelques réparations et améliorations. Il a pensé, nous avons tous deux pensé, que tu aimerais peut-être que cette maison soit la tienne si jamais tu revenais vivre ici, précisa-t-elle en soutenant son regard.

Le cœur de Jenny manqua s'arrêter devant la générosité de ce geste.

— Tu as gardé la maison de grand-mère pour moi ? demanda-t-elle, incrédule. Alors que tu savais que je ne reviendrais peut-être jamais ?

— J'ai toujours espéré que tu reviendrais, répondit simplement sa mère. Peut-être pas pour y vivre. Mais cette ville est un endroit merveilleux pour passer des vacances.

Gênée, elle s'interrompit et haussa les épaules avant de poursuivre :

— Et tu es chez toi, à Chesapeake Shores. Du moins, j'espère que tu t'y sentiras toujours chez toi, et que tu n'oublieras jamais combien tu aimais cet endroit, quand tu étais petite.

— Jake et Bree ne m'ont rien dit, murmura Jenny, encore abasourdie par cette nouvelle. Et même maintenant, jusqu'à ce que je parle de la maison, tu insistais pour que je vienne séjourner chez vous.

— Jake et Bree savaient que je voulais te faire la surprise. Et moi, je crois que j'espérais pouvoir te garder sous mon toit pendant un petit moment avant que tu partes t'installer dans ta propre maison. Mais si tu veux les clés maintenant, tu peux les avoir. Je les ai apportées avec moi ce matin.

— Maman, sincèrement, je ne sais pas quoi dire…

En elle, la gratitude le disputait au désarroi. Contrairement à ce qu'elle avait cru, sa mère comprenait ce qu'elle ressentait pour cette vieille maison. Thomas aussi le comprenait, et elle ne voulait même pas chercher à savoir ce que cela impliquait. Soudain elle se sentit… ridicule ; son comportement envers Thomas avait été puéril. Il lui avait toujours témoigné une telle gentillesse, alors qu'elle s'était toujours montrée glaciale à son égard… A cet instant, elle comprit les raisons pour lesquelles sa mère était tombée follement amoureuse de lui.

Sa mère lui adressa un sourire teinté de tristesse.

— J'en conclus que tu veux les clés ?

— Exactement, répondit-elle aussitôt.

Cette maison était le seul lieu auquel elle pouvait penser comme à un foyer ; de plus, elle pourrait s'y réfugier le temps de déterminer où était sa place, dans cette nouvelle famille envahissante.

Sa mère plongea la main dans son sac et en tira un trousseau de clés, attaché à un porte-clés souvenir de Chesapeake Shores. Elle les déposa dans sa main, qu'elle enserra tendrement de la sienne.

— Si tu décides de garder la maison, nous transférerons l'acte de propriété à ton nom pendant ton séjour. Connor pourra s'en charger.

Jenny mourait d'envie d'aller voir la maison tout de suite et… de s'y installer en suivant, mais quelque chose la retint. Peut-être ce voile de tristesse qu'elle voyait dans le regard de sa mère. Elle irait plus tard ; elle avait la clé.

— Je suis passée devant en voiture hier, et j'ai vu qu'elle avait été repeinte, dit-elle en souriant. J'étais heureuse de voir que quelqu'un en prenait soin.

— En ce cas, tu pourras remercier Thomas et ton oncle quand tu les verras.

Elle hésita un instant avant de préciser :

— Tu pourrais même le faire dès ce soir. Si tu venais dîner chez nous ? Je peux faire des spaghettis ou un rôti à la cocotte. Dis-moi ce que tu préfères. Mais je pense qu'il y aura du rôti au menu du déjeuner de dimanche, chez Mick.

Jenny ne répondit pas tout de suite. Elle aurait vraiment préféré repousser sa première rencontre avec son beau-père à dimanche, parce qu'ils seraient entourés d'une foule d'O'Brien, mais peut-être était-il préférable qu'elle le rencontre ce soir après tout. Il n'y aurait ni regards scrutateurs ni témoins prêts à bondir pour prendre la défense de Thomas si elle lui adressait une remarque blessante. Ce qu'elle n'aurait jamais fait délibérément, bien entendu. Pour l'amour de sa mère, ils marchaient tous deux sur des œufs quand ils se trouvaient en présence l'un de l'autre. Il aurait presque mieux valu qu'ils se disent une bonne fois pour toutes ce qu'ils avaient sur le cœur et qu'ils passent à autre chose. Mais elle n'en avait pas le courage.

— A quelle heure ? demanda-t-elle enfin.

Le sourire qui s'épanouit sur le visage de sa mère lui serra le cœur, et elle se promit de faire tous les efforts dont elle serait capable pour que cette soirée soit une soirée de retrouvailles. Thomas avait offert à sa mère l'avenir radieux que cette dernière n'avait jamais osé envisager, elle ne devait pas l'oublier.

— Que dirais-tu de 19 heures ? demanda sa mère. Thomas est généralement rentré d'Annapolis, à cette heure-là. Maintenant que Kevin travaille avec lui, il dirige la fondation depuis la maison, le plus souvent. Mais aujourd'hui, il a dû se rendre au bureau pour assister à des réunions.

— Ah, c'est vrai que Kevin travaille avec lui. Est-ce que Mick s'est enfin fait à l'idée que l'un de ses fils travaille pour Thomas ? Je me souviens qu'il s'est mis en colère quand Kevin lui a dit que c'était ce qu'il voulait faire. Mais peut-être était-il simplement déçu que son fils ne veuille pas travailler avec lui, ni même rester à Chesapeake Shores.

— Oh ! Mick a pesté pendant quelques mois. Mais depuis, il a reconnu plus d'une fois qu'il était fier du travail que Thomas et Kevin accomplissent pour préserver la baie.

— Et il a dit ça sans s'étrangler ? demanda-t-elle, incrédule.

— Oui. Mick s'est adouci, depuis qu'il est revenu avec Megan et qu'il a pris sa retraite. Tu verras par toi-même.

Jenny gardait de Mick le souvenir d'un homme qui ne vivait que pour son travail. Qu'il se soit fait aussi facilement à la retraite l'étonnait un peu, mais pourquoi pas ?

— Je parie qu'il va toujours à son bureau pour tout inspecter dès qu'il en a l'occasion, fit-elle remarquer.

Sa mère éclata de rire.

— Toujours, oui ! Matthew peut en témoigner. Il dit que son oncle les rend tous fous. Il veut encore qu'on lui donne les rapports d'avancement de tous les projets sur lesquels travaille le bureau dans le pays tout entier.

— Il faut le comprendre, cette société porte son nom et il s'y est beaucoup investi.

Elle le comprenait parfaitement, elle. Souvent, il lui était difficile de renoncer à exercer tout contrôle sur ses chansons une fois qu'elle en avait vendu les droits. Sur ce plan-là, sa relation avec Caleb avait eu un aspect positif : il avait toujours accepté qu'elle assiste aux séances d'enregistrement et donne son avis. Il affirmait que ses conseils, qu'elle ait une critique à émettre au sujet de son phrasé ou qu'elle lui suggère de tenir une note afin de donner plus d'emphase à ses paroles, étaient précieux.

— Ton oncle Jake se comporte de la même façon à la pépinière, poursuivit sa mère. Il me laisse le soin de m'occuper de tout, et il me fait confiance, parce qu'il sait que le travail sera fait, mais il lui arrive encore de vouloir gérer le moindre détail.

— En parlant d'oncle Jake, est-ce que tu peux lui demander de venir dîner avec Bree ce soir ? Je veux le remercier de s'être occupé de la maison comme il l'a fait.

Et la perspective d'être entourée de visages familiers la rassurerait un peu, à défaut de lui enlever toute sa nervosité.

— Tout ce que tu voudras, répondit aussitôt sa mère. Si leur présence doit te mettre à l'aise, je ferai en sorte qu'ils soient là. Avec Sean et Emily Rose, les adultes ne pourront sans doute pas en placer une… et pour le moment, cela vaut peut-être mieux.

— Merci.

— Tout va bien se passer, ma chérie. Je te le promets. Nous sommes une famille. Et tu connais Thomas depuis ta naissance, ou presque.

Peut-être qu'elle le connaissait depuis toujours, mais elle l'évitait depuis qu'il avait épousé sa mère. D'ailleurs, elle allait devoir fournir un gros effort pour penser à lui comme à son beau-père. Et elle ne pouvait plus faire l'autruche : ce soir, elle allait devoir affronter ses démons.

Bree remit son téléphone portable dans sa poche et jeta un regard curieux vers Jenny.

— Un dîner chez ta mère ce soir ? J'ai bien compris ?

— Oui. Je n'ai pas pu refuser. Cela m'aurait semblé aussi odieux que de donner un coup de pied à un petit chien, surtout après avoir appris que maman avait gardé notre vieille maison et l'avait fait rénover pour me la donner.

Les yeux de Bree s'illuminèrent.

— Elle te l'a enfin annoncé ? Ça m'a tuée de ne rien pouvoir te dire chaque fois que nous nous parlions, ces dernières semaines ! Est-ce que tu l'as vue ?

— Nous y sommes passées en venant ici. Ils

ont vraiment fait un travail incroyable. J'aurais cru qu'ils s'étaient contentés de passer une couche de peinture, mais ils ont fait bien plus que ça. Ils ont même installé une cuisine flambant neuve avec des plans de travail en granit et des équipements en inox. Et les salles de bains ont l'air tout droit sorties d'une revue de décoration.

— La maison est fantastique, pas vrai ? Papa a réfléchi au moindre détail. Il est parfois utile d'avoir un génie de l'architecture dans sa famille.

— Tu peux le dire. Il a même trouvé le moyen d'agrandir la salle de bains de la chambre principale et d'y installer une immense douche à l'italienne et un Jacuzzi. Quand je la regarde, j'ai du mal à me rappeler combien cette salle de bains était minuscule. J'ai vraiment hâte de me plonger dans cette baignoire, un verre de vin à la main, et d'y tremper jusqu'à être aussi ridée qu'un pruneau.

— Et elle est assez grande pour deux, fit remarquer Bree. Jake et moi l'avons testée.

— Ça ne m'étonne pas ! lança Jenny en éclatant de rire.

— Tu comprends… il fallait que je lui démontre qu'il était essentiel que nous en ayons une chez nous.

— Et est-ce que la démonstration a porté ses fruits ?

— Oh oui…, murmura Bree en rosissant. Mais,

pour ton information, nous sommes rentrés chez nous à toute vitesse. Personne ne s'est jamais servi de ton grand lit ! ajouta-t-elle vivement.

— C'est bon à savoir ! s'exclama Jenny, amusée par leur sens de la bienséance. Et maintenant, est-ce que nous pouvons nous concentrer sur ces paroles de chanson ? Que penses-tu de celles que j'ai écrites jusqu'ici ?

— Elles sont fantastiques ! répondit Bree avec enthousiasme. Elles ont parfaitement saisi le ton de la pièce et l'esprit des fêtes de fin d'année. J'ai hâte que la troupe les entende. Les professionnels arriveront la semaine prochaine. J'ai déjà fait quelques lectures avec les locaux, parce qu'il leur faut plus longtemps pour retenir leurs répliques. Tu penses que tu auras fini ces chansons pour lundi ? Cela nous laissera trois semaines entières pour les répétitions. Nous commençons trois jours avant Noël et jouons jusqu'au premier de l'an. Mais il n'y a de spectacle ni la veille ni le jour de Noël.

— Cela fait quand même beaucoup de représentations, dis-moi. Est-ce que tu pourras remplir le théâtre tous les soirs ?

— Oui, et même pour les deux matinées du samedi, assura Bree. Nous jouerons presque à guichets fermés. Nous avons plus d'abonnés que je l'aurais cru, et le spectacle de Noël attire toujours des spectateurs venus de toute la région. Tout le monde cherche un spectacle de Noël que l'on peut venir voir en famille, pour un prix raisonnable.

— Bree, c'est merveilleux ! Félicitations !

Bree sourit, radieuse.

— Je dois t'avouer qu'au début, quand Jake et moi parlions d'ouvrir ce théâtre, je n'y croyais pas trop. Je pensais qu'il n'allait même pas tenir un an. Et nous voilà dans la cinquième année. Nous avons même obtenu d'excellentes critiques dans des journaux de Washington et de Baltimore.

— C'est plus qu'encourageant. Comme je sais que tu n'es pas du genre à te reposer sur tes lauriers... quels sont tes projets, maintenant ?

— Je veux écrire une pièce qui ait le potentiel pour être jouée sur Broadway... ou au moins tout près de Broadway. Quand je rêve, je ne rêve pas à moitié, comme tu vois.

— Il n'y a rien de mal à ça. Il y a longtemps que tu y penses, et tous les succès que tu rencontreras seront bien mérités.

— Merci, ma chérie.

Bree consulta sa montre et ajouta :

— Il faut que j'aille faire répéter la troupe, maintenant. Tu es bien ici, dans la salle de répétitions ?

— J'ai ma guitare et du papier, je n'ai besoin de rien de plus. Va donc créer ta magie.

— Toi aussi !

Jenny sourit, repensant à toutes les fois où elle

avait bataillé pour trouver le mot parfait, ou la note parfaite. Et aussi à ce frisson d'excitation qui la traversait chaque fois qu'elle entendait l'une de ses chansons à la radio. Et ça, c'était vraiment magique.

4

— J'ai toujours su que tu deviendrais une grande compositrice. C'était incroyable !

Jenny, qui reposait sa guitare, se retourna et sourit en reconnaissant Dillon Johnson, son premier petit ami.

Il était plus grand maintenant, et sa silhouette efflanquée s'était étoffée. Le garçon qu'elle n'avait pas revu depuis des années était devenu un homme, et un homme au physique avantageux, qui plus est.

Elle se leva d'un bond pour le prendre dans ses bras.

— Dillon ! D'où est-ce que tu sors ? Et regarde-toi ! Tu portes un costume et une cravate et tu es devenu complètement adulte. Comment ça se fait ?

Il éclata de rire.

— Le temps passe, du moins pour moi. Parce que toi, tu es restée la même. Toujours aussi belle.

Ça, elle en doutait fortement. Il y avait des heures qu'elle n'avait pas passé un peigne dans ses cheveux, et son rouge à lèvres devait s'être effacé depuis longtemps. Elle avait choisi son jean le plus confortable et son pull le plus chaud, ce matin, et ni l'un ni l'autre n'étaient à la pointe de la mode.

Mais ce pull était l'objet d'une véritable superstition. C'était celui qu'elle portait par une nuit de neige, à Nashville, alors qu'elle griffonnait sur un bout de papier les paroles de la chanson qui allait devenir son premier gros tube. Par la suite, elle avait toujours tenu à enfiler ce même pull quand elle commençait à coucher des idées sur le papier et à composer des musiques. Ce matin, elle avait voulu porter chance de la même façon à tous les morceaux qu'elle écrirait pour le spectacle de Noël de Bree.

— Menteur ! lança-t-elle, moqueuse. Mais merci pour le compliment. Qu'est-ce qui t'amène ?

— Ethel a dit que tu étais en ville.

— Bien sûr, Ethel...

A vrai dire, elle était étonnée que personne n'ait accroché une bannière annonçant son arrivée en travers de Main Street.

— Elle aime être porteuse de bonnes nouvelles, tu n'as pas oublié, poursuivit Dillon. Quoi qu'il en soit, comme j'avais quelques minutes entre deux rendez-vous... Tu sais sans doute que je travaille maintenant avec papa dans son cabinet d'assurances ?

— Je l'ai entendu dire, oui. Je dois dire que j'ai été surprise.

Dillon prit un air penaud.

— Parce que je jurais toujours que je préférerais mourir que vendre des assurances ? demanda-t-il.

— Tu étais assez catégorique sur le sujet, lui rappela-t-elle.

— Quand je suis sorti de l'université, il n'y avait pas beaucoup de postes disponibles, et j'avais besoin de travailler. Alors…

— Tu as pris la bonne décision. J'ai appris que tu étais marié et père d'une petite fille.

Bree lui avait transmis l'information d'une voix hésitante, se demandant sans doute comment elle prendrait la nouvelle. Elle avait eu une pointe de regret, mais c'était tout.

— C'est presque vrai, dit-il avec une gravité soudaine. Deanna a demandé le divorce il y a quelques mois. Elle a dit qu'elle en avait assez d'essayer de rivaliser avec mon passé.

Jenny fronça les sourcils.

— Ton passé ? C'est-à-dire ?

— Toi, bien sûr. Elle a dit qu'elle voyait bien que, chaque fois que l'une de tes chansons passait à la radio, je commençais à penser à ce qu'aurait pu être ma vie. Et le fait que j'aie chargé toutes tes chansons sur mon iPod n'a sans doute pas contribué à arranger les choses.

Gênée, elle se rassit et reprit sa guitare qu'elle

posa sur ses genoux, tel un bouclier. Elle commença à gratter pensivement les cordes, pour se donner le temps de réfléchir à ce qu'il venait de lui apprendre.

— Mais, Dillon... ça ne peut pas être vrai.

Elle espérait vraiment que sa femme s'était trompée.

— Tu te souviens que nous avons cessé de sortir ensemble quand nous sommes partis pour l'université, reprit-elle. Cela fait longtemps. Nous ne sommes même pas restés en contact.

— C'est ce que je lui ai dit, répliqua-t-il en haussant les épaules. Mais elle ne l'a pas cru, surtout quand nous sommes venus nous installer ici. Toutes les personnes qu'elle rencontrait lui parlaient de toi et moi. Ils ne pensaient sans doute pas à mal, mais tu sais comme moi que les habitants de Chesapeake Shores ont une excellente mémoire. En plus, comme tu es devenue une célébrité du monde musical, tout le monde en ville est fier de te connaître.

— Une *célébrité* ? Pas vraiment. La plupart des gens ne savent pas qui écrit les chansons. C'est l'interprète qui est sous le feu des projecteurs, pas l'auteur et le compositeur.

— Sauf quand le compositeur vit une histoire d'amour avec l'interprète, je suppose.

Elle soupira. Il avait raison sur ce point. Sa relation avec Caleb l'avait mise sur le devant de la scène, bien plus que la plupart des autres auteurs-compositeurs — du moins ceux qui n'étaient pas également interprètes.

— Je suis vraiment désolée, murmura-t-elle.

— Tu n'y es pour rien. Et, pour être honnête, peut-être que Deanna avait raison. Peut-être que l'on ne peut jamais vraiment oublier son premier amour.

Pourtant, c'était ce qu'elle avait fait. Elle avait tourné la page de son histoire avec Dillon quand elle avait rencontré Caleb et, aux rares moments où elle s'autorisait à être entièrement franche avec elle-même, elle savait que, même si elle avait quitté Caleb, son histoire avec lui était toujours bien présente dans son cœur — Bree avait raison sur ce point. Mais elle était bien décidée à repousser tout accès de nostalgie malvenu. Maintenant, Caleb appartenait au passé, et c'était là qu'il devait rester.

— Et ta petite fille ? demanda-t-elle.

Elle pensait au divorce de ses propres parents, à la façon dont son père avait disparu de leur vie et aux cicatrices qui en avaient résulté.

— Tu n'aurais pas dû faire plus d'efforts, pour elle ? ajouta-t-elle.

Dillon sembla surpris par cette remarque.

— Lori va bien, répondit-il, sur la défensive. Elle n'a que deux ans, et elle a compris qu'elle avait deux maisons, maintenant : l'une avec maman et l'autre avec papa. Deanna et elle ne sont pas loin, elles vivent à Annapolis.

— Oui mais…

Elle ravala aussitôt ce qu'elle allait dire.

— Non, rien, dit-elle. Cela ne me regarde pas.

Dillon s'assit à côté d'elle et la poussa du coude.

— Et c'est ce qui t'arrête ? Tu as bien changé, Jenny. Vas-y, dis ce que tu as à me dire.

— Je me souvenais seulement du départ de mon père et de ce que j'ai ressenti. Je crois que je ne m'en suis jamais remise.

Il fronça les sourcils.

— Cela n'a rien à voir. Il a quitté l'Etat, tu ne le voyais jamais et il ne donnait presque pas de nouvelles. Ensuite, tu as découvert qu'il n'avait jamais voulu d'enfant.

— Oui, et ça a été une vraie gifle, murmura-t-elle, se souvenant encore du choc que cela avait été. Je me suis aussitôt dit qu'il n'était parti qu'à cause de moi, et que si maman n'était jamais tombée enceinte, ils seraient restés ensemble.

— Mais tu savais que c'était faux. Ta mère n'aurait renoncé à toi pour rien au monde, pas même pour garder son mari. Je l'ai moi-même entendue le dire.

— C'est ce qu'elle a toujours affirmé, en effet. Mais comment ne pas se poser la question ? Elle devait être amoureuse de lui, au début.

— Elle l'était sans doute. Mais elle t'a bien dit

qu'il leur était souvent arrivé de se disputer au sujet de leurs futurs enfants. Il avait beau savoir qu'elle souhaitait en avoir, il refusait ne serait-ce que d'y penser. Et malgré tout, quand elle a découvert qu'elle était enceinte, elle n'a pas eu une seconde d'hésitation. Pourtant, elle aurait pu avorter.

Il la regarda dans les yeux et poursuivit :

— Pour ma part, je pense que, lorsque deux personnes commencent à se fréquenter, ils partent du principe qu'ils sont sur la même longueur d'onde, quel que soit le sujet. Et quand ils découvrent que ce n'est pas le cas, leurs sentiments changent.

— Je suppose que tu as raison.

— Et pour revenir à mon cas, ma fille n'aura jamais à se poser les mêmes questions que toi. Je suis toujours là, et elle saura toujours combien je l'ai désirée et combien je l'aime.

— C'est peut-être différent, en effet, reconnut-elle. Je dois juste me sentir un peu coupable.

— Et de quoi ?

— Je n'aime pas penser que j'ai joué un rôle dans ta rupture avec la maman de Lori, même si ce n'est qu'un petit rôle.

Dillon secoua la tête.

— Deanna et moi n'aurions même pas dû être ensemble, pour commencer. Je l'ai toujours su. Mais quand nous avons rompu, toi et moi, j'étais un peu paumé. Je sais bien que nous nous étions mis d'accord et que c'était la meilleure chose à faire parce que nous étions bien trop jeunes pour une histoire sérieuse. De plus, notre relation n'aurait jamais pu survivre alors que nous fréquentions deux universités différentes. Nous avions décidé que nous devions être prêts à rencontrer quelqu'un d'autre...

Avec un regard teinté de nostalgie, il conclut :

— Mais j'ai fini par comprendre que je n'avais pas tellement envie de vivre de nouvelles expériences.

Jenny posa sur lui un regard empreint de regret.

— Je suis désolée, Dillon.

— Oui, moi aussi.

Il fixa un point devant lui quelques instants et reprit :

— J'ai entendu dire que tu avais rompu avec Caleb Green.

Il avait prononcé ces mots avec une telle désinvolture qu'elle ne put retenir un sourire.

— Quoi ? Tu veux dire que tu as vu les gros titres des journaux à scandale au supermarché et les reportages dans les émissions people qui révélaient qu'un photographe l'avait surpris en train de peloter une autre femme ?

— Quelque chose comme ça, répondit-il. Tu dois avoir eu du mal à supporter tout ça. Tu vas bien ?

— Je vais finir par y arriver.

Elle était persuadée que cela finirait par être vrai si elle le répétait assez souvent... et si tout le monde cessait de prononcer le nom de Caleb à mi-voix sur un ton plein d'inquiétude.

— Alors ? lança soudain Dillon d'une voix joyeuse. Si on dînait ensemble un de ces jours, pendant que tu es en ville ?

Elle lui décocha un regard surpris. Vu les circonstances, même quelque chose d'aussi banal qu'un dîner avec un vieil ami était susceptible d'engendrer toutes sortes de complications.

— Oh ! Dillon... Je ne sais pas si c'est une bonne idée. Est-ce que cela ne confirmerait pas les soupçons de Deanna ?

— Il est un peu tard pour s'en soucier. Allons... Ce ne serait qu'un dîner entre deux vieux amis, histoire de fêter nos retrouvailles. Quel mal y a-t-il à ça ?

— Je préférerais un déjeuner.

Ce serait plus facile, et les curieux qui peuplaient Chesapeake Shores ne pourraient se livrer à aucune interprétation erronée. Mais ils parleraient, bien sûr, quelle que soit l'heure à laquelle ils seraient vus ensemble. Dillon ne venait-il pas de dire que personne en ville n'avait oublié leur passé commun ?

— Comme tu veux, dit-il.

Il se leva et, après une légère hésitation, se pencha pour lui déposer un rapide baiser sur le front.

— C'est vraiment bon de te revoir, Jenny. Je resterai en contact, pour ce déjeuner.

— Salut, chuchota-t-elle.

Elle le suivit des yeux, en se demandant pourquoi elle ne ressentait plus la moindre attirance pour lui. Cela aurait été tellement reposant…

Elle le savait, bien sûr. C'était à cause de Caleb. Mais ce n'était pas parce qu'elle connaissait la réponse à cette question qu'elle lui plaisait.

Caleb se tenait à la porte de la salle de répétitions quand il avait vu l'homme y entrer et aller tout droit vers Jenny. Il reconnaissait sans la moindre honte qu'il avait écouté leur conversation, assez du moins pour comprendre que cet homme était un ancien petit ami de Jenny.

Cette découverte avait provoqué en lui un éclair de jalousie tellement puissant qu'il avait préféré s'éloigner. Il savait qu'il n'avait pas le droit d'entrer dans cette pièce pour exprimer sa colère et flanquer son poing dans la figure de cet homme, comme il en avait envie. Il ne devait pas oublier que Jenny n'avait plus aucun compte à lui rendre.

Une fois l'homme reparti, il laissa s'écouler un laps de temps convenable avant de pénétrer à son tour dans la salle de répétitions. Assise sur une chaise, Jenny grattait doucement les cordes de sa guitare en fignolant les paroles de ce qui semblait être un chant de Noël. Sans doute une chanson écrite pour le spectacle.

Il écouta deux fois le refrain avant de se joindre à elle. Quand leurs voix se mêlèrent, en une harmonie parfaite, elle s'arrêta et se tourna vivement vers lui. Un éclair de désir brut fusa dans son regard, mais son visage se referma aussitôt. Et quand elle ouvrit la bouche, ce fut pour proférer des paroles tellement glaciales qu'il frissonna.

— Tu n'es pas le bienvenu ici, laissa-t-elle tomber.

Il avança quand même d'un pas et répondit, en soutenant son regard :

— Je ne m'attendais pas à l'être.

— Dans ce cas, pourquoi es-tu venu ?

— J'ai toute une liste de raisons. Et en tête de cette liste, il y a le besoin de m'excuser pour tout ce qui s'est passé.

Il la regarda longuement. Pourquoi semblait-elle aussi étonnée de le voir ?

— Tu ne m'attendais pas ? demanda-t-il.

— T'attendre ? Certainement pas ! Je n'aurais jamais cru que tu aurais le culot de te montrer dans cette ville.

— Je pensais que Margo t'aurait prévenue.

— Margo ?

— Oui. Pour ton information, elle n'a pas été ravie du tout d'apprendre que je comptais venir jusqu'ici. Je pensais qu'elle n'aurait pas attendu plus de deux secondes pour t'appeler après m'avoir raccroché au nez.

Jenny ferma les yeux et soupira.

— Elle l'a sans doute fait, reconnut-elle. Elle m'a laissé un message, mais j'ai rangé mon portable dans un tiroir, sans même l'écouter. Je me suis dit qu'elle m'appelait pour des raisons professionnelles, et que ce qu'elle avait à me dire attendrait mon retour à Nashville.

— Tu as toujours eu l'habitude de te déconnecter de tout quand tu te consacrais à un nouveau projet.

— Apparemment, il faut que je me défasse de cette habitude, répliqua-t-elle sur un ton sarcastique.

— Je suis heureux que tu ne t'en sois pas encore défaite. Et Jess O'Brien ? Elle ne t'a pas appelée, elle aussi ?

La surprise la réduisit au silence pendant un instant. Enfin, elle demanda :

— Tu as vu Jess ? Pourquoi ?

— Elle m'a *autorisé* à dormir à l'auberge, cette nuit. Pour ton information, elle n'était pas ravie de ma présence, elle non plus, mais elle n'a pas eu le cœur de me repousser.

— Malheureusement, la plupart des femmes sont incapables de te résister, lança-t-elle avec une pointe d'amertume. Je l'ai appris à mes dépens.

D'une simple réplique, Jenny venait de lui renvoyer sa conduite odieuse en pleine figure.

— Je suis désolé, murmura-t-il. Je sais que mes excuses sont tardives, mais jamais je n'ai voulu te faire souffrir. Tu sais mieux que quiconque que je n'avais pas les idées claires, à cette époque. Tu m'as assez souvent dit qu'il fallait que je me fasse aider pour arrêter de boire. Malheureusement, je pensais que je n'avais pas besoin d'aide. Je me disais que je méritais bien de me détendre après un concert. Ensuite, je me suis convaincu que j'avais aussi besoin d'un petit quelque chose pour me détendre avant de monter sur scène. Et très vite, pour chacun des verres que je prenais, je me suis forgé ce que je pensais être une excuse imparable.

Elle l'avait laissé parler sans l'interrompre, mais son expression ne s'était pas adoucie pour autant. Elle n'était pas partie, c'était toujours ça.

— Ta démarche d'aujourd'hui fait partie du programme ? lança-t-elle d'un ton moqueur. On te demande de reconnaître tes erreurs et de présenter tes excuses ? Eh bien, tu t'es excusé. Maintenant, tu peux t'en aller.

Mais, au lieu de partir, il approcha une chaise de la sienne et s'assit.

— J'ai dit que j'étais venu jusqu'ici pour toute une liste de raisons, Jenny. Tu n'as entendu que la première. Il va peut-être me falloir un moment pour t'exposer les autres.

— Même si ta liste est longue comme le bras, jamais elle ne pourra inclure tout ce que tu devrais me dire pour que je cesse de te haïr, répliqua-t-elle d'un ton sec.

Bien ! Les choses allaient être un peu plus difficiles qu'il l'avait cru. Il savait qu'elle était obstinée, mais c'était la première fois qu'elle lui tenait tête de cette façon. Même quand elle était furieuse contre lui, il avait toujours su comment lui arracher un sourire, comment la charmer jusqu'à la faire revenir dans son lit. Il avait toujours su gérer sa colère, la canaliser et la transformer en passion. Mais jamais il n'avait été confronté à cette froideur, cette distance. Il allait devoir trouver d'autres moyens de la faire revenir vers lui.

— Je mérite cette haine, reconnut-il.

— Et tu mérites bien plus, encore.

— C'est vrai. Je ne vais pas me chercher d'excuses. Je ne vais même pas essayer de mettre mes erreurs sur le compte de l'alcool. La vérité, c'est que je me suis complètement planté. Je sais que je t'ai fait souffrir, et je sais aussi que tu ne le méritais pas. Nous étions amis longtemps avant de devenir amants. J'aimerais trouver un moyen d'arranger les choses entre nous, de ressusciter cette amitié.

Elle le regarda, incrédule.

— Arranger les choses ? Qu'est-ce que tu veux dire par là ? Tu m'as trompée, Caleb. Tu m'as délaissée pour une bouteille. Tu as laissé tomber ton groupe, et noyé ta carrière dans l'alcool.

Comment crois-tu pouvoir arranger quoi que ce soit ?

Il grimaça en entendant la colère qui faisait trembler sa voix, mais ce fut en la regardant droit dans les yeux qu'il répondit, avec la plus grande franchise :

— Je ne sais pas. Seul l'avenir nous dira si j'en suis capable.

— Tu n'as plus aucun avenir avec moi.

Elle avait cette fois parlé d'une voix ferme mais, quand il vit ses yeux, il se reprit à espérer. Il était presque sûr de lire du regret dans son regard. Et il allait se servir de ce lien, aussi ténu soit-il, pour les unir de nouveau. En ce moment, rien dans sa vie n'était plus important. Et la raison première de sa visite, la chanson qu'il était venu l'implorer de lui céder, passa au second plan. Sa présence dans cette ville n'avait plus qu'un but : Jenny.

Jenny était à peu près sûre que, malgré tous ses efforts, elle avait été incapable de prendre une seule profonde inspiration depuis qu'elle avait levé les yeux pour rencontrer le regard de Caleb. Elle essaya de se rappeler que Dillon, qui ne l'aurait jamais trahie comme l'avait fait Caleb, se trouvait dans cette même pièce quelques instants plus tôt, et qu'il lui avait plus ou moins proposé de reprendre leur relation là où ils l'avaient laissée. Mais en vain.

Elle dut s'accrocher à sa colère pour ne pas se jeter dans les bras de Caleb. Pire encore : il disait exactement ce qu'il fallait, assumait ses responsabilités, lui présentait ses excuses sans se chercher de prétextes et, si elle lisait bien en lui, n'attendait rien en retour, pas même son pardon.

Mais était-elle encore capable de le déchiffrer ? Quelques jours à peine avant que ces photos atroces paraissent dans les journaux à scandale, il lui avait juré qu'il l'aimait. Et elle l'avait cru. Après, il avait juré qu'il ne se souvenait ni de l'incident ni même de la femme. Une affirmation qui n'avait fait qu'aggraver la situation.

Elle coula un regard vers lui. Assis à côté d'elle, il attendait patiemment, sans paraître le moins du monde anxieux. Sa colère se réveilla aussitôt. Il aurait dû sembler au moins un peu nerveux. Mais non. Et c'était ses nerfs à elle qui étaient tendus à se rompre, c'était elle qui semblait incapable de reprendre son souffle.

Pour se calmer, elle se força à prendre une profonde inspiration avant de dire, à mi-voix :

— Il faut que tu t'en ailles, Caleb. Tu m'as dit ce que tu étais venu me dire, ou du moins la seule partie qui ait une quelconque importance. Je t'ai écouté. Maintenant, va-t'en.

— Je te l'ai dit, Jenny. Ce n'était que le début.

— Je ne veux pas entendre la suite.

Il fallait qu'il quitte cette pièce, l'auberge, et même la ville ! Sinon, elle allait faire quelque chose d'insensé et lui permettre de l'atteindre de nouveau.

Il sourit.

— Mais moi, j'ai besoin de te parler, insista-t-il. Si tu ne veux pas m'entendre, tu peux toujours te boucher les oreilles. Mais je ne partirai pas avant de t'avoir dit tout ce que j'ai à te dire.

— Il a toujours fallu faire comme tu le décidais, pas vrai ?

Il haussa les sourcils.

— Je rêve ! s'exclama-t-il, visiblement choqué. Comment est-ce que tu peux dire cela ? Quand nous étions ensemble, tu m'as toujours mené par le bout du nez. Mon groupe m'en a fait voir de toutes les couleurs, à cause de ça. Ils disaient que je t'aimais tellement que j'en devenais pathétique.

— Jusqu'à ce que tu cesses de m'aimer, rétorqua-t-elle d'un ton las.

Il se tourna vers elle et glissa un doigt sous son menton pour l'empêcher de détourner la tête.

— Je n'ai jamais cessé de t'aimer, dit-il d'une voix douce. Jamais ! Si tu dois ne croire qu'une seule des choses que je te dis, c'est celle-ci.

Elle sentit son idiot de cœur battre un peu plus vite, mais elle fixa quand même Caleb, choquée.

— Et c'est pour me montrer ton amour éternel

que tu as peloté une autre femme en public ? lança-t-elle.

— C'était une erreur, que je regretterai jusqu'au jour de ma mort. Je ne sais pas ce qui m'est passé par la tête.

— Tu n'avais plus de tête. C'est ça, le vrai problème. Pas vrai ?

— Oui, reconnut-il humblement. C'est le vrai problème.

— Caleb, c'est impossible. Je suis ici pour des raisons professionnelles, et pour régler des problèmes familiaux. Je ne peux pas en plus revenir sur ce qui s'est passé entre nous. Ce serait trop pour moi. Alors s'il te plaît, rentre chez toi. Si tu as un chez-toi, que ce soit à Nashville ou ailleurs.

Il la regarda longuement. Dans ses yeux elle lut sa détermination, et comme une pointe de regret.

— Je ne peux pas.

— Pourquoi ? demanda-t-elle, irritée. Nous nous reverrons quand je rentrerai à Nashville, et nous pourrons convenir d'un jour pour discuter aussi longtemps que tu le voudras.

Et ce jour-là, les poules auraient des dents…

— Tu ne m'auras pas, répliqua-t-il avec un petit rire. Dès que tu seras rentrée à Nashville, tu t'entoureras de toute une armée de gens dont la seule mission sera de m'empêcher de t'approcher.

Malheureusement, il la connaissait trop bien. C'était exactement ce qu'elle avait en tête.

— Alors, quelles sont tes intentions ?

— Nous pourrions commencer par dîner ensemble ce soir, proposa-t-il. Comment s'appelle ce restaurant dont tu parlais toujours, en bord de mer ? Brandon's ? Brady's ?

— Brady's, répondit-elle, surprise qu'il s'en souvienne. Mais c'est impossible. J'ai prévu un déjeuner en famille.

— Alors viens prendre le petit déjeuner demain à l'auberge.

Elle fut soulagée qu'il n'ait pas cherché à lui arracher une invitation au dîner de ce soir, mais n'était vraiment pas emballée à l'idée de prendre le petit déjeuner à l'auberge avec lui. Si quelqu'un les voyait tous deux tôt le matin dans la salle à manger de l'auberge, Dieu seul savait ce que les gens en déduiraient ! Il n'y avait peut-être pas beaucoup de paparazzis à Chesapeake Shores, mais c'était le genre de nouvelle qui pouvait les amener à débarquer en un clin d'œil.

— Je ne crois pas, non, répondit-elle.

— Alors, dis-moi.

— Nashville.

Mais elle doutait qu'il accepte de repousser la discussion qu'il était tellement déterminé à avoir. Et…

— Non, décréta-t-il. Trouve autre chose à me proposer.

Elle céda. Elle savait très bien qu'il refuserait

de partir avant d'avoir eu la petite discussion pour laquelle il était venu jusqu'ici.

— Déjeunons ici demain, proposa-t-elle dans un soupir. Demande au cuisinier de l'auberge de préparer quelque chose, ou arrête-toi à la pizzeria, en haut de la rue. Ça m'est égal.

Il l'observa un instant d'un air amusé.

— Si je comprends bien, tu ne veux pas être vue en public avec moi. Tu ne penses pas que, si les gens de cette ville me reconnaissent, ils en tireront quand même leurs propres conclusions ? Pourquoi serais-je ici, Jenny, sinon pour te voir ? Mais tu penses peut-être que je devrais rester cloîtré dans ma chambre et éviter d'être vu en public ?

— Malheureusement, ce serait trop te demander, rétorqua-t-elle, l'air pensif.

— Oui, ce serait trop me demander. Tu m'as tellement parlé de cette ville que je veux la voir. Et j'aimerais aussi rencontrer ta famille.

— Pourquoi ? Ils ne t'apprécient pas plus que moi, en ce moment.

En tout cas, il lui suffirait de plaider sa cause auprès d'eux pour que ce soit le cas.

— Et c'est précisément pour cette raison que j'aimerais avoir une chance de les amener à changer d'avis, rétorqua-t-il. J'ai fait une erreur, Jenny. Une erreur terrible. Mais je ne suis pas l'incarnation du diable.

Elle ne le savait que trop bien… et c'était là

que se nichait le vrai problème. Si Caleb restait trop longtemps en ville, il y avait un risque qu'elle commence à se rappeler toutes ses qualités, qu'elle se souvienne de sa sensibilité, de son humour et… d'accord, de la façon dont il lui suffisait d'à peine plus qu'un regard pour déclencher une onde de plaisir qui la traversait de la tête aux pieds.

Avec une pointe de désespoir, elle se dit que cela ne devait tout simplement pas se produire.

— J'accepte que nous parlions demain, à la seule condition que tu me promettes de t'en aller, dit-elle enfin.

Il la regarda d'un air chagriné.

— Je ne vais pas te mentir, Jenny. Il est peu probable que je m'en aille.

— Mais pourquoi ? Tu as toujours dit que les petites villes te rendaient claustrophobe, qu'elles te rappelaient trop les bars minuscules et les bastringues miteux dans lesquels tu te produisais au tout début de ta carrière.

Il haussa les épaules et la regarda droit dans les yeux.

— Chesapeake Shores ne me donne pas la même impression, répondit-il avec une certitude qui la fit frémir. Peut-être parce que tu t'y trouves, et que je sais combien tu tiens à cette ville. Alors je…

— Arrête ! Je ne sais pas si tu essaies de me charmer, de me séduire, ou autre chose, mais arrête tout de suite !

Il éclata de rire.

— Ça doit marcher, fit-il remarquer, un petit sourire en coin. Sinon tu ne serais pas aussi contrariée.

Il se leva, lui déposa un rapide baiser sur le front et se dirigea vers la porte.

— A demain ! lança-t-il. Je serai là à midi.

Elle le suivit des yeux. Son cœur battait à toute vitesse, d'une façon qui ne lui était que trop familière. Elle chercha à se convaincre qu'elle était seulement irritée, mais elle savait que c'était faux. Il avait réussi à la toucher. Qu'il aille au diable !

Son téléphone portable étant toujours dans le tiroir de la commode, sous les pulls, elle partit à la recherche de Bree pour lui emprunter le sien. Sans penser à ce qui pourrait se produire si on l'entendait, elle composa le numéro de la ligne privée de Jess, à l'auberge et, sans lui laisser le temps de dire un mot, lança :

— Tu as laissé Caleb descendre à l'auberge ?

— Il est arrivé au milieu de la nuit, répondit Jess. Il gelait, dehors. Qu'est-ce que j'aurais pu faire ?

— Lui dire d'aller se jeter dans la baie. Ce qui aurait pu résoudre bien des problèmes.

Jess se mit à rire, mais s'arrêta aussitôt.

— Je n'aurais pas voulu avoir sa mort sur la conscience, et toi non plus, je pense. Si tu veux que je le mette à la porte dès aujourd'hui, tu n'as qu'un mot à dire, Jenny. Mais quelque chose me dit qu'il ira s'installer ailleurs, pas très loin d'ici. Je pense qu'il ne repartira pas avant d'avoir accompli ce qu'il est venu faire ici.

— Oui, lâcha-t-elle dans un soupir. C'est l'impression que j'ai eue, moi aussi.

— Alors, est-ce qu'il part, ou est-ce qu'il reste ?

— Garde-le une nuit de plus, répondit-elle à contrecœur.

— Je vais lui réserver une chambre sans fixer de date de départ. Je sais bien que tu ne m'as pas demandé mon avis, mais tu devrais peut-être lui donner une chance de s'expliquer. Cela te permettra peut-être de refermer le chapitre si tu décides que vous n'avez aucun avenir ensemble.

— Nous n'en avons pas ! lança-t-elle avec fougue.

Caleb lui avait déjà prouvé une fois que l'on ne pouvait pas lui faire confiance, et elle refusait tout simplement de mettre de nouveau son cœur en danger.

5

A peine avait-elle rendu son téléphone portable à Bree que Jenny se rendit compte que cette dernière avait entendu chacun des mots de sa conversation avec Jess. Et un million de questions lui brûlaient les lèvres, c'était évident.

— Caleb est ici ? A Chesapeake Shores ? Et il était avec toi il y a quelques minutes ? demanda Bree, abasourdie. Pourquoi ? Non, oublie cette question. Nous savons tous pourquoi. Il est venu pour essayer de se réconcilier avec toi. Qu'est-ce que tu ressens ?

— Qu'est-ce que je peux ressentir, à ton avis ? Je veux qu'il s'en aille. Tout de suite. Mais il a dit qu'il ne s'en irait pas. Il est descendu à l'Inn at Eagle's Point et, d'après Jess, il semble décidé à y rester, à moins que je lui demande de le mettre à la porte. Mais elle pense que, même si elle le fait, il ne quittera pas la région pour autant. Malheureusement, je crois qu'elle a raison. Tout à l'heure, il m'a donné l'impression qu'il était vraiment décidé à rester dans le coin. Il veut me prouver qu'il a changé.

— Oh mon Dieu, murmura Bree.

Jenny lui jeta un regard ironique.

— Tu peux le dire.

L'expression de Bree se fit songeuse, comme toujours quand son esprit créatif tournait à plein régime. Ensuite apparut dans son regard une lueur que Jenny n'apprécia pas… mais alors, pas du tout.

— Je me demande…

La voix de Bree contenait un mélange inquiétant de nervosité, de prudence et d'excitation.

— Enfin… si Caleb est décidé à rester, bien sûr, je me demande s'il ne pourrait pas…

Jenny comprit aussitôt où Bree voulait en venir et se hâta de l'interrompre avant qu'elle ait pu terminer sa phrase.

— Oh non ! déclara-t-elle avec force. Bree O'Brien Collins, il est hors de question que Caleb Green participe à ton spectacle de Noël. S'il te plaît, dis-moi que cette idée ne t'a pas traversé l'esprit une seule seconde.

— Mais…

— Oublie tout de suite ça si tu veux que je compose les chansons. Ou que je passe les fêtes ici. Ou même que je t'adresse de nouveau la parole.

— Allons, Jenny, dit Bree sur un ton enjôleur. Réfléchis. Si Caleb acceptait de chanter ne serait-ce qu'une ou deux chansons, imagine la publicité que cela nous ferait ! Je pourrais inviter des producteurs de New York à venir voir ma pièce. Elle pourrait devenir une affiche incontournable sur Broadway, en période de fêtes. Est-ce que tu sais qu'ils ont encore repris *White Christmas*, cette année ? Franchement, c'est d'un démodé ! Tu ne trouves pas ?

Jenny s'était préparée à rejeter tous les arguments que pourrait faire valoir Bree, mais elle fut quand même forcée de reconnaître que l'enthousiasme de cette dernière était un peu contagieux. Pour toutes deux, Broadway était un tout nouvel univers à conquérir, et le fait que Caleb… Non. Impossible. Elle ne pouvait pas accepter, sous peine de devoir renoncer à toute tranquillité d'esprit. Il lui avait suffi de passer quelques minutes avec Caleb pour découvrir qu'elle n'était pas devenue insensible à son charme, comme elle l'avait cru. Si elle devait le voir tous les jours, le peu de sérénité qu'elle avait eu tant de mal à trouver volerait en éclats.

Il fallait qu'elle trouve une faille dans le raisonnement de Bree. Et vite…

— *White Christmas* est un classique, répliqua-t-elle en hâte. Ce spectacle mérite d'être toujours joué. Il met le public dans l'ambiance de Noël. Quand les spectateurs ressortent du théâtre, ils fredonnent les chansons.

— Et quand les spectateurs ressortiront de mon

théâtre, ce sont *tes* chansons qu'ils fredonneront, répliqua Bree.

— Je n'ai rien contre ton spectacle, mais même si j'écris des paroles qui cartonnent, ce n'est pas la même chose.

Bree haussa un sourcil.

— Est-ce que tu es en train de dire du mal de ma pièce ?

Jenny grimaça. Non, évidemment, mais... c'était exactement ce qu'elle venait de faire, sans le vouloir.

— Ce n'était pas mon intention, se défendit-elle. Je parlais de mes chansons autant que de la pièce en elle-même. *White Christmas* évoque le souvenir de Bing Crosby et des chansons d'Irving Berlin. Ce spectacle est devenu une tradition incontournable de la période des fêtes. Tout comme *Le Miracle de la 34e Rue* ou *La vie est belle.*

— Toute vieille tradition a d'abord été une nouveauté, répliqua Bree, décidée à ne pas lâcher le morceau aussi facilement. Et si l'une des meilleures parolières de musique country, à savoir *toi*, devait faire équipe pour ce spectacle avec l'un des interprètes de country les plus talentueux, à savoir Caleb, surtout s'il fait son grand retour, on ne parlerait que de ça sur Broadway l'année prochaine. Les sponsors se bousculeraient pour financer ma pièce. Elle se jouerait à guichets fermés, sans le moindre doute.

Et, avec une expression nostalgique qui ne pouvait être feinte, elle conclut :

— Et moi, j'aurais enfin ma chance sur Broadway.

Jenny poussa un profond soupir. Bree ne jouait vraiment pas franc jeu. Mais elle devait tenir bon.

— Je déteste devoir faire éclater ta bulle, Bree, mais on ne peut pas vraiment faire confiance à Caleb. Même s'il devait dire oui à ton idée insensée, il y a de fortes chances pour qu'il disparaisse avant la première représentation. Qu'est-ce que tu feras, alors ? Et si on ne peut pas lui faire confiance aujourd'hui, qui sait où il sera dans un an ? Tu te retrouverais peut-être obligée d'engager une doublure et les spectateurs exigeraient d'être remboursés. Demande à ses managers quelles ont été les répercussions de sa dernière tournée, et ils te diront qu'elles ont été catastrophiques. Il a fini par l'annuler après être arrivé en retard à trois concerts d'affilée... ou ne pas s'être montré du tout.

Bree, éternelle optimiste, ne sembla pas découragée.

— Mais tu dis qu'il jure avoir changé.

— Ce n'est pas pour autant que je le crois. Et tu ne devrais pas le croire non plus. Ce spectacle est trop important pour toi, Bree. Réfléchis bien.

Bree lui adressa un regard entendu et hocha gravement la tête.

— D'accord, je comprends, murmura-t-elle.

Et si tu me demandes de ne pas lui parler, je ne lui parlerai pas.

— Est-ce que ce n'est pas ce que je viens de te demander, d'une demi-douzaine de façons différentes ? lança Jenny, agacée. Tu es aussi cruelle que Jess. Tout comme elle, tu me forces à être la méchante de l'histoire. Est-ce que tu ne peux pas tout simplement prendre cette décision en ton âme et conscience, seulement parce que tu sais que j'ai raison ?

— Non. Le spectacle n'est pas tout ce qui est en jeu ici, et tu en es consciente. Je veux que tu me dises carrément de le renvoyer parce que tu ne veux pas de lui ici. Si c'est ce que tu désires vraiment, je te soutiendrai et j'oublierai tout de mon idée.

Jenny ouvrit la bouche, certaine de pouvoir facilement répondre à la demande de sa tante. Cependant, malgré tout le dédain que lui inspirait Caleb, pour la seconde fois en seulement quelques minutes, elle se découvrit incapable de dire quoi que ce soit. Soit elle était devenue complètement folle, soit il avait suffi d'un quart d'heure à Caleb pour l'ensorceler.

— Parle-lui de ton idée, lâcha-t-elle enfin avec réticence. S'il accepte, je ferai en sorte d'arriver à collaborer avec lui. Mais je ne vois pas pourquoi il préférerait apparaître dans le spectacle de Noël d'une petite ville que se produire dans une grande salle.

Elle coula un regard moqueur vers Bree et ajouta :

— Peut-être même que je vais exiger que tu nous serves d'intermédiaire. Je me demande ce que Jake va en penser…

— Jake ne veut qu'une chose : que je mette tout en œuvre pour connaître le succès que je désire, répondit Bree, pleine de confiance.

Jenny en doutait, mais elle ne fit aucun commentaire.

— En ce cas, très bien. Je suppose que tu vas aller parler à Caleb ? demanda-t-elle dans un soupir.

Et Caleb qui ne désirait qu'une seule chose, rester à Chesapeake Shores, aurait gagné.

A son grand désarroi, elle fut traversée par un petit frisson sur lequel il était impossible de se méprendre… C'était un frisson d'impatience. Au diable l'amour ! Il n'était pas censé survivre à une peine de cœur.

Quelques heures après sa rencontre avec Jenny, Caleb était assis dans le salon de l'auberge en compagnie de Bree O'Brien et écoutait la proposition qu'elle lui faisait, un peu émerveillé. Elle lui offrait la chance de travailler avec Jenny, et lui fournissait par la même occasion une excuse parfaite pour rester à Chesapeake Shores. Et elle le faisait avec la bénédiction de Jenny, ou tout au moins sa permission. Vu la façon dont Jenny l'avait reçu tout à l'heure et ce qu'elle lui avait dit, cette Bree devait avoir un pouvoir de persuasion particulièrement puissant. Ou une arme secrète... et familiale ! Mais peu lui importait. C'était un miracle et il n'allait pas le laisser passer.

— Et Jenny est d'accord ? demanda-t-il, juste pour en être certain.

— Elle a émis quelques réserves, avoua Bree. Mais elle est assez maligne pour comprendre le potentiel que renferme une reprise de votre collaboration.

— Vraiment ?

Il avait de la peine à le croire. Quelques heures plus tôt, elle refusait carrément d'être dans la même pièce que lui.

— D'accord, reconnut-elle. Elle a accepté pour me faire plaisir. Elle sait que si tu joues dans ce spectacle, cela fera venir des producteurs de New York. J'ai des relations, bien sûr, mais la réputation de mon théâtre pourrait en être propulsée à un tout autre niveau. Je suis persuadée que ce spectacle peut être produit sur Broadway l'année prochaine. Mais en revanche, il faudra que tu t'engages à y participer.

Si c'était à cette condition qu'il pouvait de

nouveau travailler aux côtés de Jenny, il n'allait certainement pas refuser.

— Etablis un contrat, dit-il. Je demanderai à mon agent et à mon manager d'y jeter un œil, mais il n'y aura pas le moindre problème. Je veux jouer dans cette pièce. Tu as ma parole.

Il savait parfaitement que son agent et son manager verraient dans ce spectacle l'occasion idéale d'annoncer son grand retour.

Les yeux de Bree s'illuminèrent.

— Fantastique !

— On dirait vraiment que Jenny te doit un service, fit-il remarquer en souriant devant autant d'enthousiasme. Je suis encore un peu étonné qu'elle soit prête à sacrifier sa propre tranquillité pour donner un coup de pouce à ta carrière. Tu as sans doute compris que je ne suis pas sa personne préférée, en ce moment.

— Crois-moi, je le sais. D'ailleurs, j'ai dû batailler ferme pour la convaincre.

Son expression se fit passionnée, et elle poursuivit :

— Alors aide-moi, Caleb Green. Et si Jenny souffre de nouveau par ta faute, surtout dans cette ville, il n'y a aucun endroit sur terre dans lequel tu pourras te cacher dans l'espoir de nous échapper. Tout le clan O'Brien fondra sur toi comme une nuée de vautours. Tu as ma parole, conclut-elle, reprenant ses propres termes.

Caleb hocha la tête en masquant un sourire. Jess O'Brien avait prononcé des menaces similaires une heure plus tôt, quand elle avait accepté à contrecœur qu'il séjourne chez elle pour une durée indéterminée. A l'approche de la période des fêtes, l'auberge commençait à se remplir et, avec un certain plaisir pervers qui ne lui avait pas échappé, Jess l'avait relégué dans une chambre un peu à l'écart, dépourvue de charme, et où le chauffage était défectueux. Mais c'était de bonne guerre.

Il fit à Bree la réponse qu'il avait faite à Jess :

— C'est bien noté. Je ne suis pas ici pour harceler Jenny. Je veux faire la paix avec elle.

— Dans ce cas, nous sommes sur la même longueur d'onde, répondit Bree, une lueur de satisfaction dans le regard.

— Tout à fait. Et merci de me donner cette chance.

Elle l'observa un instant, visiblement étonnée.

— Tu as l'air sincère, murmura-t-elle.

— Mais je le suis. Je sais que ma réputation est exécrable, ces temps-ci. En m'intégrant dans ta troupe, tu mises gros. J'apprécie vraiment ton geste.

— Tu me remercies parce que je te donne la chance de chanter deux chansons dans le spectacle de Noël d'une petite ville ? demanda-t-elle sans masquer sa perplexité.

Mais elle sembla comprendre, parce qu'elle poursuivit :

— Ou seulement parce que je te fournis l'occasion de passer plus de temps avec Jenny ?

— Les deux, répondit-il sans hésiter. Il faut bien que ma vie et ma carrière redémarrent quelque part. Pourquoi pas à Chesapeake Shores ? Et la possibilité que ce spectacle soit sur Broadway l'année prochaine est un bonus inespéré. Quand un nouveau défi se présente, je suis toujours partant pour le relever.

Mais ce qu'il ne précisa pas, c'est que le plus grand défi de tous était de regagner l'amour de Jenny. Et c'était ce à quoi il se consacrerait avec acharnement.

Assis dans le salon de sa sœur, Jake posait sur sa femme un regard déconcerté.

— Voyons si je comprends bien, Bree. Tu as encouragé cette pourriture de Caleb Green à rester en ville en lui demandant de jouer dans le spectacle de Noël ?

Jenny remarqua les étincelles de colère qui brillaient dans les yeux de son oncle et devina que la tension qui planait déjà sur cette soirée chez sa mère allait encore empirer.

— Tout va bien, oncle Jake, se hâta-t-elle de dire. Bree et moi en avons d'abord discuté. La présence de Caleb sera un plus pour le spectacle, et attirera sur le travail de Bree toute l'attention qu'il mérite. Je suis d'accord. Je peux m'arranger pour que ça fonctionne.

— Oh ma chérie, tu en es sûre ? demanda sa mère qui semblait aussi inquiète que Jake. A mes yeux, sa présence ne peut qu'être source d'ennuis. Même si tu m'as juré que tu allais bien après sa trahison, je sais que tu souffrais. Je l'entendais dans ta voix.

— Et moi, je sais que tu l'as écoutée pleurer comme une Madeleine plus d'une fois, compléta Jake, pour enfoncer le clou. Donc, moi je dis que cette idée, c'est de la folie !

Bree les écoutait avec un calme surprenant.

— Caleb fera son grand retour sur ma scène, dans mon spectacle, et chantera les chansons de Jenny, dit-elle enfin comme s'il ne pouvait en être autrement. Avez-vous seulement une idée de la publicité qu'en retirera le spectacle ? Tout le monde y sera gagnant, et de belle manière.

— Sauf Jenny, marmonna Jake. Il faut que tu renvoies ce type, Bree. Rien n'est plus important que la tranquillité d'esprit de Jenny.

— Et moi, je vous dis que je peux très bien travailler avec lui, répéta Jenny. Laisse tomber, Jake. J'apprécie ton soutien, mais le marché est conclu. Personne ne va souffrir. Je suis vaccinée, maintenant. Immunisée contre le charme de Caleb. Je vous le promets.

D'accord, c'était un énorme mensonge. Mais il fallait qu'elle intervienne avant que l'incident crée une faille entre Jake et Bree. Cela n'en valait pas la peine. De plus, sa mère aussi semblait mécontente de l'initiative de Bree. Il ne fallait surtout pas que la situation échappe à tout contrôle et que les tensions qui pouvaient en découler viennent gâcher les fêtes de fin d'année.

— Vous avez entendu ce que vient de dire Jenny, reprit Bree. Elle est solide. Elle peut gérer la situation. Si elle ne le pouvait pas, elle me l'aurait dit. Et si elle me l'avait dit, jamais je n'aurais suggéré à Caleb de rester, et Jess refuserait de le garder à l'auberge.

— Parce qu'il est descendu chez Jess ? s'exclama Jake, incrédule. Je pensais que les O'Brien faisaient passer la famille avant tout le reste. Quelles sont les motivations de Jess ? Est-ce qu'elle espère que la présence d'une célébrité va booster ses réservations ? Elle va poser une plaque sur la chambre qu'il a occupée ? « Ici a dormi le célèbre Caleb Green » ?

Bree le fusilla du regard.

— L'auberge est déjà complète pour les fêtes, et pour l'essentiel du printemps et de l'été à venir, répliqua-t-elle. Jess n'a pas besoin de cette publicité. Caleb s'est montré à sa porte en plein milieu d'une nuit où il gelait à pierre fendre. Elle ne pouvait pas le renvoyer.

— Si l'auberge est complète, où est-ce qu'elle l'a mis ? demanda Jake. Je suppose qu'elle ne lui a pas dit de dormir à l'écurie.

Jenny réprima un éclat de rire.

— Il n'y a pas d'écurie à l'auberge. Oncle Jake, il faut que tu te calmes. Je sais que tu ne cherches qu'à me protéger, mais arrête un peu, d'accord ?

Il lui lança un regard noir, mais se tut. Au même moment, Thomas entra dans la pièce. Il embrassa tendrement Connie et balaya la pièce du regard.

— Bien, dit-il. Quel est le problème ?

— Ne t'inquiète pas, cela ne te concerne pas, répondit Connie. Il semblerait que Caleb Green se soit montré en ville et que Bree l'ait engagé pour jouer dans son spectacle de Noël.

Thomas hocha lentement la tête, vaguement perplexe.

— Ça m'a l'air d'une manœuvre intelligente, fit-il remarquer.

Comme Connie lui enfonçait sans douceur le coude dans les côtes, il ajouta vivement :

— Mais je suppose que ce n'en est pas une.

— Bien sûr que c'en est une, intervint Bree. Tout le monde a seulement un peu peur que Jenny ne supporte pas de travailler avec lui.

— Mais j'ai donné mon accord pour cette collaboration, précisa Jenny à l'intention de Thomas.

Maman, est-ce que le dîner est prêt ? Maintenant que tout le monde est là, nous devrions peut-être passer à table.

— Bonne idée ! lança sa mère en se levant d'un bond. J'ai fait un rôti à la cocotte.

Avec un regard d'excuse vers Thomas, elle ajouta :

— Je sais que Nell en fera sans doute un dimanche, mais c'est le plat préféré de Jenny.

— Si tu veux mon avis, on ne mange jamais trop de rôti à la cocotte, répondit Thomas, adressant un clin d'œil à Jenny.

— Je suis entièrement d'accord avec toi, murmura Jenny, s'efforçant de lui sourire.

Quand Bree et Jake suivirent sa mère dans la cuisine pour l'aider à dresser la table, Thomas lui fit signe de rester en arrière.

— Merci d'avoir accepté de venir dîner, Jenny. Ta présence signifie beaucoup pour ta mère, ainsi que pour moi.

Elle inspira profondément. Il ne lui avait jamais été facile de présenter des excuses, mais elle savait qu'elle devait s'excuser auprès de Thomas. Avec un effort, elle pouvait même parvenir à sembler sincère.

— Je suis désolée d'être restée à l'écart pendant aussi longtemps, et je suis désolée de t'avoir fait payer la sensation d'insécurité qui m'habitait. Je sais que tu rends maman heureuse, et je t'en suis vraiment reconnaissante.

Enfin, elle le regarda droit dans les yeux avant d'ajouter :

— Et je te suis aussi sincèrement reconnaissante de tout ce que tu as fait pour rénover notre vieille maison. Je ne peux pas te dire combien je suis heureuse que tu aies compris tout ce que cet endroit représente pour moi.

— C'est chez toi. Pendant des années, j'ai vécu dans un petit appartement d'Annapolis. Je ne comprenais pas vraiment à quel point tu tenais à cette vieille maison. Mais ensuite, quand j'ai construit cette maison pour ta mère et moi, j'ai compris que c'était entre ces murs que Sean grandirait et que seraient tous nos souvenirs. Même si j'espérais vraiment que tu te sentirais chez toi ici, je comprends très bien que tes souvenirs se trouvent dans la maison de ta grand-mère. J'aurais pu le comprendre bien plus tôt, d'ailleurs. J'ai passé beaucoup de temps chez Mick, au sein de sa famille. Je sentais ce que cet environnement avait d'unique. Et pourtant, il a fallu que j'épouse ta mère pour comprendre pleinement que c'est dans la maison dans laquelle tu construis ta vie que tu te sentiras toujours chez toi.

— Vous avez une maison magnifique.

Mais elle ne put s'empêcher d'ajouter :

— Celle de grand-mère aussi est magnifique, grâce à toi et à Mick.

— Tu as l'intention de rester assez longtemps dans le coin pour y passer un peu de temps ?

— Pendant les fêtes, c'est certain. Ensuite, on verra.

— Mais tu veux la garder ?

— La question ne se pose même pas.

— Ta mère va en être très heureuse.

— Moi aussi. Ce n'est qu'en arrivant à Chesapeake Shores, hier, que j'ai compris combien cette ville me manquait.

— Il doit y avoir des ondes particulières, fit remarquer Thomas. Elle semble exercer une emprise sur ses habitants.

Il se leva, tendit la main et ajouta :

— Et maintenant, allons attaquer ce rôti à la cocotte. Maman a donné la recette familiale à ta mère. Ne le dis pas à Nell, mais je pense que celui de ta mère est encore meilleur que le sien.

Jenny sourit à cette remarque partiale.

— Je pense que Nell dirait que c'est parce qu'il y a cet ingrédient bien particulier.

— Un ingrédient bien particulier ? demanda Thomas, surpris.

— L'amour, bien sûr. Nell dit que c'est le seul ingrédient que l'on ne peut remplacer.

— Tu sais quoi ? Je pense qu'elle pourrait bien avoir raison.

Plusieurs heures plus tard, Jenny quittait la maison de sa mère en compagnie de Bree, Jake et Emily Rose qui, épuisée, s'était endormie immédiatement après le repas.

A peine étaient-ils montés en voiture que Jake voulut reprendre le débat au sujet de Caleb.

— Nous n'allons pas revenir sur ce sujet, l'interrompit Jenny d'un ton ferme.

— Tout ce que je dis, c'est que tu as le temps d'y réfléchir, insista toutefois son oncle.

— Arrête un peu, Jake, ordonna Bree. Je ne viens pas à la pépinière te dire quelles plantes tu dois commander.

— Mais si tu le faisais, je t'écouterais.

— Non, tu ne m'écouterais pas, répliqua Bree, et tu aurais raison. Tu es seul maître dans ta pépinière, et je suis seul maître dans mon théâtre.

— Je ne veux pas que mes relations avec Caleb provoquent un désaccord entre vous, intervint Jenny. Je vous jure que, si vous n'arrêtez pas, je retourne à Nashville et je faxe mes chansons à Bree. Comme ça, je ne serai obligée ni de vous écouter vous disputer ni de supporter la présence de Caleb.

— Ce serait peut-être la meilleure chose à faire, marmonna Jake.

— Jake Collins ! s'exclama Bree, outrée. Que dirait ta sœur si elle t'entendait ? Nous voulons tous que Jenny soit ici, surtout Connie. Maintenant, tiens-toi bien !

Au grand amusement de Jenny, son oncle se mura aussitôt dans le silence. Mais elle doutait que le sujet soit clos pour lui ; il allait sans doute débarquer au théâtre à l'improviste une bonne douzaine de fois par jour pour garder un œil sur ce qui s'y déroulait. Comme à l'époque où Dillon et elle ne pouvaient échapper à sa surveillance, même l'espace d'une seconde !

Quand ils furent arrivés, il porta Emily Rose, qui dormait toujours, dans sa chambre.

— Je vais m'installer chez moi demain, annonça Jenny.

Bree posa sur elle un regard déçu.

— Tu es sûre ? Ta mère s'est débarrassée de tous les vieux meubles. Il n'y a pas grand-chose, à part un lit neuf. Et si tu y vas maintenant, tu sais que Jake va devenir fou à force de se demander qui partage ce lit avec toi.

Jenny lui adressa un clin d'œil.

— Mais je compte sur toi pour l'empêcher de se glisser jusque là-bas en pleine nuit pour essayer de le découvrir.

— Parce que tu as l'intention d'inviter Caleb à venir partager ce lit ? lança Bree, une pointe de curiosité dans la voix.

— Pas le moins du monde.

Mais l'image qui jaillit aussitôt dans son esprit lui coupa le souffle…

— Ecoute, ma chérie, poursuivit Bree. Tu es une femme adulte. C'est toi qui connais le mieux ton cœur. Alors écoute-le. Si Caleb est l'homme qu'il te faut, nous nous en accommoderons tous. Même Jake.

— Caleb n'est pas l'homme qu'il me faut, affirma-t-elle.

Si la véracité de ces paroles avait dépendu de la détermination avec laquelle elle les avait prononcées, elle se serait sentie bien moins inquiète.

— Et Dillon ? demanda Bree. Même si tu n'en as rien dit, je sais qu'il est passé te voir aujourd'hui. Est-ce que la vieille étincelle s'est ranimée ?

— Pas du tout, et c'est bien dommage. Voilà le genre d'homme que je devrais chercher. Dillon est gentil, je sais que je peux lui faire confiance, et nous avons vécu des moments merveilleux.

Elle sourit et ajouta :

— Il a été le premier à penser que je pouvais devenir auteur de chansons.

— Je me souviens. Jake et moi vous avions emmenés à un concert, tous les deux. Sur le chemin du retour, Dillon a parlé à Jake des chansons que tu écrivais. Il suffisait de l'écouter pour comprendre qu'il était vraiment fier de toi.

— Si quelqu'un m'a poussée à écrire, c'est bien lui, murmura Jenny, attendrie. Nous avons l'intention de déjeuner ensemble, un de ces jours. Si je passe un peu de temps avec lui, peut-être que je me rappellerai pourquoi j'étais folle de lui.

— Mais tu n'as pas à réfléchir pour te rappeler pourquoi tu étais folle de Caleb, pas vrai ?

Elle soupira.

— Malheureusement, non. Dès qu'il entre dans la pièce, mon cerveau se déconnecte et ma libido passe en surrégime. Ce n'est sûrement pas une bonne chose.

Bree éclata de rire.

— Ce n'est pas nécessairement une mauvaise chose non plus, dit-elle. Jake a le même effet sur moi.

— Mais Jake n'est pas Caleb. Il ne t'a pas arraché le cœur comme Caleb l'a fait avec le mien.

Bree garda le silence pendant un laps de temps étonnamment long. Elle semblait affreusement triste soudain. Jenny savait que l'histoire de Jake et de Bree avait été interrompue par une rupture, mais jamais personne ne lui avait dit ce qui l'avait provoquée.

— Il n'a pas fait ça, Bree, si ?

— Non. C'est l'inverse qui s'est produit. J'ai failli le détruire. Par bien des côtés, ma trahison a été pire que celle de Caleb.

— Comment ça ? Pourquoi est-ce que je ne me souviens de rien ?

— Parce que personne ne connaissait les détails, à l'époque.

— Qu'est-ce qui s'est passé ?

Le regard de Bree se fit lointain, et elle respira plusieurs fois profondément. Elle luttait pour affronter l'émotion provoquée par les souvenirs, c'était évident.

— Je suis désolée, Bree, ajouta vivement Jenny. Nous n'avons pas besoin d'en parler.

— Non, tout va bien. Mais cette histoire me bouleverse toujours, même après tout ce temps.

En levant les yeux vers elle, elle poursuivit :

— La vérité, c'est que je suis tombée enceinte. J'ai paniqué, parce que cette grossesse arrivait au pire moment possible. Je m'étais inscrite à un stage de théâtre à Chicago, que je tenais absolument à faire. Pour sa part, Jake était fou de joie à l'idée d'avoir un bébé. Alors j'ai essayé de reléguer mes propres projets au second plan, et Jake a commencé à organiser notre mariage.

Jenny pâlit; elle avait peur de deviner ce qui s'était passé ensuite.

— Tu n'as pas avorté, pas vrai ? demanda-t-elle d'une petite voix.

— Non ! Non. Jamais je n'aurais pu faire ça. Mais j'ai perdu le bébé.

Même après toutes ces années, sa voix trahissait sa douleur.

— Oh ! Bree... Je suis tellement désolée.

— Moi aussi, répondit sa tante à mi-voix.

Elle soupira et poursuivit :

— Mais le vrai problème n'a pas été cette fausse couche, parce que personne ne pouvait en être tenu pour responsable. Si Jake m'en a voulu, c'est parce que j'ai quitté la ville juste après, pour aller faire ce stage. A ses yeux, mon départ voulait dire que ni lui ni le bébé n'avaient la moindre importance pour moi.

— Il a dû être anéanti.

— Il l'était, oui. Mais il était surtout furieux que je sois partie. Peu de temps après, il est venu à Chicago et m'a surprise avec mon professeur dans une situation qui lui a semblé être compromettante. Pourtant il n'y avait rien entre Marty et moi. Mais Jake a tiré un trait sur notre histoire.

— Je comprends maintenant pourquoi il t'en voulait autant quand tu es revenue en ville, murmura Jenny en hochant la tête. Mon Dieu, je comprends bien mieux son attitude maintenant. Je pensais qu'il était seulement buté.

— Il l'est aussi, assura Bree avec un petit rire. Mais tout ce qui importe, dans cette histoire, c'est qu'il est parvenu à me pardonner. Nous avons réparé les dégâts qu'avait subis notre relation, et maintenant, elle est plus solide que jamais. Voilà qui pourrait te donner à réfléchir, conclut-elle en lui jetant un regard entendu.

Jenny ne répondit pas. Elle réfléchissait souvent

à l'existence d'une seconde chance. Elle avait même écrit des chansons sur le sujet. Mais elle doutait d'être assez courageuse pour donner à Caleb celle qu'il était venu chercher. Parce qu'elle était certaine, à présent, que c'était là la vraie raison de sa présence à Chesapeake Shores.

6

Même si Bree avait assuré à Caleb que Jenny était partante pour qu'ils collaborent de nouveau ensemble, il n'osa pas se présenter au théâtre les mains vides. Il y avait de grandes chances pour qu'il lui faille un moyen de persuasion supplémentaire.

Pour lui en avoir déjà offert, il savait que Jenny ne s'était jamais intéressée aux bijoux et aux voitures de luxe. En revanche, elle était dingue de fleurs. A l'en croire, cette passion remontait à l'époque où il lui arrivait d'aller donner un coup de main à Flowers on Main, alors qu'elle était encore au lycée. Elle devait avoir vu qu'il suffisait parfois d'un simple bouquet au parfum délicat, accompagné de quelques mots d'excuse ou d'un billet d'amour, pour toucher le cœur d'une femme.

La veille, il avait remarqué que Flowers on Main existait encore. Il avait juste oublié… que cette boutique appartenait à Bree.

Quand il passa la porte, elle le dévisagea sans chercher à masquer sa curiosité.

— Tu me cherchais ? demanda-t-elle. Tu as besoin de détails supplémentaires sur l'offre que je t'ai faite ? Tu n'as pas déjà changé d'avis, au moins ? poursuivit-elle, soudain inquiète. Jenny m'a prévenue que l'on ne pouvait pas te faire confiance. Parce que si…

Insulté, même si Jenny n'avait fait qu'énoncer une vérité, il l'arrêta d'un geste de la main.

— Hé ! Non, je n'ai pas changé d'avis. J'ai besoin de fleurs, c'est tout.

Le visage de Bree s'illumina aussitôt.

— Pour Jenny ?

— Bien sûr.

Durant quelques secondes elle l'observa d'un regard tellement intense qu'il craignit qu'elle refuse de lui en vendre. Alors il attendit qu'elle se décide.

— Quelque chose en particulier ? lança-t-elle, d'une voix emplie de défi.

Il se mit à rire. Elle voulait savoir s'il connaissait et comprenait vraiment Jenny.

— Est-ce que tu penses que je vais me rabattre sur l'option la plus éculée et te demander une douzaine de roses rouges ? répliqua-t-il en soutenant son regard. Je connais Jenny mieux que ça, Bree. Elle préfère les roses jaunes. Pas celles à tige longue, mais les roses thé, en bouquet agrémenté de gypsophile. Ces bouquets lui rappellent les compositions florales à l'ancienne mode que ta grand-mère avait coutume de faire avec les fleurs de son jardin. Elle m'a dit que ces roses étaient en quelque sorte une spécialité de cette boutique.

Dans les yeux de Bree, il lut une bonne dose de surprise, et peut-être même un soupçon d'approbation.

— Tu as souvent dû chercher à te faire pardonner pendant que vous étiez ensemble, fit-elle remarquer, moqueuse.

— Non. Je n'ai jamais eu de raisons de le faire. Mais j'étais plutôt doué pour lui faire la cour. Un homme intelligent fait attention à ce genre de détails.

— Oh. Et est-ce que c'est ce que tu as en tête en ce moment ? Tu lui fais la cour ?

— J'essaie.

Il savait qu'il prenait un gros risque en jouant ainsi cartes sur table. Bree allait-elle être son alliée dans sa quête pour regagner l'amour de Jenny, ou un obstacle ?

— Elle ne va pas te faciliter la tâche, l'avertit-elle.

— Je ne m'attends pas à ce qu'elle le fasse. Je ferai plus d'efforts et je persévérerai, c'est tout.

Elle inclina la tête, satisfaite.

— Très bien, alors ! Un bouquet de roses thé.

Bree alla chercher les fleurs et commença à travailler sur le bouquet. De ses mains habiles, elle disposait les roses dans un vase en cristal, tout à la fois sobre et élégant. Et, à sa grande surprise, elle semblait savoir exactement ce qu'elle faisait.

— Je suis étonné de te trouver ici, remarqua-t-il.

— La gérante de la boutique avait un rendez-vous chez le médecin. Elle sera de retour dans une heure. De toute façon, j'aime venir l'aider de temps en temps. C'est ma grand-mère qui m'a appris à faire des bouquets. Quand je travaille ici, je me sens proche d'elle. Elle aime son jardin par-dessus tout, et elle adore partager ses fleurs avec tout le monde.

— J'ai hâte de la rencontrer. Jenny m'a beaucoup parlé de Nell. Elle semble être une femme d'exception.

— Ça, Nell n'est pas une femme comme les autres ! s'exclama Bree en riant.

Soudain, elle redevint sérieuse et sembla songeuse. Comme il commençait un peu à la connaître, il se dit qu'elle avait une fois encore quelque chose derrière la tête. Et là encore, jouant la carte de la sagesse, il attendit qu'elle se décide.

— Si tu as sérieusement l'intention de faire la cour à Jenny, reprit-elle enfin, tu devrais peut-être venir au déjeuner de dimanche. Toute la famille se retrouve chez mes parents. Tu pourras passer l'épreuve de l'inquisition une bonne fois pour toutes. Parce qu'il y aura une inquisition, tu peux me croire, précisa-t-elle devant son regard surpris.

Il pensa d'abord refuser. A son avis, c'était de

Jenny que devait venir cette invitation. Si elle le voyait débarquer dans une réunion de famille alors qu'elle ne l'y avait pas invité…

— Si tu préfères attendre que ce soit Jenny qui t'invite, laisse-moi te dire qu'elle n'est pas particulièrement ravie d'y aller elle-même, précisa Bree devant son manque d'enthousiasme. Si tu viens, peut-être que ta présence lui évitera d'être la cible de toute l'attention et de toute la pression. Elle pourrait même t'en être reconnaissante.

Il fronça les sourcils.

— Quel genre de pression va-t-elle devoir supporter ? Je croyais que la famille allait lui dérouler le tapis rouge. Est-ce que ce n'est pas ce que vous faites toujours ?

— D'habitude, oui, mais Jenny est restée absente pendant longtemps. *Trop* longtemps, de l'avis de certains. Et ils ne se priveront pas pour le lui dire.

Elle l'étudia un instant avant de poursuivre :

— Tu sais que sa mère a épousé mon oncle, n'est-ce pas ?

— Et que Jenny n'a pas apprécié, oui. La plupart du temps, quand je lui demandais pourquoi elle ne voulait pas revenir ici, elle se refermait comme une huître. Pourtant, je voyais bien qu'elle aimait cette ville et ses habitants.

— Ma famille peut se montrer assez envahissante. Jenny a toujours envié notre cohésion, mais elle a toujours eu l'impression d'être une étrangère.

Jamais nous n'avons pensé à elle en ces termes, mais je peux comprendre pourquoi elle s'est tenue à l'écart. Quand sa mère et Thomas ont eu un bébé, la situation est devenue encore plus pénible pour elle. Elle a vu Sean comme un vrai O'Brien qui venait menacer la relation privilégiée qu'elle avait avec sa mère.

Caleb hocha lentement la tête. La situation était bien plus compliquée qu'il ne l'avait pensé. Elle expliquait en grande partie pourquoi Jenny était toujours d'humeur sombre à l'époque des fêtes de fin d'année, ou quand quelqu'un lui parlait de sa ville natale. Maintenant, il comprenait aussi pourquoi chacune des photos de Sean que lui envoyait sa mère provoquait invariablement une crise de larmes, bien qu'elle s'en défende. Elle avait accumulé toute une pile de photos dans le tiroir de sa table de nuit. Jamais elle ne leur accordait plus qu'un rapide coup d'œil, mais elle refusait tout autant de les jeter.

— Quand elle arrivera dimanche, elle s'attendra donc à ce que tout le monde lui reproche d'être restée absente aussi longtemps ? demanda-t-il.

— C'est ce qu'elle craint, oui. Mais je pense qu'elle se fait surtout des idées.

— Et tu penses vraiment que ma présence lui rendrait l'épreuve moins difficile ?

Bree sourit.

— Au pire, elle sera tellement furieuse contre

moi pour t'avoir invité et contre toi pour être venu qu'elle en oubliera sa nervosité, répondit-elle d'un ton léger. Et ce qui est encore mieux, c'est que tous les membres de la famille pourront piquer leur crise parce que tu as eu le culot de te montrer à Chesapeake Shores.

— En fait, tu me proposes d'être une cible, ni plus ni moins. Bon sang, si je t'écoute, la journée promet d'être *amusante*.

— Elle le sera, assura-t-elle, manifestement satisfaite de la machination qu'elle avait élaborée. Du moins… une fois que tout le monde se sera calmé. Pour ton information, j'ai toujours été considérée comme l'élément calme de la famille, mais je suis aussi réputée pour la façon dont il m'arrive de semer la zizanie, de temps à autre. Et nous nous trouvons dans un cas où, à mes yeux, un brin de zizanie est indispensable.

Le moins que l'on puisse dire, c'est que l'on ne pouvait pas reprocher à Bree son manque de franchise ! Il réfléchit à toutes les données et prit sa décision en toute connaissance de cause. Il était prêt à supporter les foudres de la famille O'Brien et compagnie si le chemin de Jenny pouvait s'en trouver adouci.

— Dans ce cas, d'accord, dit-il. Je viendrai. Merci de m'avoir invité, et merci pour les fleurs.

Ce bouquet était l'un des plus jolis qu'il ait jamais

achetés pour Jenny. Il le détailla, remarqua les fleurs qui apportaient quelques touches de bleu.

— Qu'est-ce que c'est ?

— Des myosotis, répondit Bree en souriant. J'ai pensé que c'était approprié.

Il éclata de rire.

— Je sais que, quand le moment viendra où tu devras choisir ton camp, tu te rangeras automatiquement du côté de Jenny. Mais quelque chose me dit que tu ne me détestes pas vraiment.

— Je ne déteste même pas du tout, rectifia-t-elle. Mais souviens-toi de ce que je t'ai dit hier : un seul faux pas, et cela pourrait changer.

— J'ai compris, assura-t-il en sortant son portefeuille. Combien est-ce que je te dois ?

— Ce bouquet est offert par la maison. Tu paieras le prochain au prix fort. Et j'ai l'impression que tu vas devenir l'un de nos meilleurs clients !

— Je me moque du prix. Du moment que les fleurs font naître un sourire sur le visage de Jenny, elles vaudront chacun des centimes qu'elles me coûteront. On se voit au théâtre tout à l'heure ?

— Compte sur moi. Je serai impatiente de constater par moi-même si ces fleurs ont rempli leur office.

— Même si elles sont magnifiques, elles ne sont qu'un cadeau. Pas la garantie qu'un miracle va se produire.

— Je suis soulagée de constater que tu es conscient de la différence.

Oh oui, il en était conscient. Il n'allait certainement pas le dire à Bree, mais... il avait bien peur que ce soit là l'une des leçons qu'il avait apprises à ses dépens.

Jenny fronça les sourcils en voyant Caleb entrer dans la salle de répétitions, porteur d'un magnifique bouquet de ses fleurs préférées, ainsi que d'un sac marqué du logo du Inn at Eagle's Point.

— Qu'est-ce que tu mijotes ? demanda-t-elle sèchement.

Il lui tendit les fleurs et déclara :

— Voici un bouquet d'excuses. Et, comme promis, poursuivit-il en soulevant le sac, le déjeuner. Jess a demandé à son chef de nous préparer un véritable festin. Quand je lui ai expliqué que tu refusais d'être vue en public en ma compagnie, elle a eu pitié de moi.

— Oh Caleb, s'il te plaît... dis-moi que tu ne lui as pas dit ça !

— Je n'aurais pas dû ? demanda-t-il d'un air bien trop innocent à son goût. Je t'ai dit que je m'étais acheté une conduite. J'ai juré de toujours dire la vérité, maintenant.

— Et je suppose que Bree est au courant pour

les fleurs. J'ai entendu dire que c'était elle qui tenait la boutique, ce matin.

— J'en ai bien peur. D'autant que c'est elle qui a confectionné le bouquet.

— Et maintenant, elles pensent toutes les deux que tu es le plus gentil et attentionné des hommes.

— Rassure-toi, je ne leur ai pas demandé de lettre de recommandation. Je suppose que si elles étaient contraintes de choisir un camp, c'est toujours dans le tien qu'elles se rangeraient.

Elle soupira et leva les yeux au ciel.

— Il vaut mieux que je m'abstienne de les mettre à l'épreuve, marmonna-t-elle. Elles sont toutes deux extrêmement sensibles à ton charme canaille.

— Tu as faim ?

Il sortit du sac une baguette, une bouteille de vin, du fromage et du poulet rôti.

— Il y a aussi une espèce de moelleux au chocolat, au fond du sac. Jess m'a dit que c'était l'un de tes gâteaux préférés.

— Tout ce qui vient de l'auberge compte parmi mes plats préférés, répondit-elle. Le chef est incroyable.

— Alors j'espère que tu finiras par accepter de dîner avec moi là-bas. Du moins une fois que la ville aura digéré toutes les rumeurs qui courent sur les raisons de ma présence.

Jenny le regarda, alarmée.

— Il y a des rumeurs ? Déjà ?

— Je n'en sais rien. C'est toi qui as dit qu'il y en aurait, et je pars seulement du principe que tu connais cette ville mieux que moi. Jusqu'ici, les seules personnes à qui j'ai parlé sont des O'Brien.

Est-ce que ce n'était pas suffisamment gênant ? se demanda-t-elle. Il lui sembla soudain être prisonnière sous les feux des projecteurs, elle qui détestait monter sur scène.

— Veux-tu que je te serve ? demanda Caleb, la ramenant à l'instant présent.

— Je n'ai pas encore faim. Mais tu peux manger, si tu veux.

— Je préfère commencer par travailler. As-tu des idées sur les chansons que tu veux que je chante pendant le spectacle ?

— J'essaie encore de me faire à l'idée que tu as accepté d'y participer. Tu te rends compte que tu vas être bloqué ici jusqu'après le nouvel an ? Et si tout se déroule comme Bree le souhaite, tu seras aussi coincé pendant quelques mois à la période des fêtes, l'année prochaine. Tu es bien conscient de ça ?

— Il n'y a aucun endroit où je préférerais être, affirma-t-il, sûr de lui. Et puisque nous parlons de surprises, j'essaie encore de comprendre pourquoi tu as accepté de collaborer avec moi.

— Tu as rencontré Bree. Est-ce que tu te vois lui refuser quelque chose ? Et encore, tu ne la connais que depuis un jour. Moi, je la connais depuis toujours. Elle sait exactement quels sont mes points faibles.

— Je pourrais me désister. Elle ne serait pas surprise, vu que tu t'es assurée qu'elle savait précisément où elle mettait les pieds avec moi.

Elle grimaça.

— Eh bien… tu as bousillé ta carrière parce que tu n'étais pas vraiment responsable, à l'époque, se défendit-elle. Il fallait bien qu'elle le sache. Ce projet est important pour elle.

— Tu as eu raison de la prévenir, reconnut-il.

Une fois de plus, elle fut abasourdie par sa franchise. Il lui avait dit avoir changé et, jusqu'à présent, il lui avait donné toutes les raisons de le croire.

Elle hésita avant de se hasarder à demander :

— Et ta musique, Caleb ? Est-ce que tu ne devrais pas être à Nashville pour essayer de remettre ta carrière sur les rails, pour te réconcilier avec tes musiciens ?

— Tout est arrangé avec le groupe. Ils sont passés à autre chose. Ils ont un nouveau chanteur et, comme tu le sais sans doute, ils rencontrent plus de succès que jamais. Nous avons bien fait de nous séparer. C'était la meilleure option, pour eux comme pour moi. Je regrette seulement que la séparation se soit passée ainsi.

— Tu veux dire que tu regrettes d'avoir tout détruit dans ton sillage ?

— Oui, c'est exactement ça, avoua-t-il avec un regard un peu triste.

— Alors, qu'est-ce que tu vas faire maintenant ?

— Le spectacle de Bree, répondit-il sans hésiter. Ensuite, je verrai si je peux trouver un accord avec mon ancienne maison de disques. Mon agent dit qu'ils sont intéressés, mais il faut que je monte un nouveau groupe. Et cette fois, ce sera un groupe d'accompagnement.

— Tu vas faire une carrière en solo ?

Là, il l'étonnait. Jamais il n'avait voulu devenir artiste solo. Il aimait être entouré de musiciens qu'il connaissait depuis toujours.

— C'est ce que j'ai en tête, oui.

— Est-ce que tu l'as vraiment décidé, ou n'as-tu fait que choisir la seule possibilité qui te restait quand tes musiciens ont décidé de tourner la page sans toi ?

— C'est moi qui l'ai décidé, Jenny. Deux des gars sont venus me voir pendant ma cure, pour parler de l'avenir du groupe, et je leur ai souhaité bon vent. Je savais que le moment était venu pour moi de changer. Je savais que si je revenais un jour je devrais prendre ma carrière en main. Je ne veux plus de décisions collectives. Maintenant, c'est moi et moi seul qui vais décider de mon emploi du temps. Je continuerai à faire des tournées, mais sur un rythme moins épuisant qu'avant. Voilà d'où sont venus mes ennuis. Je n'aimais pas tellement me retrouver chaque soir dans une ville différente.

— Mais je croyais que tu adorais ça ! s'exclama-t-elle, de plus en plus étonnée par le nouveau Caleb qui se trouvait devant elle.

— Moi aussi. Du moins, au début. Mais j'ai fini par comprendre que j'agissais exactement comme mon père. J'étais en cavale. Je fuyais pour éviter de me poser les questions sérieuses, comme ce que je voulais faire de ma vie, par exemple.

— Mais tu voulais être une grande vedette !

Sur ce point au moins, elle était certaine de ne pas se tromper…

Mais il secoua la tête.

— C'était chouette, il n'y a aucun doute, mais j'ai fini par comprendre que la célébrité et l'amour du public n'avaient de valeur que si je pouvais les partager avec quelqu'un, Jenny. J'ai compris beaucoup de choses sur moi-même pendant les quelques semaines qui ont séparé notre rupture et le début de ma cure. J'avais beau essayer de noyer mes soucis dans l'alcool… je ne pouvais pas me cacher que j'avais perdu ce qu'il y avait de plus important dans ma vie. Alors je me suis juré que, si cette même chance s'offrait un jour de nouveau à moi, je ne la gâcherais pas.

Elle tressaillit. Son message était clair : il allait

de nouveau tenter sa chance auprès d'elle. Elle se cuirassa contre ces mots. Il le fallait. Sinon, elle aurait laissé échapper les larmes qui lui brûlaient les yeux. Même s'il semblait sincère, même si ses paroles la touchaient profondément, elle ne pouvait pas lui permettre de l'atteindre.

Il était grand temps qu'ils cessent d'évoquer ce passé auquel ils ne pouvaient rien changer. Ils devaient rester dans l'instant présent.

Elle inspira profondément et se força à le regarder droit dans les yeux, sans une once de compassion.

— Nous devons nous mettre au travail.

— C'est toi la patronne.

Elle lui tendit les paroles qu'elle avait passé toute la matinée à écrire, et joua quelques notes pour lui donner une idée de la mélodie qu'elle avait en tête. Il sourit.

— Je suppose que tu as l'intention de faire chanter les chœurs de cette chanson par les enfants qui joueront dans le spectacle, suggéra-t-il.

— Exact ! répondit-elle gaiement.

L'interprétation et la mise en place seraient donc loin d'être parfaites… et il allait détester ça.

— Tu risques de te faire voler la vedette par un groupe de gamins qui ne seront peut-être même pas capables de chanter juste, le prévint-elle. Est-ce que tu penses pouvoir le supporter ?

— Si c'est la perspective de me mettre dans

une situation inconfortable qui te fait sourire comme ça, j'essaierai de faire avec.

Elle fronça les sourcils. Cette réaction lui ressemblait si peu !

— Interdiction de dire à ceux qui chantent faux de bouger les lèvres en silence, Caleb.

— Bien sûr.

Elle le dévisagea un instant et sourit.

— Toute cette histoire pourrait devenir bien plus amusante que je l'aurais cru ! lança-t-elle.

Il lui adressa un clin d'œil et répliqua :

— Je ferai tout pour qu'elle le soit.

Son sourire s'estompa rapidement. Voilà qui était troublant. Quand Caleb s'attelait à une tâche, il finissait généralement par arriver à ses fins. Et pour le moment, son but semblait être de la faire complètement tomber sous son charme, une fois de plus.

Caleb avait toujours admiré l'éthique professionnelle de Jenny, ainsi que sa farouche détermination à trouver le mot parfait ou la suite de notes idéale. Elle avait toujours écouté ses suggestions mais, au final, c'était elle qui savait distinguer d'instinct ce qui allait marcher de ce qui ne marcherait pas. Quand ils débattaient d'une idée, c'était souvent elle qui l'emportait, parce qu'il se fiait à son instinct. Un instinct qui ne les avait jamais entraînés dans la mauvaise direction.

Il déboucha la bouteille de vin. En entendant le « plop » du bouchon, elle releva vivement la tête et posa sur lui un regard qui trahissait tout de sa déception.

— Vraiment ? demanda-t-elle.

Alors il tendit la bouteille de sorte qu'elle puisse lire l'étiquette.

— Du vin sans alcool. Je ne suis pas un imbécile, Jenny.

— Excuse-moi. J'ai seulement eu peur.

— C'est compréhensible. Maintenant dis-moi, est-ce que tu en veux un verre avec ton déjeuner ? Il est temps de faire une pause.

— Tout ce que je veux, c'est que ces deux derniers vers soient parfaits, marmonna-t-elle.

Il lui prit d'autorité la guitare des mains et la posa hors de sa portée.

— Ils te viendront bien plus facilement si tu laisses ton cerveau se reposer un peu, lui ordonna-t-il d'une voix douce mais ferme. Tu sais qu'il faut parfois faire une pause et se détendre.

Elle lui décocha un regard amusé.

— J'ai dit que j'allais travailler avec toi, Caleb, pas obéir à tes ordres.

— Ce n'était pas un ordre. Seulement un conseil d'ami. Je connais un peu tes habitudes de travail. Tu n'écris jamais aussi bien que quand tu laisses les paroles reposer pendant un moment. Quand tu insistes, tu commences à forcer et elles ne sont jamais aussi bonnes.

Il lui tendit une assiette garnie de poulet rôti, de fromage et de pain et lança, en souriant :

— Mange ! Et ça, c'est un ordre.

Elle prit l'assiette en feignant la colère.

— D'accord, je vais manger. Mais ce n'est pas parce que tu en as décidé ainsi. C'est seulement parce que ce poulet a l'air délicieux.

— Du moment que tu manges, je me moque pas mal du prétexte que tu trouves.

Ils commencèrent à manger sans échanger un seul mot. Mais ce silence devint insupportable à Caleb.

— Cette matinée n'a pas été trop pénible, pas vrai ? demanda-t-il d'un ton léger.

Elle lui jeta un regard en coin.

— Elle ne s'est pas trop mal passée, reconnut-elle. Tu t'es bien tenu.

— Cela m'a rappelé le bon vieux temps…

— Ne parlons pas de ça, Caleb.

— Nous avons passé de bons moments ensemble, Jenny. Tu ne peux pas dire le contraire.

— Non. Je ne peux pas dire le contraire. Mais je ne veux pas y penser.

— Pourquoi ? Tu as peur de baisser ta garde ?

— Cela n'arrivera pas, répliqua-t-elle avec force.

Si tu penses le contraire, tu vas tomber de haut. Le passé, *notre* passé, est derrière nous, Caleb.

— Ce n'est pas l'impression que j'ai.

— Pourtant, c'est le cas.

Il abandonna le sujet; il avait assez insisté pour le moment.

— Jusqu'à quelle heure as-tu l'intention de travailler aujourd'hui ? demanda-t-il.

— Pourquoi ? Tu as rendez-vous quelque part ? riposta-t-elle d'un ton sec. Tu peux partir quand tu veux, tu sais.

— Je n'ai pas besoin de partir, je me disais seulement que tu devais travailler depuis des heures.

— Je travaille depuis des heures. Nous n'avons pas beaucoup de temps devant nous, Caleb. Bree voudra sans doute répéter les chansons avec les acteurs locaux avant l'arrivée des professionnels qu'elle a engagés. Et ils arrivent lundi.

— C'est logique.

— Et toi ? Est-ce qu'elle t'a dit comment elle compte t'intégrer à la pièce ? Tu ne peux pas te contenter de te pointer sur scène pour chanter une chanson de temps en temps.

Il haussa les épaules. Bree ne lui avait rien dit et il n'avait rien demandé. Ce qui lui importait, c'était de travailler avec Jenny et de la voir le plus souvent possible.

— Je suppose qu'elle m'en parlera quand elle aura trouvé une idée, répondit-il. Elle est l'auteur de la pièce, c'est à elle d'en décider. Nous nous sommes mis d'accord à ce sujet hier.

— Elle a sans doute déjà écrit ton rôle. Tu ferais peut-être mieux de partir à sa recherche pour savoir ce qu'elle a en tête.

— Tu essaies de te débarrasser de moi ?

— Non, je ne fais que me montrer pratique. Comme je l'ai dit, nous n'avons pas beaucoup de temps devant nous.

Il la regarda, amusé.

— Et tu ne penses pas que Bree sait exactement où me trouver si elle a besoin de moi ?

Elle fronça les sourcils. Evidemment, il avait raison…

— C'est probable, avoua-t-elle. Mais comme je vais bientôt partir, tu ferais aussi bien d'essayer de la trouver.

Ce fut à son tour de froncer les sourcils.

— Tu as rendez-vous avec le type qui était ici hier ? Ton ancien petit ami ?

— Puisque tu veux vraiment le savoir, je déménage, ce soir. Je pars de chez Jake et Bree.

Pendant un instant, l'espoir fit palpiter son cœur.

— Tu t'installes à l'auberge ? demanda-t-il.

— Tu rêves ! Non, je m'installe dans notre ancienne maison, que ma mère et Thomas ont gardée et fait rénover pour moi. En revanche, il va falloir que je me réserve un moment pour aller acheter des meubles, parce qu'il n'y en a pas beaucoup. Mais je n'ai pas besoin de grand-chose. Pas pour ce séjour, du moins.

Il sourit. Ses paroles venaient d'éveiller chez lui un souvenir plutôt agréable...

— Tu te souviens du jour où nous avons acheté les meubles de ta maison de Nashville ?

Au lieu de venir s'installer chez lui, elle avait tenu à acheter sa propre maison avec son premier gros chèque de droits d'auteur.

— Je croyais que nous avions décidé de ne plus ouvrir la malle aux souvenirs, répliqua-t-elle sans masquer son agacement.

— *Tu* l'as décidé. Moi, je n'ai rien décidé du tout. J'aime bien fouiller dans cette malle, surtout quand j'y trouve le souvenir du moment où nous avons choisi le lit. Quand nous nous y sommes allongés tous les deux, j'ai bien cru que la vendeuse allait faire une crise cardiaque. D'ailleurs, je ne comprends toujours pas pourquoi elle n'a pas posté de photos sur internet dans les secondes qui ont suivi.

— Elle était trop futée pour faire ça, répondit Jenny, un léger sourire aux lèvres. Elle tenait à sa commission. Après tout, tu avais acheté la moitié du magasin.

— Reconnais quand même que l'on s'est bien amusés, ce jour-là.

— Oui, on s'est bien amusés, marmonna-t-elle à contrecœur.

— Alors tu devrais me permettre de venir faire les magasins avec toi. Tu sais déjà que j'ai très bon goût, surtout pour les matelas.

— Il y a déjà un lit dans cette maison. Pour tout dire, c'est même tout ce qu'il y a dedans. J'ai besoin de tout le reste.

— Alors prépare ta carte bleue, ma chérie. Allons faire les magasins !

Elle le regarda, abasourdie.

— Tu dois être le seul homme sur cette planète que la perspective d'aller faire les magasins emplisse de joie.

— Parce que nous allons les faire ensemble, expliqua-t-il en guettant sa réaction. Tout comme avant.

Même avant qu'elle réponde, il sut qu'elle allait accepter.

— Très bien, dit-elle. D'accord.

Avec un regard sévère, elle ajouta :

— Mais ne t'imagine pas que tu vas venir t'installer chez moi, ici aussi.

— Comme tu veux. Nous en reparlerons un autre jour.

— Non. Nous n'en reparlerons pas un autre jour. Tu ne t'installeras pas chez moi, Caleb. Point final.

— Tu en es sûre ?

Comme elle ne répondait pas, il enchaîna :

— Dans ce cas, nous attendrons de voir ce que l'avenir nous réserve.

— Caleb !

— Tiens. Prends donc un peu de gâteau. Tu te sens toujours mieux une fois que tu as eu ta dose de chocolat.

Il plongea la fourchette dans le gâteau et la lui tendit.

— Ce n'est pas avec un morceau de gâteau que tu me feras changer d'avis, le prévint-elle.

Mais quand elle mit la fourchette dans sa bouche, elle laissa échapper un gémissement.

— Oh ! Doux Jésus ! Il est aussi bon que dans mon souvenir. Il est même encore meilleur.

— Reprends-en donc un peu.

Sans se faire prier, elle prit l'assiette qu'il lui tendait et finit le gâteau en poussant des petits soupirs de plaisir. Bien sûr, il regrettait un peu que ce soit un simple morceau de gâteau qui la plonge dans une telle extase, mais… c'était un début. Il s'était donné pour mission de la faire de nouveau gémir et crier son nom. Et il était sur la bonne voie, il en était presque certain.

7

Ils quittèrent le théâtre dans son pick-up. Jenny n'avait accepté de le prendre qu'après qu'il lui eut fait remarquer qu'ils pourraient ainsi ramener certains de leurs achats, ce qui lui éviterait de devoir attendre la livraison. Mais elle avait tenu à prendre le volant.

— Je connais les routes, pas toi.

Il avait volontiers cédé et lui avait lancé les clés en souriant.

— Si cela doit te rendre heureuse…

— Ce qui me rendrait vraiment heureuse, ce serait que tu sois resté à Nashville.

— Mais je suis ici. Le sujet est clos. Tu sais, si je voyais ta maison avant que nous allions acheter des meubles, ça m'aiderait…

— Je t'ai déjà dit que tu ne passerais pas la porte de ma maison.

— Non, tu as dit que ce n'était pas la peine que j'espère m'installer chez toi. Tout ce que je te dis, c'est qu'il me sera plus facile de t'aider à choisir des meubles si j'ai une idée de la disposition des pièces et de leurs proportions. Regarde-moi en face et dis-moi que ce n'est pas logique.

Elle lui jeta un regard noir mais finit par céder.

— D'accord, c'est logique.

— Alors, pourquoi es-tu tellement braquée contre cette idée ?

Sans doute parce qu'elle voulait que cette maison soit sa zone non-Caleb personnelle, sans un seul souvenir de lui. Et, comme il désirait exactement le contraire…

— Arrête de t'obstiner, Jenny. Dix minutes, pas plus.

Avec un clin d'œil, il ajouta :

— Je promets de ne pas m'attarder dans la chambre.

— Comme si j'allais te laisser approcher de la chambre, marmonna-t-elle.

— Très bien, nous sommes d'accord sur ce point. Maintenant, quel mal y a-t-il à ce que je jette un œil au reste de la maison ?

— Aucun, je suppose, répondit-elle à contrecœur.

Il crut bon de ne rien ajouter, se contentant de regarder autour de lui. Quelques pâtés de maisons plus loin, elle s'engagea dans une rue secondaire bordée d'immenses chênes. En été, leurs branches devaient ombrager la rue, mais à cette époque, elles étaient nues — du moins celles qui n'avaient pas été décorées de guirlandes lumineuses. Il avait un peu l'impression de rouler dans un parc à thème. Dans le jour qui déclinait, toutes les maisons étaient déjà illuminées, et les pelouses, ornées de décorations d'un goût plus ou moins douteux, de scènes criardes évoquant tout aussi bien le pôle Nord que des scènes religieuses plus esthétiques. Dans cette rue, seule une maison était étrangement sombre.

— Voilà ta maison, je suppose, dit-il avant même qu'elle se soit engagée dans l'allée. Il faut que tu te plies aux coutumes locales, Jenny.

— Je n'ai appris qu'hier que cette maison m'appartenait. Je n'ai pas vraiment eu le temps de la décorer. D'ailleurs, ce n'est sans doute même pas la peine que je le fasse maintenant.

Il lui jeta un coup d'œil en coin. Elle avait dit cela très vite, mais sa voix était chargée d'une tristesse indéniable qui lui serra le cœur.

— Nous pourrions décorer la cour, proposa-t-il. Ce serait amusant.

— Si je décide d'illuminer la maison, oncle Jake pourra s'en charger. Maman doit avoir gardé toutes les décorations.

L'air soudain nostalgique, elle poursuivit :

— Nous recréions toujours l'atelier du Père Noël, avec des sucres d'orge géants et les lutins les plus laids jamais vus. Je n'ai pas la moindre idée d'où ils venaient, mais nous les gardions parce que je savais que personne d'autre n'en voudrait. Jamais je n'aurais pu les jeter.

Il sourit en pensant à la fillette pleine de compassion pour ces pauvres lutins qu'elle semblait avoir été. Le sentiment de rejet qu'elle avait dû éprouver quand son père les avait abandonnées, sa mère et elle, devait avoir joué un rôle déterminant dans sa vie, mais jusqu'à quel point ?

— Qu'aviez-vous d'autre dans la cour ? demanda-t-il.

Un petit sourire arqua ses lèvres.

— Ma décoration préférée était le petit train qui circulait tout autour du jardin. Le Père Noël était installé dans le wagon de queue.

Elle se tourna soudain vers lui, les yeux brillants.

— Est-ce que je peux emprunter ton portable ? Le mien est toujours enfoui dans un tiroir chez Bree et Jake.

Il lui tendit son téléphone et l'écouta parler à sa mère. Après quelques plaisanteries teintées de gêne, elle enchaîna :

— Je suis à la maison. Tout le quartier est déjà illuminé. On dirait un pays des merveilles pris de folie. Ça m'a fait penser aux vieilles décorations, et surtout au petit train. Où sont-elles ? Est-ce que tu les as laissées dans le grenier ?

Caleb vit son visage s'assombrir.

— Oh ! Bien sûr. C'est logique, dit-elle d'une voix sans timbre. Non, pas de problème. Je les verrai la prochaine fois que je viendrai, alors. Je dois te laisser. Je vais acheter des meubles.

Elle raccrocha et lui rendit son téléphone. Comme elle s'apprêtait à démarrer et à repartir sans même mettre un pied dans la maison pour la lui faire visiter, il se pencha et couvrit sa main de la sienne.

— Attends une minute. Qu'est-ce qu'il y a ? demanda-t-il doucement, même s'il était certain de déjà le savoir.

— Ils installent les décorations dans la nouvelle maison ce week-end, répondit-elle d'une voix dénuée de toute émotion. C'est logique. Ils ne savaient pas que j'allais garder cette maison, ni même que je passerais les fêtes ici. Il aurait été stupide de laisser les décorations moisir dans un coin. Et apparemment, Sean aime autant le petit train que je l'aimais moi-même.

Malgré les efforts qu'elle faisait pour parler sur un ton neutre, une larme lui échappa. Il l'essuya du pouce.

— Je suis désolé.

Elle parvint à sourire, mais elle se forçait, c'était évident.

— Ce n'est pas très grave, affirma-t-elle sans grande conviction.

— Changement de plan ! Les meubles peuvent attendre.

— Non, ils ne peuvent pas, répliqua-t-elle en

fronçant les sourcils. Il n'y a rien d'autre qu'un lit, dans cette maison. Je ne peux pas y vivre comme ça.

— Pour un jour ou deux, tu peux. Tu peux aussi rester un peu plus longtemps chez Bree et Jake. Ce soir, nous allons acheter de nouvelles décorations.

— Mais c'est de la folie ! Je ne suis ici que pour quelques semaines.

Mais l'étincelle de joie qui était apparue dans son regard n'avait pas échappé à Caleb.

— D'ailleurs, poursuivit-elle, tout le monde achète les décorations avant Thanksgiving. Il ne va plus rien rester.

— Autrement dit, il y aura de grosses réductions sur les prix. Et avec notre génie, nous allons créer une décoration tellement originale que les gens feront des kilomètres pour venir la voir. Oublie le petit train. C'est tellement dépassé ! Notre Père Noël sera dans une fusée, et nos lutins seront des martiens !

Elle laissa échapper un petit rire ; son humeur sombre s'était dissipée.

— Tu es cinglé !

— Peut-être un peu, reconnut-il, heureux de la voir sourire de nouveau. Mais ne le dis à personne. J'essaie de rétablir ma réputation, pas d'ajouter aux rumeurs.

Elle le regarda droit dans les yeux et demanda, avec un désir sincère dans la voix :

— Caleb, est-ce que tu veux vraiment décorer la maison ?

Quelques minutes plus tôt encore, il n'y songeait absolument pas. Mais maintenant…

— Je veux vraiment le faire, oui. Et pense à toutes les décorations abandonnées que nous allons trouver. Tu vas leur donner un foyer.

Elle haussa un sourcil.

— Sérieusement, Caleb, tu crois que tu vas me faire acheter des décorations de Noël en me forçant à m'apitoyer sur leur sort ?

— Si ça doit marcher…

— Est-ce qu'il t'est déjà arrivé de décorer une maison pour Noël en en faisant des tonnes ?

— Non, mais je suis tout à fait capable de m'adapter à l'esprit de cette ville, lui assura-t-il.

Il était capable de faire tout ce qui pourrait les rapprocher de nouveau l'un de l'autre. Et plus encore !

— Mais est-ce que tu es capable de le faire sans tomber d'une échelle et te rompre le cou ? insista-t-elle.

Il soutint son regard.

— C'est ce que nous allons découvrir.

— D'accord, dit-elle enfin, l'air pensif. Mais il nous faut un thème.

— Je t'en ai donné un, et il était super ! répliqua-t-il avec une indignation feinte.

— Non. Pas de lutins débarqués de Mars, décréta-t-elle. Pas de fusées non plus. Je suis une traditionnaliste.

— Et moi qui croyais le contraire... Tu me déçois.

— Tu m'en vois désolée. Bien ! Assez bavardé. Allons-y. Transformons cette maison en un lieu magique !

Elle regarda tout autour d'elle, les yeux brillants d'excitation, et Caleb se dit qu'en parlant de magie l'instant présent en contenait déjà un peu.

Il y avait bien longtemps que Jenny n'avait pas autant ri. Caleb et elle visitèrent une demi-douzaine de magasins, et peu à peu le passé, que ce soit le sien, celui de Caleb, ou même celui qu'ils avaient en commun, disparut de l'équation. Ils avaient maintenant assez de décorations extérieures pour transformer deux ou trois jardins en pays des merveilles kitchissimes.

— Si nous les installons toutes, on ne verra même plus la maison ! protesta-t-elle en voyant Caleb se diriger vers un autre Père Noël assis dans un traîneau géant, qui jouait de la musique et semblait s'élancer vers le ciel. Et nous ne pouvons pas avoir trois Pères Noël.

— Pourquoi ?

— Les enfants ne comprendront pas. Ils pensent qu'il n'y en a qu'un.

A peine avait-elle prononcé ces mots qu'elle remarqua que Caleb faisait de son mieux pour refréner un sourire.

— Qu'est-ce qu'il y a ?

— Ma chérie, il y a un Père Noël dans la cour de chacune des maisons du quartier, expliqua-t-il patiemment. Même les tout petits enfants doivent bien savoir qu'aucun d'entre eux n'est le vrai. Déjà, ils sont en plastique. Ensuite, tout le monde sait que le vrai Père Noël vit au pôle Nord. Alors qu'importe que nous en ayons toute une famille ? Quelqu'un a-t-il déjà affirmé que le Père Noël ne venait pas d'une fratrie de triplés ? Ou même qu'il a des clones ? Après tout, il visite vraiment beaucoup d'endroits en une seule nuit.

— S'il te plaît, ne va pas faire part de tes idées à Bree. Elle aime tellement l'avant-garde qu'elle est capable de transformer sa pièce de Noël en comédie musicale de science-fiction ! Le public sera complètement perdu.

— Alors on le prend, ce Père Noël ?

Il examina le personnage aux joues roses et le traîneau aux détails dorés, dont les rênes étaient ornées de lumières et de cloches.

— C'est le meilleur que nous ayons trouvé jusqu'ici, précisa-t-il.

— Absolument. On le prend.

Quand ils eurent enfin fini, le plateau du pick-up était rempli de lumières et de décorations de toutes sortes.

— Il nous reste un dernier arrêt à faire, annonça Caleb. Si nous devons tout installer ce soir, il va nous falloir du chocolat chaud, des marshmallows, un lecteur de CD et quelques CD de Noël. Je m'en charge, si tu veux. Dis-moi juste où aller.

Elle sourit en repensant aux années où sa mère, Jake et elle avaient décoré la maison… Ils se mettaient dans l'ambiance exactement de la même façon.

— D'accord, dit-elle. Mais prends des gros marshmallows, pas des petits. Il va aussi nous falloir du pop-corn. Pour ce qui est des CD, n'achète pas que les plus récents. Prends aussi les classiques, ceux de Johnny Mathis et Tony Bennett.

Elle s'interrompit et grimaça.

— Peut-être que je devrais t'accompagner. Jamais tu ne vas te souvenir de tout ça.

Il la fixa d'un air faussement vexé.

— Tu mets en doute mes goûts musicaux et ma mémoire ?

Elle repensa soudain aux disputes qui les avaient opposées au sujet de certains chanteurs. Les goûts de Caleb étaient bien plus éclectiques que les siens.

— Est-ce que tu peux au moins éviter les rappeurs ? suggéra-t-elle.

— J'en suis capable, oui. Et je te promets de me souvenir de tout. Si j'oublie quelque chose, tu pourras me demander de retourner le chercher.

Elle s'installa confortablement dans la cabine où régnait une douce chaleur et, les yeux fermés, écouta la radio country locale.

La soirée avait été étonnamment agréable. Caleb n'avait pas trop cherché à lui prouver par tous les moyens qu'il avait changé. Il était resté lui-même, tout simplement, celui qu'il était avant de commencer à trop boire et de perdre son chemin. Et, sans qu'elle le veuille, tous les souvenirs de leur vie commune affluèrent à sa mémoire…

Caleb avait toujours su la faire rire, et il avait toujours pris un malin plaisir à la provoquer par des remarques outrancières qui — et il le savait — ne manquaient jamais de lui arracher une réaction violente. Il disait qu'il adorait voir des flammes de colère danser dans ses yeux, et qu'il aimait encore plus les attiser en lui faisant l'amour.

A ce souvenir, elle se redressa brusquement et ouvrit les yeux. Non, non, non. Elle ne pouvait pas s'aventurer sur ce terrain. Il ne fallait surtout pas qu'elle commence à se souvenir du contact de ses mains sur elle, de sa bouche qui couvrait la sienne, de la façon dont il la charmait jusqu'à faire naître en elle des sensations tellement intenses qu'elle devenait incapable de se rappeler son nom... Il fallait qu'elle se cuirasse, qu'elle ne laisse pas sa résolution faiblir. N'était-elle pas venue à Chesapeake Shores, au moins en partie, pour tout oublier de lui une bonne fois pour toutes ?

Elle sursauta en entendant deux petits coups frappés sur la vitre.

— Jenny, ouvre, s'il te plaît. Mes clés sont sur le contact.

Les nerfs à fleur de peau — et pas seulement parce que Caleb l'avait surprise —, elle déverrouilla la portière.

— Tu as tout trouvé ? lança-t-elle d'une voix tendue.

— Comme promis, répondit-il en la dévisageant. Tout va bien ?

Elle se força à sourire.

— Parfaitement.

— Mais... ? insista-t-il, l'air soucieux.

Elle inspira profondément avant de répondre :

— Je me suis rendu compte qu'il était déjà tard, rien de plus. Jake pourra se charger d'installer les décorations demain ou après-demain, comme il le fait pour bon nombre de gens à cette période de l'année. Je ferais sans doute mieux d'aller dormir. Nous avons encore beaucoup de travail pour écrire les chansons du spectacle.

Caleb se figea, et son air soucieux s'accentua.

— Que diable s'est-il passé pendant que j'étais dans ce magasin, Jenny ?

— Rien. Promis. Comme je te l'ai dit, il est tard.

— Si tu le dis, lâcha-t-il dans un soupir.

Mais elle voyait bien qu'il ne croyait pas à son explication.

Il sortit du parking et prit la direction de la maison, ne brisant le silence qui s'était instauré qu'à une ou deux reprises, pour lui demander quelle route prendre. Une fois dans son allée, il se tourna vers elle et lui jeta un regard où elle perçut encore quelques traces d'inquiétude.

— Rentre et va te reposer, dit-il. Je vais décharger le camion et tout poser sous la véranda.

— Je vais t'aider, proposa-t-elle, gagnée par un sentiment de culpabilité.

La soirée avait tourné court à cause d'elle, parce qu'elle avait été prise de panique en se replongeant dans ses souvenirs. Pourtant, Caleb n'avait rien tenté. Elle avait seulement été soudain sujette à un accès de nostalgie. Elle était pathétique. Et ridicule.

— Je n'ai pas besoin d'aide, répondit-il. Je peux me débrouiller tout seul. Prends seulement les CD, la radio, le pop-corn et le chocolat.

Elle obéit et fit quelques pas vers la maison avant de se retourner.

— Caleb, je suis désolée.

— De quoi ?

— D'avoir tout gâché.

En fuyant son regard, elle ajouta :

— Je me suis bien amusée, ce soir. Vraiment.

Il s'approcha d'elle et passa doucement un doigt sur sa joue.

— Trop ?

Donc, il comprenait. Elle en fut surprise. Elle trouva le courage de le regarder dans les yeux et esquissa un petit sourire.

— Peut-être, avoua-t-elle.

Il ne détourna pas les yeux, au contraire.

— Je ne m'en excuserai pas, décréta-t-il.

— Tu n'as pas à le faire. C'est ma faute. Cette sensation me fait peur.

— Je veux que tu n'aies jamais peur, Jenny. Ni de moi ni avec moi, déclara-t-il gravement. Prends tout le temps qu'il te faudra. Je ne m'en irai pas.

Cette fois, ces mots ne sonnaient pas comme un avertissement, mais plutôt comme une promesse. Ce qui l'effraya plus que tout.

Bien que l'on soit samedi, Caleb savait qu'il trouverait Jenny, et sans doute Bree, au théâtre dès les premières heures de la matinée. Il prit le risque de s'arrêter au café de Sally pour acheter du café et des croissants au chocolat, dont Sally lui affirma que Jenny les adorait. Il sourit. Jenny avait vraiment une passion pour le chocolat, quelle que soit la forme sous laquelle il se présente.

Mais son sourire disparut bien vite.

La veille, il avait été déçu qu'elle veuille mettre un terme aussi rapide à leur soirée, mais il avait compris pourquoi elle avait brusquement été saisie de panique. Il était revenu dans sa vie en sachant précisément ce qu'il voulait, et chaque minute passée à ses côtés ne faisait que renforcer ses certitudes. Elle avait besoin d'un peu de temps pour le rejoindre. Il fallait qu'il soit patient, rien de plus.

Quand il arriva au théâtre, il entendit des voix dans la salle de répétitions où Jenny s'était installée pour travailler. L'une de ces voix était grave et indubitablement masculine. Il sut de qui il s'agissait avant même d'avoir jeté un œil dans la pièce : l'ancien petit ami de Jenny.

— Aujourd'hui sera parfait, lui disait Jenny. Je devrais pouvoir me libérer à midi. On se retrouve chez Brady's ?

— Je peux passer te prendre.

— Non. Il serait plus simple que je te retrouve là-bas.

Cette réponse, et le ton légèrement gêné sur lequel elle avait été faite, l'amena à se demander si elle culpabilisait un peu d'accepter ce rendez-vous. Parfait ! Elle pouvait culpabiliser, en effet.

Mais à peine cette pensée avait-elle traversé son esprit qu'il soupira, recula d'un pas et ressortit du théâtre. Il s'assit sur les marches et commença à siroter l'un des cafés. Il devait retrouver son calme avant d'entrer dans cette pièce. Jenny ne faisait rien de mal. Enfin… pas vraiment, du moins. Et de toute façon, ce n'était pas en la faisant culpabiliser qu'il allait la reconquérir.

Bree apparut quelques minutes plus tard, emmitouflée dans un épais manteau, des mitaines et une écharpe.

— Tu vas geler, dit-elle en le voyant sur les marches. Qu'est-ce que tu fiches, assis dehors ?

— Jenny a de la compagnie, répondit-il en lui tendant l'un des cafés. Son ancien petit ami.

— Dillon est revenu ?

Il hocha la tête et précisa :

— Ils font des projets pour le déjeuner.

Bree fit de son mieux pour réprimer le sourire qui lui arquait légèrement les lèvres.

— Et tu préfères rester dehors pour ne pas faire un scandale, conclut-elle.

— Quelque chose comme ça. Alors, qu'est-ce que je dois savoir sur ces deux-là ? Est-ce que leur histoire était sérieuse ?

— Ils étaient au lycée ensemble, répondit Bree en sirotant son café. Mais comme ils devaient partir dans deux universités différentes, ils ont rompu. C'était l'idée de Jenny, d'ailleurs. Elle ne voulait pas être prisonnière. Je pense que, même à cette époque, elle était assez honnête avec elle-même pour voir que Dillon n'était pas un garçon pour elle.

— Elle n'en semble plus tellement certaine maintenant.

Cette fois, Bree ne chercha même pas à masquer son sourire.

— C'est un déjeuner, Caleb. En plein jour. S'ils reprenaient leur relation là où ils l'ont laissée, tu ne penses pas qu'ils se retrouveraient le soir, et peut-être même qu'ils dîneraient chez elle ?

— Elle n'a pas de table.

— Une table ? Tu penses vraiment que c'est important ?

Il laissa échapper un petit rire. Jenny et lui avaient déjà partagé des dîners plutôt intimes chez elle à Nashville, installés par terre sur une couverture, devant la cheminée. Pourtant, ils y étaient entourés de meubles confortables.

— D'accord. Non, ce n'est pas important, reconnut-il. Mais ce n'est pas parce qu'ils ne vont faire que déjeuner qu'ils ne vont pas se retrouver dans les bras l'un de l'autre juste après le dessert.

— Tu parles d'expérience ?

— Ce n'est pas ce que j'ai dit, marmonna-t-il.

— Ce que j'essaie de te faire comprendre, c'est que Jenny m'a elle-même dit que, la première fois que Dillon a parlé d'un rendez-vous, elle a insisté pour qu'ils se contentent de déjeuner ensemble, afin d'éviter toutes rumeurs.

Elle se pencha vers lui et ajouta :

— Allons. Ce n'est pas bien grave. Arrête de bouder.

— Je ne boude pas, répliqua-t-il en la regardant de travers.

— Alors, prouve-le et rentre avec moi. Malgré ce délicieux café, je suis en train de geler. Je te présenterai moi-même à Dillon. Tu pourras jauger ton rival.

Il éclata de rire.

— Est-ce que tu insinues que je pourrais être intimidé par un type qui a l'air aussi barbant que celui-là ? lança-t-il d'un ton moqueur. Ou est-ce que tu sous-entends que je suis un lâche ?

Elle lui décocha un regard innocent.

— Oh. Un lâche ? Allons. Ce mot n'a jamais passé mes lèvres.

— Mais c'est exactement ce que tu veux dire. Tu penses que je me cache parce que j'ai peur de la concurrence. Au fait, qu'est-ce qu'il fait dans la vie ce... Dillon ?

— Il vend des assurances.

— Tu vois ? Rien d'effrayant là-dedans.

Soudain impatient de mieux cerner l'homme qui avait jadis possédé une partie du cœur de Jenny, il se leva et tendit la main à Bree.

— Rentrons faire un peu de musique.

Elle inclina la tête pour le dévisager, l'air légèrement soucieuse.

— Pourquoi est-ce que j'ai l'impression que tu veux surtout faire des histoires ?

— Ce n'est pas dans mes intentions, lui promit-il. Je vais gentiment dire bonjour à Dillon, et cette rencontre se fera dans la plus parfaite politesse. Je suis très doué pour ce genre de choses, surtout avec les vendeurs d'assurances.

Il prit le plateau sur lequel il restait un gobelet de café et la poche de viennoiseries et ajouta :

— En plus, je suis armé de café et de croissants au chocolat. Ce type n'a pas une chance.

Bree éclata de rire.

— Le combat est vraiment inégal, c'est vrai, dit-elle. Même si tu n'étais pas aussi sexy que le péché lui-même, ces croissants te suffiraient à gagner l'affection de Jenny. Elle me demandait de lui en envoyer une boîte chaque mois, en se plaignant de ne pas pouvoir en trouver d'aussi bons à Nashville.

Caleb fronça les sourcils à ces mots.

— Il y avait pourtant une excellente pâtisserie française dans son quartier, dit-il. Elle était une habituée.

— Mais elle a toujours soutenu que leurs croissants étaient loin de valoir ceux de Sally. Pour ma part, je pense qu'elle aimait surtout savoir que ces croissants venaient de Chesapeake Shores.

Même si elle a refusé de l'admettre pendant des années, sa ville natale lui manquait, Caleb. Et j'espère qu'elle va y rester pendant quelque temps.

— Ce n'est pas moi qui te contredirai.

Il comprenait parfaitement que cette ville pittoresque — et même les O'Brien qu'elle renfermait, bien qu'ils soient un peu étouffants à son goût — puisse ensorceler quelqu'un.

Mais s'il était ravi que Jenny soit de retour sur son territoire, c'était aussi pour une autre raison. Malgré la présence de son ancien petit ami, il pensait avoir une meilleure chance de renouer avec elle ici que dans la ville où tout le monde connaissait leur passé, et où personne n'ignorait rien des erreurs qu'il avait commises.

— Regarde qui j'ai trouvé assis dehors ! annonça gaiement Bree en entrant dans la salle de répétitions, Caleb sur les talons.

Jenny posa sur Caleb un regard intrigué.

— Qu'est-ce que tu faisais dehors ? La porte n'était pas fermée à clé.

— Je voulais profiter un peu de la vue sur la baie, répondit-il.

Il mentait, c'était évident, et elle comprit aussitôt pourquoi. Il les avait entendus, Dillon et elle, se donner rendez-vous pour le déjeuner. Pour qu'il s'éloigne plutôt que de se joindre à eux, sa réaction avait dû être assez forte.

Ce fut Bree qui brisa le silence gêné qui s'était abattu dans la pièce.

— Dillon, voici Caleb Green, dit-elle. Caleb, je te présente Dillon Johnson, un vieil ami de Jenny.

La fureur qui se lisait sur le visage de Dillon indiquait que ce n'était pas la peine de lui expliquer qui était Caleb. D'ailleurs, il avait déjà reconnu quelques jours plus tôt qu'il était au courant de leur rupture. Et maintenant, il semblait sur le point de frapper Caleb, uniquement par principe. Jenny vint s'interposer entre les deux hommes avant que Dillon laisse libre cours à son envie.

— Très bien ! lança-t-elle d'un ton léger. Puisque tu es là, Caleb, nous ferions mieux de nous mettre sérieusement au travail. Je veux pouvoir me libérer pour le déjeuner. Dillon, je te retrouve chez Brady's à midi.

Dillon sembla un peu désarçonné de se voir renvoyer d'une façon aussi ferme, mais il se contenta de hocher la tête avant d'attraper son veston. Ensuite, à sa grande surprise, il s'avança vers elle et plaqua un baiser sonore sur ses lèvres.

— A tout à l'heure, dit-il avec désinvolture.

Quand il passa à côté de Caleb pour sortir de la pièce, il lui jeta un regard où brillait un éclair de triomphe. Caleb fit un pas vers lui, mais s'arrêta quand Bree posa une main sur son bras.

— Pas de disputes territoriales dans mon théâtre, dit-elle. Compris ?

Caleb prit une profonde inspiration avant d'acquiescer.

Ensuite, elle se tourna vers Jenny et ajouta :

— Tu devrais suggérer à Dillon de t'appeler avant de passer te voir. Nous avons beaucoup de travail, et peu de temps pour l'accomplir.

Jenny se hérissa. Bree sous-entendait-elle que Dillon n'était pas le bienvenu au théâtre ? Elle se força à inspirer profondément, elle aussi, avant de répondre :

— Tu as raison, bien sûr.

— Maintenant, est-ce que je peux vous laisser seuls tous les deux ? demanda Bree, moqueuse. Vous n'allez pas vous disputer dès que j'aurai le dos tourné ?

Caleb laissa échapper un petit rire.

— Oui, maman Poule. Ta poulette est en sécurité, avec moi.

En lui décochant un regard sarcastique, Jenny répliqua :

— A ta place, Bree, je m'inquiéterais pour le coq.

— Jenny Louise ! s'exclama Bree.

— D'accord, d'accord, marmonna-t-elle. Nous serons sages comme deux images.

— Et vous vous concentrerez à cent pour cent sur la musique pour le spectacle ?

— A cent pour cent, assura Jenny.

Une fois Bree partie, elle se tourna vers Caleb.

— Tu es vraiment jaloux ?

— Ce n'était pas ce que tu voulais ? Tu devais bien savoir que j'allais arriver. Est-ce que ce n'est pas uniquement pour me faire passer le message que tu as accepté de sortir avec Dillon ?

— D'abord, je ne sors pas avec lui. Je déjeune avec un vieil ami. Ensuite, je ne me doutais pas que tu étais dans le théâtre.

— Pas même avec la vue imprenable que tu as sur le trottoir ? suggéra-t-il, sceptique.

D'un geste de la tête, il désigna la fenêtre, de l'autre côté de la pièce, qui offrait une vue parfaite de la pelouse en pente douce, de la promenade et de l'océan.

Elle grimaça. Il avait raison. Elle l'avait vu arriver et avait entendu la porte du théâtre s'ouvrir et se refermer. Même si elle n'avait pas invité Dillon à passer la voir, elle avait alors pensé que sa présence était une occasion parfaite de faire passer un message à Caleb, de lui rappeler qu'il n'avait plus aucun droit sur elle, quelle que soit la force des sentiments qui avaient crépité entre eux la veille au soir — même s'il ne s'était agi là que d'un hasard, d'une vieille habitude dont elle ne s'était pas encore défaite ; c'était du moins ce qu'elle s'était répété en se tournant et se retournant dans son lit sans parvenir à trouver le sommeil.

— D'accord, tu as raison, avoua-t-elle. J'ai peut-être profité de la situation.

— On ne joue plus, Jenny. Quoi qu'il se passe entre nous maintenant, restons honnêtes, d'accord ?

— D'accord.

— Est-ce que tu vas annuler ton déjeuner avec ton ex ?

— Est-ce que tu le ferais, à ma place ? demanda-t-elle, renversant la situation.

— Non. Mais c'est la dernière fois, d'accord ? Que tu le veuilles ou non, nous avons des choses à régler. Et nous ne pourrons pas le faire si tu me jettes ton Dillon au visage chaque fois que l'envie t'en prendra.

Elle sourit.

— Je ne cherche pas à te rendre fou, tu sais. Dillon et moi étions bons amis, à une époque. Il connaît mon histoire. Il me comprend.

Caleb riva son regard au sien et répliqua :

— Mais c'est moi qui connais celle que tu es maintenant, Jenny. Le passé est bien joli, mais ne t'y trompe pas : ton avenir est avec moi.

Elle trembla sous la certitude qui émanait de ses paroles et l'intensité du regard qu'il posait sur elle. Aucun doute : il était convaincu que ce qu'il venait de dire était vrai. Mais ce qui l'inquiétait, surtout, c'était qu'elle risquait de commencer à le croire, elle aussi. Raison de plus pour aller déjeuner avec Dillon et voir si elle ne pouvait pas ranimer quelques-unes de ces anciennes flammes.

8

Jenny n'avait apparemment pas la moindre intention d'annuler son rendez-vous avec Dillon. Sous peine de devenir fou, il fallait que Caleb trouve quelque chose à faire pour s'occuper l'esprit à l'heure du déjeuner. Il pensa à toutes les décorations qu'il avait laissées empilées sous la véranda, la veille au soir. Il débordait d'idées sur la façon de les installer, mais il n'avait pas d'échelle et ne possédait pas non plus les compétences nécessaires pour être certain qu'elles resteraient en place une fois qu'il aurait créé la scène qu'il avait en tête.

Il alla trouver Bree dans son bureau, pensant qu'il pouvait peut-être faire d'une pierre deux coups : installer ces décorations et entrer dans les bonnes grâces d'un autre membre de la famille.

— Jenny m'a dit que Jake était un expert en installation de décorations de Noël, lui dit-il. Est-ce que tu sais s'il est occupé, cet après-midi ?

— Je peux l'appeler pour le lui demander, si tu veux. Qu'as-tu en tête ?

Il lui expliqua que Jenny avait été démoralisée d'apprendre que toutes les anciennes décorations devaient être installées chez sa mère, et lui parla de la séance de shopping express pendant laquelle ils en avaient acheté des nouvelles.

— J'ai une idée de la façon de les installer, conclut-il, mais je manque d'expérience en ce qui concerne l'accrochage de guirlandes. Et surtout d'une échelle.

Le visage de Bree se fendit d'un grand sourire.

— Quelle idée merveilleuse ! Jenny va adorer. Et c'est tellement gentil de ta part de vouloir la surprendre en installant tout avant qu'elle rentre ce soir.

— J'ai des raisons cachées, avoua-t-il.

— Bien sûr, dit-elle d'un air entendu. Mais ce sont de bonnes raisons, je crois.

Son sourire s'élargit encore.

— Je commence à me faire à toi, Caleb Green. Maintenant, je comprends pourquoi Jenny était tellement amoureuse de toi. Au fond, tu es un type plutôt attentionné.

Il grimaça.

— Ce que tu vois, c'est le nouveau Caleb, celui qui a été amélioré. Je ne sais pas si l'ancien Caleb était très recommandable. Il n'avait pas grand-chose à faire valoir, sinon ses tubes et une cohorte de fans fidèles.

— Impossible, répliqua Bree, très sérieuse. Jenny aurait pu choisir n'importe quelle vedette de musique country dotée de sex-appeal. Elle t'a choisi à cause de ce qu'elle a vu en toi. Elle croyait en toi, Caleb. Pas seulement en ton talent, mais aussi en toi.

— Si c'est vrai, j'espère ne pas la décevoir, cette fois.

— Tu ne la décevras pas, répondit-elle avec une étonnante conviction.

Avec un regard sévère, elle ajouta :

— Si tu le fais, tu sais quelles seront les conséquences.

— Les O'Brien me pourchasseront jusqu'au jour du jugement dernier. J'ai compris. Maintenant, est-ce que tu penses que Jake serait d'accord pour m'aider cet après-midi, ou est-ce que je suis toujours son ennemi juré ? S'il est aussi protecteur envers Jenny que je le soupçonne de l'être, il ne doit pas s'être autant radouci que toi.

— Laisse-moi m'occuper de mon mari. Toi, va à la maison. L'aide arrivera d'ici une heure. En chemin, passe donc prendre des grillades, beaucoup de grillades, et des sodas. Attends…

Elle lui tendit un papier avec l'adresse d'un restaurant spécialisé en grillades, aux confins de la ville. Il prit le papier, mais posa sur elle un regard méfiant. Une lueur inquiétante était apparue dans ses yeux.

— Tu m'envoies une armée ? demanda-t-il, soudain pas rassuré.

— Oh ! juste une petite unité.

Aussi ne fut-il pas tellement surpris de voir toute une cohorte de pick-up arriver chez Jenny, une heure plus tard. Saisi d'un léger vertige, il chercha à reconnaître chacun des arrivants, qu'il s'agisse d'O'Brien ou d'hommes qui appartenaient à la famille par alliance. La seule personne qu'il n'eut aucun mal à identifier fut Jake Collins. Malgré la promesse de Bree, l'oncle de Jenny le regardait comme s'il le tenait pour personnellement responsable d'une épidémie de peste.

— Je ne t'apprécie pas vraiment, lui lança ce dernier en guise de bonjour.

Sans broncher, Caleb acquiesça et répondit :

— C'est compréhensible.

— Je ne suis venu que parce que ma femme a insisté, précisa Jake sur un ton encore plus sévère. Et aussi parce que je n'ai aucune confiance en toi. J'ai bien l'intention de te garder à l'œil aussi longtemps que tu resteras en ville.

— Tout aussi compréhensible.

— Arrête un peu, lança l'homme qui s'était présenté comme étant Mick O'Brien. Laisse ce garçon tranquille. Il essaie de faire plaisir à Jenny. Tu devrais plutôt le remercier.

— Ce n'est pas ce qu'il veut faire cet après-midi qui m'inquiète, répliqua Jake sans se départir de son air menaçant. C'est ce qu'il a en tête pour ce soir, demain et les jours d'après.

— Dans ce cas, tu reviendras plus tard pour garder un œil sur lui, dit Mick. Et je serai à tes côtés, si tu veux. Et tous les O'Brien présents ici aujourd'hui feront de même s'ils sentent que Jenny a besoin de protection. Nous connaissons tous l'histoire, Jake. Aucun d'entre nous ne veut que Jenny souffre de nouveau. Mais je pense que Caleb mérite qu'on lui laisse une chance de se racheter. Nous sommes tous passés par là.

— Surtout toi ! s'exclama un homme plus âgé en donnant une tape dans le dos de Mick. Je suis Thomas O'Brien, le beau-père de Jenny.

Il tendit la main en regardant Caleb droit dans les yeux, sans la moindre douceur.

— Ne te laisse pas abuser par les airs gentils de Mick, ajouta-t-il. Il sera le premier à venir te démolir si tu t'avises de traiter Jenny d'une façon qui ne lui plaît pas.

— Pigé, répondit Caleb en lui serrant la main. Je suis heureux de voir qu'autant de personnes la soutiennent. Jenny m'a parlé de vous. Je n'ai pas eu l'impression que vous étiez proches.

— Nous n'avons pas pris le meilleur des départs, avoua Thomas en rougissant. Pour tout dire, je suis à peu près certain que Jenny ne m'a pas fait une très bonne publicité auprès de toi. Mais j'essaie de changer tout ça.

Thomas paraissait sincèrement désolé de la mésentente qui régnait entre Jenny et lui, ce qui éveilla la pitié de Caleb, qui était bien placé pour savoir que toute histoire avait ses deux côtés.

— A mon avis, Jenny aurait réservé le même sort à n'importe quel homme qui aurait épousé sa mère, dit-il. Je commence à comprendre la complexité des dynamiques qui ont cours dans la famille.

— Bien ! lança Mick. Assez bavardé. Mack, Will, Matthew, Luke, Jake et moi allons commencer à accrocher les guirlandes aux avant-toits. Thomas, tu pourrais aider Caleb à ouvrir les cartons et à décider de la façon dont vous souhaitez installer les décorations. Jake et moi nous en occuperons.

Il se tourna vers un autre homme, plus jeune que lui.

— Connor, si tu filais jusqu'à la quincaillerie pour acheter des rallonges extérieures ?

— Vous n'avez pas besoin de moi ici ? demanda Connor en fronçant les sourcils.

Jake partit d'un grand rire.

— Connor, fais ce que te dit ton père. Il connaît mieux que nous tous l'étendue de tes talents en matière de construction... ou plutôt, de ton manque de talent. Nous voulons que cette illumination fonctionne, pas que tout le quartier se retrouve privé de courant.

Connor le regarda de travers et grommela :

— Merci. Je m'en souviendrai la prochaine fois que tu m'appelleras parce que tu auras besoin d'une paire de mains supplémentaire pour monter quelque chose.

— Tiens-t'en donc à la loi, répliqua Jake d'un ton ironique. C'est là qu'est ton vrai talent. Laisse-nous nous charger des boulots d'hommes.

— Oh ! Frangin…, marmonna Mack, se hâtant de venir s'interposer entre Jake et Connor.

Quant à Will, il passa en mode pacificateur.

— Du calme, lança-t-il. Connor, tu sais très bien que Jake ne cherche qu'à te pousser à bout jusqu'à ce que tu te bagarres avec lui. Ne fais pas attention à ses provocations. Nous avons beaucoup à faire, et nous devons travailler en équipe.

Connor et Jake échangèrent un regard assassin avant de pouffer de rire.

— Il parle vraiment comme un psy, dit Jake. Ecoute un peu cette voix, tellement professionnelle et réconfortante. Ça me hérisse.

— Va te faire voir, répliqua Will avec un grand sourire.

Caleb avait suivi tout cet échange de taquineries avec intérêt, étonné par l'affection qui transparaissait même sous les piques les plus féroces. Pas étonnant que Jenny adore cette famille. Il n'avait jamais vu lui-même de groupe aussi étroitement soudé. Même les membres de son ancien groupe, qui se connaissaient pourtant parfaitement, n'avaient jamais été aussi décontractés les uns avec les autres, et ne s'étaient jamais apporté un soutien aussi inconditionnel. Mais il était tout autant à blâmer que ses musiciens : il avait bien trop souvent cherché à tester les limites de leur amitié.

Une fois la paix revenue, Will, Mack, Matthew, Luke, Mick et Jake commencèrent à accrocher les guirlandes lumineuses.

Thomas et Caleb se dirigèrent vers la véranda. Thomas sortit deux cutters de sa poche et lui en tendit un.

— Au travail, lança-t-il. Bree va faire de son mieux pour retenir Jenny au théâtre jusqu'à ce que la nuit soit tombée, mais si je connais Jenny aussi bien que je le pense, elle va se douter de quelque chose et Bree devra la ligoter pour l'empêcher de partir.

— Vous avez raison, répondit Caleb. Hé, mais je pensais que vous deviez installer les décorations chez vous, aujourd'hui ?

— C'est vrai, mais Connie a pensé que je serais plus utile ici. Elle a entendu combien Jenny avait été déçue d'apprendre que nous avions récupéré les anciennes décorations.

Ils gravirent les marches de la véranda. Thomas

posa un regard ébahi sur les cartons empilés les uns sur les autres.

— Vous n'en avez pas un peu trop fait, tous les deux ?

Caleb haussa les épaules.

— Comme Jenny était un peu déçue de ne pas pouvoir utiliser les anciennes décorations, ça lui a remonté le moral d'acheter tout ça. Et je dois avouer que j'ai eu un peu de mal à me retenir, moi aussi. Aucune des maisons dans lesquelles j'ai vécu n'a jamais été décorée pour Noël. J'ai toujours envié les familles qui décoraient la leur.

Thomas lui jeta un regard en coin.

— Bienvenue à Chesapeake Shores ! lança-t-il. A cette époque de l'année, j'ai toujours l'impression d'avoir pris la mauvaise direction et d'avoir atterri au pôle Nord. Quand j'étais gamin, mes parents ont toujours refusé de gaspiller leur argent pour décorer et illuminer l'extérieur de la maison. Mais maman s'est récemment convertie à la tradition. Attendez de voir son cottage, sur la falaise qui surplombe la baie. On dirait une maison en pain d'épices de conte de Noël !

— Vous parlez de Nell, c'est ça ?

— C'est ça, oui. Elle est toujours en pleine forme. Tous les gars qui sont ici aujourd'hui étaient chez elle le week-end dernier. Pendant qu'ils grimpaient aux échelles, elle supervisait l'emplacement de la moindre guirlande. Jake a obéi sans sourciller, mais Mick a tellement pris sur lui pour garder son sang-froid qu'il a frôlé la crise cardiaque. Il adore sa mère, mais il aime faire les choses à sa façon.

— J'en déduis que la tradition est presque aussi neuve pour vous que pour moi.

— Exactement. Avant, je vivais en appartement, et je me contentais d'installer un sapin artificiel. Quand j'ai épousé Connie, j'ai eu un peu de mal à faire la transition. Elle voulait que chacun des arbres du jardin dégouline de lumières. Et ce train… Je suppose que Jenny vous a parlé du train.

— C'est ce qui a tout déclenché. Elle adorait ce train.

— Tout le monde adore ce train, répondit Thomas en soupirant. Sauf le pauvre diable qui est chargé d'assembler ce fichu circuit et d'empêcher le train de dérailler toutes les vingt minutes, en projetant le Père Noël hors du wagon de queue. Soit dit en passant, je suis le pauvre diable en question. Jake, Mick et les autres sont peut-être habiles de leurs mains, mais pas moi. Et Connie n'a pas voulu leur demander de venir m'aider, sous prétexte que la décoration de notre maison devait rester une tradition exclusivement familiale. Mais moi, je pense plutôt qu'elle a voulu m'épargner leurs moqueries.

— C'est beau, l'amour, fit remarquer Caleb en riant. Il y a quelque chose que je voulais vous demander. Est-ce que ce n'est pas vous, Mick et votre autre frère qui avez construit Chesapeake Shores ?

— Nous étions associés, c'est vrai, mais c'est Mick qui a construit la ville. Pour sa part, Jeff vendait les propriétés à mesure qu'elle se développait. Et moi, j'avais pour tâche de préserver autant d'arbres qu'il était humainement possible afin que l'endroit demeure respectueux de l'environnement. Mick et moi nous sommes plus d'une fois opposés sur la question.

— Ah, je me souviens, maintenant. Vous dirigez une fondation qui œuvre à préserver la baie.

— C'est ça. Et Mick, bien qu'il ait beaucoup ronchonné à l'époque, comprend enfin combien il était important que je reste campé sur mes positions, même quand elles représentaient un obstacle majeur à ses plans. Son fils, Kevin, travaille avec moi maintenant. Il serait ici aujourd'hui s'il ne donnait pas une conférence devant une association de citoyens. Nous ne laissons jamais passer une chance de propager notre message.

Caleb hocha la tête, songeur. Il avait eu quelques occasions de contempler la baie, et il devait reconnaître que le panorama était magnifique.

— Est-ce que vous seriez intéressé par un concert au bénéfice de la fondation ? proposa-t-il soudain. Je pourrais sans doute recruter quelques-uns de mes amis de Nashville et organiser quelque chose.

Thomas le regarda, incrédule.

— Sérieusement ? Tu penses pouvoir organiser ça ?

— Je ne vois pas pourquoi je ne le pourrais pas, répondit-il, enthousiasmé par son idée.

— Combien de temps as-tu l'intention de rester dans le coin ?

— Aussi longtemps qu'il le faudra, répondit-il en souriant.

— Eh bien, pour être franc, je me moque que tu restes plus à cause de Jenny que parce que tu te soucies de la préservation de la baie. J'accepte ton offre. Connie a organisé et coordonné beaucoup d'événements pour la fondation. Est-ce que tu serais d'accord pour la rencontrer afin d'en discuter avec elle ?

Caleb lui adressa un regard sceptique. Quelque chose lui disait que la mère de Jenny ne serait pas enthousiasmée à l'idée de travailler avec lui.

— Vous êtes sûr que c'est une bonne idée ? demanda-t-il. Elle ne va pas plutôt me planter un pieu dans le cœur ?

Thomas éclata de rire.

— Elle en serait capable, c'est vrai, reconnut-il. Mais pas avant que le concert dont tu viens de parler ait eu lieu. Je m'en assurerai. Cela te laissera le temps de l'apprivoiser.

Caleb savait d'expérience que les mères étaient parfois plus faciles à apprivoiser que leurs filles, et quelque chose lui disait qu'il aurait peut-être moins de mal à amadouer Connie O'Brien que Jenny. Et comme il avait besoin qu'elles soient toutes deux dans son camp, il accepta les conditions de Thomas.

Tout en discutant, ils avaient fini d'ouvrir les cartons. Maintenant, les multiples Pères Noël, une maison en pain d'épices, quelques sucres d'orge géants et une famille de lutins étaient posés en vrac sur la pelouse.

— Il reste encore une décoration, dit Caleb. Elle est dans mon pick-up. Je suis retourné la chercher après avoir déposé Jenny ici hier soir.

Thomas le suivit jusqu'à son camion et gloussa de rire en voyant les cartons empilés sur le plateau.

— Vous lui avez trouvé un train, dit-il.

— Je ne sais rien de l'original, sauf que le Père Noël y est assis dans le wagon de queue. C'est aussi le cas de celui-ci. Mais sinon, je ne sais pas du tout s'il lui ressemble.

Thomas lui posa une main sur l'épaule.

— Fils, même si ce train n'est pas une version moderne de celui dont elle se souvient, tu l'as acheté pour elle, et cela suffira à la rendre heureuse.

— Vous croyez ?

Jake s'approcha au même moment et écarquilla les yeux en voyant le train.

— Bon sang, Caleb, juste quand je voulais vraiment te haïr, il faut que tu fasses ça !

Caleb regarda Thomas, puis Jake, puis Thomas de nouveau.

— Donc vous êtes d'accord ? demanda-t-il. Ce train va avoir du succès ?

— Jenny va en tomber à la renverse, certifia Thomas.

Jake leva un sourcil menaçant.

— Mais attention… à la renverse, et pas dans ton lit. Pigé ? lança-t-il.

Caleb éclata de rire.

— Je ne te promets rien, mais je n'oublierai pas votre mise en garde, dit-il.

Mais au final, ce serait à Jenny, et à elle seule, de décider jusqu'où les choses iraient entre eux. Pas seulement ce soir, mais dans l'avenir. Il en était pleinement conscient, mais cela ne l'empêchait pas d'être irrité parce qu'il savait aussi que, cette fois, rien ne garantissait qu'il finirait par obtenir ce qu'il voulait.

Le déjeuner que Jenny partagea avec Dillon se déroula dans une atmosphère étonnamment tendue. Apparemment, Dillon était toujours en colère contre Caleb.

— Je ne comprends tout simplement pas ce qu'il fait ici, Jenny. Enfin… si, je comprends que Bree tienne à ce qu'il reste. Mais toi ? Comment peux-tu seulement supporter sa présence après ce qu'il t'a fait ?

— Dillon, ce n'est pas tellement grave. Tout est fini entre Caleb et moi.

Mais quelque chose en elle savait qu'elle venait de dire un énorme mensonge...

— C'est une collaboration professionnelle, poursuivit-elle. Est-ce que tu n'as jamais été contraint de travailler avec quelqu'un que tu n'appréciais pas particulièrement ?

Sans répondre à sa question, il enchaîna :

— C'est toi qui es la compositrice bourrée de talent. C'est de toi que Bree a besoin. Est-ce que ce n'est pas toi qui devrais faire la loi ?

— Bree a besoin de mes mots et de ma musique. Ou, plus exactement, elle veut ma musique. Elle pourrait toujours engager un autre compositeur. En revanche, elle ne peut pas trouver d'artiste dont la présence créera autant de publicité pour son spectacle que celle de Caleb. Grâce à Caleb, sa carrière peut se retrouver propulsée à un tout autre niveau.

— Et elle n'accorde pas la moindre pensée à la pression que cette présence peut te faire subir.

— Dillon... J'ai fait le tour de la question avec Bree avant même qu'elle fasse une offre à Caleb. Si je lui avais dit non, jamais elle ne lui aurait demandé de se produire dans son spectacle.

— Dans ce cas, pourquoi est-ce que tu n'as pas dit non ?

Il scruta son visage et sembla comprendre.

— Oh ! Tu veux qu'il reste, c'est ça ? lança-t-il avec un profond soupir. J'aurais dû le voir tout de suite. Non, tu n'es pas guérie de lui.

— Si, je le suis.

Il lui sourit, d'un sourire teinté de tristesse.

— Arrête, Jenny. Quand tu mens, je le vois toujours. Je vois aussi quand tu te mens à toi-même. Caleb t'a humiliée, il t'a brisé le cœur, mais tu l'aimes toujours.

Elle faillit nier une fois de plus, mais se borna finalement à avouer, en haussant les épaules :

— Très bien. Peut-être qu'il me reste encore quelques anciens sentiments pour lui, mais ils ne sont pas les bienvenus.

— Donc, tu n'es pas encore guérie de lui, pas vrai ?

— Non, mais ça va venir, Dillon. J'ai retenu la leçon.

Il la dévisagea un instant avec perplexité. Il n'était pas convaincu.

— Bonne chance, dit-il simplement.

Même si elle venait de lui affirmer clairement que tout avenir entre Caleb et elle était exclu, elle ne put s'empêcher de sentir qu'elle lui devait des excuses, parce qu'aucun avenir n'existait entre elle et lui non plus.

— Je suis désolée, Dillon.

— Et de quoi es-tu désolée ? Il y a des années que tu as rompu avec moi. Malheureusement, j'ai toujours espéré que nous aurions peut-être une seconde chance.

— Dillon...

— Arrête. Tu n'as pas à t'en vouloir. Jamais tu ne m'as rien promis. Bon sang, pourquoi je ne l'ai pas compris plus tôt ? Tu n'as même pas voulu dîner avec moi !

— Et pour une seule raison, lui répondit-elle doucement. Je voulais que personne, à commencer par toi, ne se fasse des idées à notre sujet. A une époque, tu étais mon meilleur ami. J'aimerais pouvoir penser que cette amitié existe toujours, mais c'est tout ce qu'il y aura jamais entre nous. Et cela n'a rien à voir avec Caleb, même si je sais que tu ne le crois pas.

Le regard que lui jeta Dillon était empli de déception, mais elle ne pouvait rien faire pour lui.

— Tu en es certaine ?

— J'en ai bien peur.

Elle le regarda droit dans les yeux et ajouta :

— J'aimerais qu'il en soit autrement. Vraiment. Mes relations avec Caleb seraient bien plus simples si je tombais follement amoureuse de toi.

— Et tu me certifies qu'il n'y a aucune chance que cela arrive ?

— Je suis désolée, répéta-t-elle.

Il haussa les épaules.

— Ce n'est pas parce que tu me repousses que je vais cesser de m'inquiéter pour toi, tu sais, marmonna-t-il.

— Tu n'as pas à t'inquiéter. Maintenant, je sais qui est Caleb. Il ne me brisera pas le cœur une seconde fois. Je ne lui en donnerai pas l'occasion.

Dillon sourit à ces mots.

— Tu peux faire la dure, Jenny, mais quelque chose me dit qu'il est bien trop tard. Il a repris possession de ton cœur, c'est évident.

Elle pourrait nier autant qu'elle le voudrait, cela ne changerait rien à la triste vérité : il était fort possible que Dillon soit dans le vrai. Mais elle ne voulait pas souffrir de nouveau, et c'était ce qui risquait de se produire si elle écoutait ce que lui dictait son cœur, elle ne le savait que trop bien.

La nuit commençait à tomber quand Jake et le reste du clan élargi des O'Brien quittèrent enfin la maison. Caleb resta seul pour attendre le retour de Jenny. Il s'installa dans une vieille balançoire accrochée au toit de la véranda, la télécommande à la main, prêt à allumer les lumières. Bree avait appelé un quart d'heure plus tôt pour le prévenir que Jenny quittait le théâtre et rentrait chez elle.

— Si tu veux savoir, lui avait dit Bree, elle était un peu agacée que tu ne sois pas venu cet après-midi. Je pense qu'elle se demandait ce que tu mijotais. Jake dit que le jardin est magnifique.

— C'est lui l'expert, avait-il répondu. Remercie-le une fois encore pour son aide, s'il te plaît.

— Je le ferai. Passez une bonne soirée.

Passer une bonne soirée ? Il l'espérait de tout cœur.

Il mit la balançoire en mouvement et attendit, les nerfs à fleur de peau, impatient de voir quelle serait la réaction de Jenny quand elle découvrirait sa surprise.

Enfin, sa voiture apparut. Quand elle remarqua son camion, garé dans l'allée, elle marqua un temps d'arrêt. Ensuite, elle dut le maudire et finalement décider de ne pas se laisser chasser par sa présence, parce qu'elle engagea sa voiture dans l'allée.

Mais il s'écoula quelques minutes avant qu'elle coupe enfin le moteur et descende de voiture.

— Caleb, qu'est-ce que tu fais ici ? lança-t-elle en refermant la portière.

— Oh ! Je bricole un peu.

Il pressa l'interrupteur et le jardin s'illumina.

Les arbres étaient ourlés de guirlandes blanches. D'autres guirlandes, colorées celles-là, dessinaient les contours de la maison. Des projecteurs éclairaient celles des décorations dressées dans le jardin.

— Oh mon Dieu ! s'écria Jenny en portant une main à sa bouche.

Figée au bord de l'allée, elle resta là, les yeux écarquillés par la surprise.

— Qu'est-ce que tu as fait ? demanda-t-elle.

Il actionna un second interrupteur et le sifflet du train retentit. Le petit train fit le tour du jardin et s'arrêta juste devant elle, afin qu'elle puisse voir que le Père Noël était assis dans le wagon de queue.

— Jake et Thomas ont semblé penser qu'il ressemblait pas mal à celui que tu aimais tant, dit-il.

Comme elle semblait avoir pris racine dans l'allée, il descendit les quelques marches de la véranda et se dirigea vers elle. Elle le regarda, les yeux brillants de larmes retenues, et chuchota :

— Tu as trouvé un autre petit train.

— Il te plaît ?

Pour toute réponse, elle jeta ses bras autour de lui et lui plaqua un baiser sur les lèvres ; son visage était humide de larmes.

— C'est la chose la plus parfaite, la plus incroyable qu'on ait jamais faite pour moi, murmura-t-elle. Je n'arrive pas à croire que tu te sois donné tout ce mal. Où as-tu trouvé le petit train ? Et quand ?

— Je l'ai repéré hier soir et je me suis arrangé pour t'entraîner vers une autre partie du magasin avant que tu l'aperçoives, expliqua-t-il en la serrant contre lui. Et je suis retourné l'acheter après t'avoir raccompagnée.

Elle se dégagea un peu de son étreinte et plongea son regard dans le sien.

— Il est impossible que tu aies fait tout ça tout seul en un après-midi.

— J'ai eu de l'aide, reconnut-il. Bree a rallié les troupes.

Le visage de Jenny se fit incrédule.

— Elle a demandé à Jake ?

— Ainsi que Mick, Thomas, Mack, Connor et tout un tas d'autres, oui. On a passé un après-midi d'anthologie. On a mangé plein de grillades et bu des litres de soda.

— Et maintenant, toute la confrérie des O'Brien est dans ton camp, conclut-elle, un petit sourire en coin.

— Eh bien… ton oncle a semblé plutôt impressionné par le train. Mais j'ai été dûment averti. Je n'ai pas intérêt à te faire souffrir de nouveau, sinon… D'ailleurs, toute l'armée, sous les ordres de Mick, est sans doute planquée dans les buissons en ce moment même pour s'assurer que tu gardes le contrôle de la situation.

Elle se laissa aller contre lui et soupira avant de répondre, d'une voix un peu triste :

— Je veux garder le contrôle.

Elle leva les yeux vers lui avant d'ajouter :

— Mais tu sembles avoir le chic pour me couper le souffle, Caleb Green. Et c'est vraiment gênant, étant donné les circonstances.

— Donc, ma surprise te plaît ?

— Je l'adore. Et si je ne faisais pas autant d'efforts pour m'accrocher à mon dernier lambeau de bon sens, tu aurais tes chances, avec moi.

— On accorde beaucoup trop d'importance au bon sens, répliqua-t-il en la serrant de nouveau contre lui.

— Sans doute. Mais il le faut, Caleb. Je ne peux pas courir le risque de nouveau. Pas maintenant.

— Je comprends. Je comprends vraiment. Je sais que je dois regagner ta confiance.

— Mais il faut que tu saches que tout ça…

D'un geste circulaire, elle engloba les illuminations multicolores et conclut :

— Tout ça me dit vraiment ce que tu ressens.

— C'est plus parlant qu'un baiser ?

Il n'allait pas pouvoir survivre encore longtemps sans emprisonner sa bouche sous la sienne…

— Bien plus, répondit-elle en souriant. Mais un petit baiser ne serait peut-être pas entièrement hors de propos.

Elle n'eut pas à le dire deux fois. Il baissa la tête, posa ses lèvres sur les siennes et savoura sa douce reddition.

Et, pour la première fois depuis que sa vie avait volé en éclats par sa faute, il eut soudain l'impression qu'elle était peut-être en passe de redevenir normale.

*
* *

Quand Jenny se força enfin à se séparer de Caleb, elle tremblait et n'avait qu'une envie : le prendre par la main, le conduire jusqu'au grand lit, à l'étage, et faire de nouveau l'amour avec lui.

Mais elle se contenta de presser sa main et de lui sourire.

— Que dirais-tu de m'aider à manger la pizza qui est posée sur le siège avant de ma voiture ? demanda-t-elle.

Le seul fait de l'inviter chez elle pour partager une pizza réchauffée était risqué, mais jamais elle n'aurait pu le renvoyer après tout ce qu'il avait fait aujourd'hui pour la rendre heureuse.

— Tu es sûre ? Ton lit n'est pas très loin de la cuisine.

— Il l'est bien assez, répliqua-t-elle avec détermination.

Ses émotions avaient peut-être échappé à tout contrôle pendant quelques instants, mais elle n'allait pas céder. Elle était d'une autre trempe.

— Très bien, alors. C'est une bonne idée. Je vais chercher la pizza pendant que tu allumes le four.

— Prends aussi le sac, lança-t-elle, alors qu'il s'éloignait. Il y a des assiettes en carton et des serviettes en papier.

— Pas de problème !

Une fois à l'intérieur, elle laissa tomber son manteau par terre, au pied de l'escalier, et alluma délibérément toutes les lumières entre l'entrée et la cuisine. Peut-être que la clarté chasserait toute intention romantique, chez elle comme chez Caleb.

Elle alluma le four et vit des gobelets en plastique, ainsi que quelques bouteilles de soda intactes, sur le comptoir. Les mains tremblantes, elle mit des glaçons dans deux gobelets et y rajouta du soda. Quand Caleb la rejoignit, elle crut qu'elle avait repris le contrôle de ses nerfs, mais il lui suffit de le regarder dans les yeux pour comprendre qu'elle se trompait. Elle se fichait pas mal du soda ou de la pizza. C'était lui qu'elle voulait.

Mais il était hors de question de s'engager dans cette voie-là, même pour une fois. Il fallait qu'elle se rappelle la trahison dévastatrice de Caleb dans ses moindres détails.

Soudain, elle se rendit compte qu'il posait sur elle un regard amusé.

— Qu'est-ce qu'il y a ?

— Qui a gagné le combat ? demanda-t-il. Toi ou moi ?

Elle fronça les sourcils, mal à l'aise. Il semblait tellement sûr de savoir ce qui venait de se passer dans son esprit.

— Tu dis n'importe quoi, répondit-elle. Je me demandais juste où nous allions manger. Il n'y a pas de table.

— Si tu le dis... Nous pourrions faire un

feu dans le salon et manger par terre, sur une couverture. J'en ai justement une dans le camion.

Et elle qui avait voulu éviter qu'une atmosphère romantique s'installe ! Elle ne se rappelait que trop les repas dans les mêmes conditions, à Nashville, après lesquels ils avaient fait l'amour... Mais il ne fallait surtout pas qu'il devine combien ce souvenir la remuait.

— Bien sûr, lâcha-t-elle d'un ton léger. Ce sera parfait !

Mais quelques minutes plus tard, quand elle entra dans le salon avec la pizza et découvrit que l'atmosphère était en tout point aussi romantique qu'elle l'avait redouté, son cœur s'emballa. Elle tendit sa part de pizza à Caleb et s'installa à côté de lui, devant la cheminée, en se disant que c'était vraiment une très très mauvaise idée.

A moins que ce soit, au contraire, la meilleure idée qu'ils aient tous deux eue depuis des mois.

9

Ils venaient de terminer leur pizza, assis devant la cheminée, et le silence s'était installé. Un peu trop lourd, de l'avis de Caleb.

— Comment s'est passé ton après-midi de travail ? demanda-t-il.

S'il posait cette question, c'était surtout pour distraire son esprit de la façon dont la lueur des flammes jouait sur la peau de Jenny et se reflétait dans ses yeux. Le désir qu'il éprouvait pour elle commençait à devenir bien trop puissant.

— Il se serait mieux passé si tu avais été là pour écrire les paroles avec moi, répondit-elle.

Comme si c'était lui qui avait pris la fuite, coupant ainsi court à leur séance de travail ! Il sourit, mais ne releva pas.

— Depuis quand as-tu besoin de moi à ce stade ? répliqua-t-il. En général, tu ne fais guère que pester contre moi et me reprocher de gâcher ton processus créatif.

— D'accord, c'est vrai. Mais j'étais incapable de me concentrer. J'aurais vraiment dû insister pour que tu reviennes après le déjeuner. Après tout, le succès de ce spectacle dépend autant de toi que de moi.

Il l'observa un instant, perplexe. Il avait l'impression que ce n'était pas vraiment contre lui qu'elle était en colère, que ce n'était pas son absence de l'après-midi qui l'irritait.

— Qu'est-ce que tu as, Jenny ? Est-ce que ton déjeuner avec ton ex ne s'est pas déroulé comme tu le voulais ?

— J'ai passé un moment très agréable avec Dillon, répondit-elle un peu trop vite.

— Mais il n'a pas apprécié de découvrir que j'étais dans le coin, pas vrai ?

— Ce n'est pas à lui d'approuver ou de désapprouver ta présence.

— Mais ce n'est pas pour autant qu'il est heureux de me savoir ici. Et pour tout te dire, je le comprends très bien. Je ne suis pas précisément ravi de le voir toujours fourré au théâtre, moi non plus.

Comme elle s'apprêtait à répliquer, il leva la main et ajouta :

— Je sais : je n'ai aucun droit de me plaindre.

— En effet, tu n'en as aucun. Et de toute façon, combien de fois l'as-tu vu au théâtre ? Il n'est venu que deux fois, et la première…

Sa voix mourut et ses yeux s'écarquillèrent.

— Tu étais là ce jour-là, aussi ?

— J'étais là.

— Et tu as écouté une conversation privée ?

— J'en ai entendu assez pour deviner qui il était. Ensuite, je suis parti.

— Quelle délicatesse !

Il sourit malgré lui. Il n'aurait peut-être pas dû, mais il adorait quand Jenny se fâchait ainsi.

— C'est ce que je me suis dit.

Il hésita un instant avant d'ajouter :

— Qu'avez-vous décidé, tous les deux ? Même si cela ne me regarde pas !

— Cela ne te regarde pas. Mais si tu veux vraiment le savoir, je lui ai dit que plus rien ne se passerait entre nous, et que je le considérais comme un ami.

Elle planta un regard déterminé dans le sien et poursuivit :

— Je ne cherche pas de relation, en ce moment. Avec qui que ce soit. J'ai assez souffert pour le restant de mes jours.

Il frissonna devant la fermeté de cette affirmation et ressentit une pointe de compassion — mais seulement une pointe ! — pour Dillon qui avait dû être repoussé de la même façon.

Comme s'il ne comprenait pas que la remarque valait également pour lui, il hocha la tête.

— Ça a dû être un sacré coup pour lui, fit-il remarquer.

— Je lui ai aussi dit que rien ne se passerait non plus entre toi et moi, précisa-t-elle en l'observant avec attention. Pas la peine d'avoir l'air aussi content de toi. C'est à cause de toi que j'ai autant souffert. Maintenant, je suis vraiment immunisée contre ton charme.

Il ne put s'empêcher de rire.

— Voilà la différence entre Dillon et moi, ma chérie ! Lui, il t'a sans doute prise au mot. Mais moi, je sais que si tu dis ça, ce n'est que pour essayer de repousser l'inévitable. Parce que nous finirons par revenir ensemble, et tu le sais.

Elle le fusilla du regard. Il l'agaçait, à ne pas la prendre au sérieux !

— Tu ne sais pas tout, Caleb, lança-t-elle avec un soupçon d'irritation. Quand je te dis que je suis immunisée, je suis sérieuse.

— Si tu le dis.

Il était temps de battre en retraite. Il se leva et ramassa la boîte qui avait contenu la pizza, les assiettes en carton et les gobelets, sous le regard curieux de Jenny.

— Depuis quand est-ce que tu débarrasses après un repas ? demanda-t-elle, un brin moqueuse.

— Tu as oublié ? J'essaie de faire bonne impression.

Il cligna de l'œil et ajouta :

— A demain !

Elle parut troublée. Donc, même si elle venait de lui rappeler catégoriquement qu'il ne l'intéressait pas, elle n'était pas aussi sûre de ce qu'elle voulait vraiment qu'elle essayait de le lui faire croire.

— Tu t'en vas ?

— Je m'en vais, oui. Tu vois, si je reste, je ne peux pas te promettre que je ne tenterai rien. Alors, puisque tu es tellement sûre que tu ne veux pas de moi, il vaut mieux que je m'en aille plutôt que de te prouver que tu as tort.

— Comme si tu le pouvais, marmonna-t-elle.

Il la regarda longuement, essayant de déchiffrer son regard.

— Est-ce que tu me lances un défi, Jennifer Louise ? Est-ce que tu veux que j'essaie ?

— Pas le moins du monde !

Mais elle ne parvenait pas à masquer sa déception, c'était évident. Elle avait de nombreux talents, mais mentir et jouer la comédie n'en faisaient pas partie.

— Très bien, dans ce cas, à demain !

— C'est dimanche, lui rappela-t-elle. Nous ne travaillons pas.

— Je sais. Mais nous nous croiserons… peut-être.

Ainsi, elle ne savait pas qu'il avait été invité à se joindre à la famille à l'occasion du déjeuner chez Mick. C'était sans doute mieux ainsi. Elle aurait pu chercher à le dissuader de venir, et il se serait senti obligé d'accéder à sa demande.

Il quitta la pièce, sentant qu'elle le suivait des yeux. Une fois qu'il eut jeté les détritus dans la poubelle de la cuisine, il revint dans le salon. Elle n'avait pas bougé d'un pouce. Elle semblait un peu perdue, plongée dans des abîmes de perplexité.

— Quelque chose ne va pas ?

Elle leva les yeux vers lui.

— Tu es un homme très déroutant, Caleb.

Il éclata de rire.

— Voilà ce que j'appelle un progrès, Jenny. L'adjectif est bien plus gentil que tous ceux que tu me décernais il y a encore une semaine.

Et s'il parvenait à ses fins, elle aurait très bientôt des raisons de chanter ses louanges.

Chez les O'Brien, le déjeuner du dimanche en famille était une véritable tradition qui avait toujours beaucoup plu à Jenny quand sa mère et elle s'y rendaient en compagnie de Jake et Bree. Comme elle était l'enfant unique d'une mère célibataire, ces contacts avec une famille aussi étendue et turbulente que celle des O'Brien lui avait fait entrevoir une vie dont elle n'avait jamais fait que rêver. Même aujourd'hui, elle voyait combien il était étrange qu'elle ne saisisse pas pleinement la chance qui s'offrait à elle de faire vraiment partie de cette famille. Mais quand sa mère et Thomas s'étaient mis ensemble, cela lui avait semblé tellement... bizarre.

Et, malheureusement, rien n'avait changé. Elle se faisait toujours l'effet d'être une étrangère. Des enfants lui couraient dans les jambes, bien trop de marmitons occupaient la cuisine... aussi choisit-elle de battre en retraite et d'aller se réfugier sous le porche. De là, elle pourrait contempler la baie et penser à autre chose qu'aux dynamiques familiales... et surtout à la façon étrange dont Caleb et elle s'étaient quittés, la veille au soir.

Elle passa une bonne demi-heure à essayer de comprendre ce qui l'avait poussé à partir ainsi mais, malheureusement, sans parvenir à déterminer ce qu'il avait en tête... Ni à comprendre pourquoi elle n'était pas aussi insensible à ses charmes qu'elle se l'était imaginé.

Alors ce petit temps de solitude, par cette journée d'une douceur étonnante, lui permettrait peut-être d'écrire le second couplet de la chanson pleine d'émotion que Bree lui avait demandée pour clôturer le premier acte de sa pièce.

Elle se rendit jusqu'à sa voiture, attrapa sa guitare et revint s'installer dans le fauteuil à bascule. Malheureusement, à peine avait-elle joué les premières notes qu'elle releva la tête... pour plonger dans les yeux marron foncé de Caleb. Elle fut traversée par un frisson qui n'était en rien dû à la température ambiante.

— Toi ! lança-t-elle, abasourdie.

Au nom du ciel, comment s'y était-il pris pour extorquer une invitation à un déjeuner de famille ? Elle avait parlé sur un ton dénué de toute chaleur, mais il ne sembla pas s'en formaliser.

— Quel accueil charmant ! ironisa-t-il.

Elle soupira.

— Pardon. Quand je suis prise au dépourvu, j'oublie mes bonnes manières. Je suppose que c'est Bree qui t'a invité. Elle a l'habitude de recueillir les chats errants, même ceux que personne d'autre qu'elle ne veut voir.

— C'est elle qui m'a invité, oui.

— Et tu ne t'es pas dit que ce n'était que par politesse ?

— Bien sûr que si. Mais puisque toi et moi semblons assez bien nous entendre ces jours-ci, j'ai pensé que tu n'aurais rien à redire à ma présence. Est-ce que je me suis trompé ? Cela te dérange, que je sois là ?

— Bien sûr que non. Mais pourquoi ne m'as-tu rien dit, hier soir ?

— J'ai pensé qu'il serait plus amusant de te prendre par surprise.

A d'autres ! Elle était bien trop maligne pour le croire.

— Dis plutôt que tu as pensé que si j'étais au

courant je te demanderais de ne pas venir. C'est bien ça ?

Il haussa les épaules.

— O.K., j'avoue. Comme je te l'ai dit l'autre jour, je me suis toujours posé beaucoup de questions sur la famille que tu mettais tant d'ardeur à garder à distance. Je voulais vraiment venir, aujourd'hui.

— Beaucoup parmi eux vont te détester, seulement par principe, lui fit-elle remarquer. Tu en es conscient au moins ?

Elle se rappelait encore la fois où Bree avait invité un étranger, un ancien amant qui était venu en ville pour essayer de la reconquérir. La famille tout entière avait failli imploser. Jake avait quitté la pièce, pris d'un accès de jalousie rageuse. Il avait fallu des jours pour que le tollé se calme. Cette journée pouvait tout aussi bien se terminer de la même façon mais, étrangement, Caleb ne semblait pas s'en soucier.

— Je suis certain d'avoir gagné l'amitié de la plupart des hommes hier, répondit-il.

— Mais il reste les femmes. Notre mémoire est bien meilleure et, contrairement aux hommes, nous ne sommes pas liées par une espèce de pacte soudé à la testostérone.

— Je dois pouvoir m'en accommoder.

— Vraiment ? Pourtant, tu ne t'es jamais

épanoui que sous l'adoration. En particulier celle de la gent féminine.

— C'est toujours le cas, mais je ne mérite pas d'être adoré ces temps-ci, surtout par des personnes qui tiennent à toi. J'ai beaucoup d'efforts à faire pour être de nouveau digne d'être apprécié.

Elle fut étonnée par sa franchise. Une nouvelle fois, il lui prouvait qu'il était devenu beaucoup plus lucide sur lui-même.

— Eh bien, si c'est vraiment ce que tu penses…, laissa-t-elle échapper dans un soupir.

— C'est ce que je pense.

Pour la première fois, elle s'autorisa à croiser son regard.

— Je suis prête à croire que tu as vraiment changé, Caleb, ne serait-ce que pour ton propre bien. Si tu avais continué dans cette voie autodestructrice, elle t'aurait été fatale, à toi autant qu'à ta carrière.

— Cela ne fait aucun doute. Pendant ma cure, j'ai compris que j'avais été bien près de toucher le fond. Je suppose que je ferai quelques faux pas de temps à autre, mais j'ai vraiment changé, Jenny. Tu peux me croire. Plus jamais je ne te ferai souffrir.

— Non, plus jamais, c'est vrai. Parce que je ne te laisserai pas t'approcher assez de moi pour le faire.

Un léger sourire arqua la bouche sensuelle de Caleb.

— Tu dis encore ça ? murmura-t-il. Enfin... nous verrons bien.

Elle allait répondre quand la porte d'entrée s'ouvrit sur Carrie et Caitlyn, les jumelles d'Abby.

— Oh mon Dieu ! s'exclama Carrie. C'est vraiment lui ! Quand tante Jess nous a dit que Caleb Green était vraiment ici, chez grand-père Mick, je ne l'ai pas crue.

Si Carrie semblait émerveillée par la présence de Caleb, Caitlyn, pour sa part, arborait une expression indignée.

— Jenny, comment peux-tu seulement supporter la vue de cet homme après ce qu'il t'a fait ? lança-t-elle.

Elle se tourna vivement vers sa jumelle et ajouta :

— Et toi, arrête de le regarder comme si c'était un dieu. Il est peut-être le chanteur le plus sexy que la country ait connu depuis Tim McGraw ou Kenny Chesney, mais tu sais que c'est un sale type.

Jenny jeta un coup d'œil au *sale type*, à la fois amusée et inquiète de la réaction de Caitlyn. Caleb n'avait pas bronché ; il semblait même qu'il retenait un sourire.

— Tout va bien, Caitlyn, dit-elle cependant. Caleb n'est pas venu pour moi. Votre tante Bree lui a demandé d'interpréter quelques chansons dans son spectacle, et vous savez combien elle peut se montrer persuasive.

— Eh bien, je me demande vraiment où elle avait la tête, répliqua Caitlyn. Est-ce que c'est aussi elle qui l'a invité aujourd'hui ?

— Bien sûr, idiote, répondit Carrie. Tu te souviens de ce type de Chicago ? Elle ne pouvait pas le voir, mais elle lui a demandé de venir au dîner de Thanksgiving. Contrairement à toi, tante Bree n'est pas rancunière.

Jenny coula un nouveau regard vers Caleb, qui semblait plus amusé que gêné par le débat dont sa présence faisait l'objet.

— Caleb, laisse-moi te présenter Carrie et Caitlyn. Leur mère est une O'Brien, Abby. Elle doit être quelque part à l'intérieur.

— Jumelles ? devina-t-il.

— Oui, mais nous ne nous ressemblons pas du tout, affirma aussitôt Caitlyn.

— Vous allez vraiment jouer dans le spectacle de Noël ? demanda Carrie.

— J'ai accepté un petit rôle, en effet. Je chanterai deux des chansons de Jenny.

— Je te l'avais dit ! lança Carrie à sa sœur. Nous devrions jouer dans la pièce. Quand les autres, à la fac, sauront qu'on était sur scène avec Caleb Green, ils vont en devenir dingues.

— Fais comme tu veux, rétorqua Caitlyn. Moi, je n'ai pas le temps. Il faut que j'étudie.

Carrie leva les yeux au ciel.

— Elle pourrait n'avoir que des A sans ouvrir un seul livre de classe. Elle sortira sans doute de l'université au bout de trois ans au lieu de quatre.

— Alors que toi, tu y resteras aussi longtemps que possible parce que tu aimes faire la fête, répliqua Caitlyn.

Jenny partit d'un grand rire. Quant à Carrie, sans prendre la peine de contredire sa sœur, elle enchaîna :

— Et si je veux rencontrer quelqu'un et me marier ? C'est ce que font les filles, à l'université. La moitié des élèves de dernière année de mon association d'étudiantes sont déjà fiancées et prévoient de se marier en juin.

— Si maman t'entendait, elle aurait une crise cardiaque, répondit Caitlyn.

— Maman a été mariée deux fois.

— Mais elle a un très bon travail, et elle peut tout à fait être indépendante. Elle veut que nous soyons capables de nous débrouiller seules, nous aussi. Toi, tu te contenterais d'épouser un type plein aux as et de le laisser payer toutes les factures.

Carrie haussa les épaules, sans paraître le moins du monde offensée.

— Il y a pire, comme vie, rétorqua-t-elle.

— Comme quoi, par exemple ? Te retrouver seule et sans aucune formation professionnelle quand ton mari aura demandé le divorce ?

Il s'agissait manifestement d'une conversation récurrente entre les deux sœurs, mais Jenny osa s'interposer, une fois encore.

— Pour ce que ça vaut, je suis d'accord avec votre maman.

— Moi aussi, renchérit Caleb.

Son intervention lui valut un regard choqué de Carrie. Caitlyn, en revanche, posa sur lui un regard approbateur, pour la première fois depuis qu'ils s'étaient rencontrés.

— Toute personne devrait savoir qui elle est et ce qu'elle est capable d'accomplir avant de s'engager dans une relation, poursuivit-il. Tu ne voudrais pas vivre dans l'ombre de quelqu'un, Carrie ?

— C'est exactement ce que je veux dire ! s'exclama Caitlyn.

Elle hésita, regarda Jenny et demanda :

— C'est ce qui s'est passé pour vous deux ?

— Jenny avait déjà du succès quand nous nous sommes rencontrés, répondit Caleb.

— Mais quand vous avez commencé à travailler ensemble, insista Carrie, son talent a atteint un tout autre niveau grâce à vous. Pas vrai ?

— Oui, répondit Jenny.

— Mais même si nos chemins ne s'étaient jamais croisés, elle aurait fait une carrière incroyable, précisa Caleb.

— Mais ensemble, vous étiez magiques, murmura Carrie d'un ton rêveur.

Jenny réprima un soupir. La plupart du temps, ils l'avaient été, en effet.

— J'espère que vous le redeviendrez, ajouta Carrie à mi-voix en les regardant tous deux tour à tour. Je parie que cette pièce va être d'enfer grâce à vous deux. Viens, Caitlyn. Nous ferions mieux de les laisser.

Caitlyn leva les yeux au ciel.

— Voilà que tu deviens fleur bleue maintenant ! lança-t-elle.

Elle jeta un regard inquiet à Jenny et demanda :

— Tu veux que nous nous en allions ?

— Et si nous rentrions tous ? suggéra Jenny. Le repas devrait bientôt être prêt.

Avec un peu de chance, quand viendrait le moment de se mettre à table, elle pourrait s'asseoir loin, très loin de Caleb. Malheureusement, il allait sans doute être beaucoup plus difficile d'échapper à toutes les personnes qui allaient chercher à jouer les entremetteurs !

Nell O'Brien était telle qu'on l'avait décrite à Caleb : une petite femme qui, en vraie matriarche, régentait la maisonnée avec amour et sagesse. Dillon O'Malley, son amoureux de jadis, en Irlande, et qu'elle avait épousé en secondes noces, était assis à côté d'elle et pourvoyait à chacun de ses besoins, rajoutant un peu de nourriture dans son assiette ou d'eau dans son verre.

Mais ce n'était pas cette prévenance qui touchait le plus Caleb, c'était la tendresse qui se lisait sur le visage de Dillon tandis qu'il regardait Nell évoluer dans cette vaste famille turbulente. Dillon semblait prêt à bondir si quelqu'un venait à manquer de respect à Nell même si, de l'avis de Caleb, il était peu probable que cela se produise. Tout le monde adorait Nell, c'était évident. Sans compter que la vieille dame était tout à fait capable de se défendre toute seule !

— Ils sont extraordinaires, pas vrai ? lui fit remarquer Jenny.

Malgré les efforts délibérés qu'elle avait faits pour trouver une place à l'autre bout de l'immense table, elle avait fini sur la chaise voisine de la sienne. Il avait vu à son expression qu'elle comprenait qu'en changeant de place elle provoquerait plus d'agitation que cela en valait la peine. Donc elle était restée.

— Leur histoire est tellement romantique, poursuivit-elle, l'air nostalgique. Nell rendait visite à ses grands-parents en Irlande alors qu'elle était encore adolescente, et Dillon et elle sont tombés amoureux. Mais Nell est rentrée aux Etats-Unis et a épousé un autre homme. Des années plus tard, elle est retournée en Irlande pour y passer les fêtes de Noël avec toute la famille et…

Elle le regarda et demanda :

— Je t'ai déjà parlé de ce voyage, non ?

Il hocha la tête. Il se souvenait surtout que c'était à l'occasion de ce voyage qu'elle avait appris, le jour de Noël très exactement, que sa mère et Thomas allaient avoir un bébé. La nouvelle l'avait tellement bouleversée qu'il était un peu surpris qu'elle se souvienne des autres événements qui avaient émaillé ce voyage avec une tendresse aussi évidente.

— Quoi qu'il en soit, Nell s'est rendue au bureau de tabac que possédait le grand-père de Dillon, reprit-elle. A l'époque, Dillon y travaillait pendant l'été... et il y était toujours. Il en était devenu propriétaire, ainsi que de plusieurs autres boutiques. Il était veuf, et ne l'avait jamais oubliée.

Elle sourit avant de poursuivre :

— Quand Mick a découvert que sa mère fréquentait l'un de ses amours de jeunesse, il a failli avoir une crise cardiaque. A voir sa réaction, on aurait dit que Nell était une adolescente dévoyée, et pas une femme de quatre-vingts ans. Tous les autres, en revanche, ont trouvé que c'était une histoire merveilleuse. Dillon est venu nous rendre visite ici quelques mois plus tard et a épousé Nell dans le jardin de son cottage. Le même jour, la petite-fille de Dillon a épousé Luke, le petit-fils de Nell. Et maintenant, ils vivent ici. C'est incroyable, non ?

— C'est assez extraordinaire, en effet, reconnut Caleb, songeur.

Cette histoire illustrait tout ce que l'amour pouvait supporter quand il était sincère, et il ne pouvait qu'espérer que l'amour qui l'avait uni à Jenny était aussi fort que celui de Nell et Dillon.

Soudain il remarqua que Sean, le petit frère de Jenny, qui était assis à côté d'elle, essayait d'attirer son attention. Il avait constaté plus d'une fois que Jenny semblait avoir bien du mal à parler au petit garçon, alors que ce dernier mourait manifestement d'envie de gagner son affection.

— Hé, mon pote, lança-t-il. Qu'est-ce qui se passe ?

Une moue de mécontentement apparut fugacement sur le visage de Jenny, mais elle se tourna vers Sean à contrecœur et esquissa un rapide sourire.

— Tu sais quoi, Jenny ? annonça le garçonnet, tout excité. Maman et papa m'ont acheté une guitare pour que j'apprenne à faire de la musique comme toi ! Tu veux m'entendre jouer ?

Comme Jenny tardait un peu trop à répondre, Caleb le fit à sa place.

— Et comment ! On pourrait faire un bœuf après le repas, juste toi et moi. Qu'est-ce que tu en dis ?

Sean ouvrit de grands yeux.

— Un bœuf ? Le mari de la vache ? demanda-t-il en riant.

— Un bœuf, c'est quand plusieurs musiciens jouent ensemble. Alors on va jouer quelque chose, tous les deux. Peut-être que je peux t'apprendre les accords de l'une des chansons de Jenny.

— L'une des chansons de Jenny, répéta Sean, radieux.

Il se tourna vers elle, et son sourire vacilla.

— Tu veux bien ? lui demanda-t-il.

Caleb attendit sa réponse, presque aussi anxieux que semblait l'être Sean.

— Bien sûr, répondit-elle enfin.

— Moi aussi, moi aussi ! s'écria Emily Rose, qui les avait entendus.

Mais son visage se décomposa aussitôt et elle ajouta :

— Mais j'ai pas de guitare.

— J'en ai une à te prêter, lui proposa Caleb. Elle sera peut-être un peu grande pour toi, mais nous trouverons un moyen pour que tu puisses en jouer.

Jenny le regarda, abasourdie, et murmura :

— Caleb, rien ne t'oblige à faire ça. Je sais combien coûtent tes guitares. Ce ne sont pas des jouets.

— Ce n'est pas bien grave, lui assura-t-il. Ça me fait plaisir.

Elle n'avait peut-être pas vu l'espoir qui brillait dans les yeux de Sean mais lui, il l'avait remarqué. Et qui pouvait ignorer Emily Rose alors qu'elle débordait ainsi d'enthousiasme ? Il fallait que quelqu'un construise un pont entre Jenny et ces enfants. Peut-être pouvait-il au moins commencer le travail.

— C'est toi qui vois, marmonna Jenny en haussant les épaules.

— Tu te joindras à nous, pas vrai ? demanda-t-il. Il faut que Jenny joue elle aussi, pas vrai, Sean ?

Le garçon hocha énergiquement la tête.

— S'il te plaît, Jenny !

— Oui, s'il te plaît, Jenny ! renchérit Emily Rose en sautillant sur place.

Jenny regarda tour à tour les deux enfants et murmura un « D'accord » peu enthousiaste mais bien réel.

Par-dessus la tête de Sean, Connie attira l'attention de Caleb. Des lèvres, elle forma le mot « Merci ». Il lui adressa un clin d'œil en guise de réponse.

En arrivant à Chesapeake Shores, il ne s'était pas seulement demandé s'il parviendrait à faire la paix avec Jenny, mais aussi s'il arriverait à trouver sa place au sein de cette famille si particulière et qui, il devait bien l'avouer, lui faisait un peu peur. A mesure que les jours passaient, et même s'il n'avait pas encore entièrement gagné leur confiance, il voyait bien que les membres de la famille de Jenny avaient un cœur d'or et souhaitaient vraiment l'accueillir parmi eux.

Peut-être même qu'il avait un rôle à jouer ici, ne fût-ce qu'en influant sur la relation entre Sean et sa grande sœur.

Une fois le déjeuner terminé, Caleb avait été jusqu'à son camion pour aller chercher ses guitares. Jenny, quant à elle, s'était réfugiée dans la cuisine pour aider les autres femmes à faire la vaisselle, en nourrissant l'espoir qu'il ne viendrait pas l'y chercher quand il reviendrait.

— J'aime bien ton jeune homme, lui dit Nell en l'aidant à ranger la vaisselle qu'essuyaient Abby et Bree. Je sais bien qu'il a fait quelques erreurs, mais je vois combien il tient à toi.

— Ce n'est pas mon jeune homme, répondit-elle. Plus maintenant.

Nell gloussa de rire.

— Si c'est ce que tu lui as dit, il n'a pas l'air de le croire, ma jolie.

— Parce qu'il est têtu, marmonna-t-elle, agacée.

— En tout cas, si tu veux mon avis, je pense que tu devrais réfléchir un peu avant de ne voir en lui qu'un bon à rien.

Jenny posa un regard curieux sur Nell. Elle la connaissait assez pour savoir qu'elle ne parlait jamais pour ne rien dire.

— Pourquoi dis-tu ça ? Tu n'as échangé que quelques phrases avec lui.

— J'ai vu combien il était gentil avec Sean, répondit simplement Nell. Cet homme vient tout juste d'arriver parmi nous, mais il a tout de suite compris ce dont cet enfant a besoin… et ce dont tu as besoin, toi aussi. J'ai rarement vu une telle sensibilité chez quelqu'un.

Elle sourit et précisa :

— Sauf parmi les membres de ma famille, bien sûr. J'aime à croire que j'ai un peu d'influence sur eux.

Ce fut le moment que Caleb choisit pour revenir dans la cuisine, suivi de Sean et d'Emily Rose, pendus à ses basques.

Jenny lui jeta un coup d'œil rapide sans abandonner le rangement de la vaisselle pour autant. Il avait fait beaucoup de conquêtes, ce soir, et elle ne savait pas ce qu'elle devait en penser. Comment pouvait-elle continuer à se raccrocher à sa colère, bien qu'elle soit pleinement justifiée, alors que tous les autres lui accordaient le bénéfice du doute ?

Caleb se pencha vers Sean et lui glissa quelques mots qui firent naître un sourire timide sur son visage. Le petit garçon s'avança vers elle, les yeux emplis d'incertitude. Comme si elle comprenait ce qu'il ressentait, Nell posa une main rassurante sur son épaule.

— Jenny, Caleb veut savoir si tu es prête à faire de la musique maintenant, dit Sean, le visage plein d'espoir.

Jenny, consciente que toutes les personnes qui se trouvaient dans la cuisine s'étaient tues, et attendaient sa réponse, aurait donné n'importe quoi pour être ailleurs. Mais comme aucun lutin de Noël ne lui avait donné des souhaits à exaucer, elle ravala toute sa rancune, se força à sourire et répondit, sur un ton qu'elle espérait sincère :

— Tout à fait.

Elle se tourna vers Nell et ajouta :

— Est-ce que tu penses que Mick accepterait que nous nous installions dans son bureau ? Nous allons peut-être faire plus de bruit que de musique, et je ne voudrais pas que les derniers invités prennent la fuite.

— Non, non, pas question, répondit Nell. Je pense que nous allons tous vouloir vous entendre. Vous allez jouer dans le salon. Si vous devez jouer quelques vieux chants de Noël, je pourrais même être tentée de m'asseoir au piano pour me joindre à vous.

Caleb lui décocha un sourire radieux avant de se tourner vers Sean.

— Maintenant, mon gars, nous allons avoir un vrai bœuf !

Le petit garçon s'élança vers lui, pour frapper joyeusement sa main de la sienne. Quant à Jenny, elle secoua la tête et laissa tomber à mi-voix :

— Cet homme est décidément plein de surprises.

Nell laissa échapper un petit rire.

— Ecoute le conseil d'une femme qui se trouve sur cette terre depuis bien longtemps, dit-elle. Dans la vie, il est essentiel de surprendre ceux que tu aimes. Chaque jour, Dillon trouve une nouvelle surprise à me faire. Qui aurait pensé qu'à mon âge, après tout ce que j'ai vu et fait, quelqu'un puisse encore me faire un tel effet ?

— J'espère pouvoir trouver un homme comme cela un jour.

Nell regarda délibérément dans la direction de Caleb.

— Même si mon opinion n'est pas celle qui compte, je pense que tu l'as déjà trouvé, dit-elle.

Jenny avait une foi totale en la sagesse de Nell d'habitude. Mais cette fois ? La vieille dame n'aurait sans doute pas semblé aussi sûre d'elle si elle avait été au fait de tous les actes de Caleb qui, en plus de détruire sa propre vie, avait mis son cœur en pièces.

Mais bien sûr, le vrai problème était ailleurs. Le vrai problème, c'était que bien qu'elle ait traversé cette épreuve, elle commençait à oublier à quel point elle avait été dévastatrice. Et ce n'était sûrement pas une bonne chose.

10

Jenny joua les premières notes de l'une de ses chansons, que Caleb avait enregistrée et qui était devenue l'un de ses premiers tubes, et aussitôt, Emily Rose s'empara d'une brosse à cheveux rose de princesse en guise de micro et commença à chanter les paroles à tue-tête. On aurait dit une vraie petite professionnelle. Elle chantait plutôt faux, mais se rachetait par son interprétation et son enthousiasme. Quand il fut un peu revenu de sa surprise, Caleb joignit sa voix à celle de la fillette. Tout en les accompagnant, Jenny ne put s'empêcher de rire devant le spectacle qu'ils offraient tous deux. Elle n'aurait su dire qui de Caleb ou d'Emily Rose s'amusait le plus !

A la fin du morceau, toutes les personnes présentes dans la pièce les applaudirent et les félicitèrent sans se faire prier. Emily Rose, radieuse, salua plusieurs fois. Caleb se pencha pour l'embrasser sur la joue avant de lui glisser quelques mots à l'oreille. La fillette éclata de rire et courut rejoindre son père en courant.

Comme il était évident que rien ne pourrait surpasser cette performance, Caleb et Jenny reposèrent leur guitare, et bientôt, la famille commença à se disperser lentement.

Caleb s'approcha de Jenny et déposa sur sa joue un baiser tout aussi fraternel que celui qu'il venait de faire à Emily Rose.

— Ce fut un plaisir de me produire de nouveau avec toi, dit-il.

Sa voix était solennelle, mais une étincelle brillait dans ses yeux.

— C'est ce que tu as dit à Emily Rose ? demanda Jenny.

— Non. Je lui ai dit que nous devrions former un duo, elle et moi. Je lui ai promis de demander à mon agent d'aller parler au sien.

Elle éclata de rire devant cette proposition excentrique.

— Fais attention, mon vieux. Cette gamine est déjà sous ton charme. Si tu n'y prends pas garde, elle va s'attendre à ce que tu l'emmènes sur ta prochaine tournée.

— Je pourrais trouver bien pire, comme première partie. Ou comme partenaire de duo. Le public lui mangerait dans la main.

— Bree et Jake refuseront.

Mais elle se demandait s'ils refuseraient

vraiment. Et si Bree voulait que sa fille devienne une superstar à l'âge de six ans ?

— Je pense que je pourrais les convaincre, affirma Caleb d'un ton plein de confiance. Notre prestation a été éblouissante.

Il plissa les yeux et la dévisagea avec plus d'intensité.

— Et toi, Jenny ? Est-ce que tu t'es amusée, cet après-midi ?

— Etonnamment, oui, avoua-t-elle.

— Tu as fait plaisir à Sean, je le sais.

— C'est un gentil garçon, reconnut-elle.

Elle ne ressentait peut-être pas leur lien de parenté aussi fortement que le souhaitait le reste de la famille, mais elle n'était certainement pas insensible à son sourire radieux, ni à son désir de lui plaire.

— Il t'adore, lui rappela Caleb. Même s'il ne t'a pas vue très souvent, ta mère a tout fait pour qu'il te considère comme sa grande sœur, c'est évident.

— Si j'avais été là, peut-être que je me sentirais plus proche de lui, murmura-t-elle, le regard lointain.

— Au lieu d'éprouver un reste de vague rancune ?

— Eh bien… oui. Une partie de moi lui en veut, mais je sais que ce n'est pas bien. Rien de tout cela n'est sa faute. Ce n'est la faute de personne d'ailleurs. Maman et Thomas sont tombés amoureux et, en leur donnant un enfant, la vie leur a fait un cadeau merveilleux. Il faut que je grandisse et que je l'accepte. Je sais que mon comportement est odieux mais...

Elle avait du mal et elle n'y pouvait rien.

— Et je sais que tout le monde critique encore mon attitude, conclut-elle.

— Je n'ai entendu personne émettre la moindre critique à ton sujet. En fait, s'il y a une personne ici qui n'a pas compris combien toute cette histoire a été pénible, une personne qui ne t'a pas pardonné d'avoir pris le temps qu'il te fallait pour t'adapter... c'est toi, et toi seule.

— Ils sont seulement tous trop discrets pour dire quoi que ce soit devant toi. Grâce à ton charme, ils t'ont peut-être accepté mais... tu restes un étranger, encore plus que moi.

Caleb fronça les sourcils.

— Pourquoi est-ce que tu dis toujours ça ? Tu n'es pas une étrangère, Jenny. Ces gens font partie de ta famille. Du moins, ils veulent en faire partie. Est-ce que tu ne peux pas au moins faire un pas vers eux ?

Il s'était exprimé avec une légère impatience qui la surprit. Est-ce qu'il se mettait à la juger, lui aussi ? Et de quel droit ? Il ne savait rien du lien qui l'avait unie à sa mère avant que Thomas, puis Sean, prennent sa place. Il n'était pas là, à cette époque.

— Tu ne comprends pas, dit-elle en refoulant ses larmes.

— Non, je ne comprends pas. Chaque fois que tu m'as parlé des O'Brien, j'ai compris combien tu les admirais, combien tu désirais faire partie de leur cercle. J'en ai déduit que c'était eux qui ne t'acceptaient pas, et que tu te sentais dans la peau d'un enfant enfermé à l'extérieur d'un magasin de bonbons, qui regarde avec envie toutes les sucreries délicieuses qui sont hors de sa portée. Mais non : tu as toujours eu la clé du magasin.

Il avait raison, et elle le savait. Alors pourquoi ne pouvait-elle pas accepter l'idée qu'elle avait sa place parmi eux, et que cette place lui revenait de droit ? Etait-elle seulement effrayée qu'ils finissent par lui enlever leur amour, comme l'avait fait son père ? Pensait-elle qu'il valait mieux ne jamais connaître cet amour qu'elle désirait si ardemment, si c'était pour le perdre un jour ?

— Je ne peux pas y réfléchir maintenant, murmura-t-elle. C'est trop confus.

Pour une fois, Caleb n'insista pas.

— Tu veux partir ? lui proposa-t-il. Peut-être aller manger un burger, ou autre chose ?

— Parce que tu te sens encore capable d'avaler quelque chose ? demanda-t-elle, incrédule. Après tout ce rôti ? Tu as mangé comme si tu n'avais jamais fait de vrai repas depuis des semaines.

— Je n'en ai pas fait beaucoup qui aient été

aussi bons que celui-là. Ma mère n'était pas très bonne cuisinière, et la cuisine maison est rare, en tournée. Quant à toi, je te rappelle que tu étais la reine des plats à emporter. Tu gardais dans un tiroir les cartes de tous les endroits qui livraient à domicile, à quinze kilomètres à la ronde.

Elle lui décocha un regard ironique.

— Tu avais toujours l'air d'avoir envie de pizza.

— La pizza est une denrée de base, répliqua-t-il le plus sérieusement du monde. Et d'ailleurs, je ne me plains pas. Je ne fais que constater. Tu sais faire la cuisine ? ajouta-t-il, haussant un sourcil perplexe.

— Bien sûr, répondit-elle, un peu trop vite. Quand je ne peux pas faire autrement. Si tu abats bien tes cartes, je te le montrerai peut-être, un de ces jours.

— Je suis impatient de voir ça. Mais pour le moment, que dis-tu de ce burger ?

— Je n'ai pas faim. Mais si tu es tellement affamé, je peux venir avec toi.

Elle n'allait pas laisser passer l'occasion de s'échapper d'ici et de fuir toutes les questions qu'on ne lui avait pas encore posées et auxquelles elle serait incapable de répondre.

Ils firent leurs adieux, remercièrent Mick et Megan de les avoir acceptés à leur table, et s'attardèrent auprès de Nell.

— Nous nous attendons à vous revoir pour

Noël, Caleb, si vous ne revenez pas avant, leur dit cette dernière. C'est bien compris ?

— Oui, m'dame, et merci, répondit Caleb.

La vieille dame jeta un regard entendu à Jenny et lui demanda gentiment :

— Et toi ?

— Je serai là, promit-elle.

Ensuite, comme elle l'avait fait devant les autres, elle reconnut :

— Je sais que j'ai eu tort de ne pas revenir plus tôt.

— Non, rectifia Nell. Tu as seulement pris le temps qu'il te fallait pour retomber sur tes pieds. Maintenant, tu peux oublier le passé et aller de l'avant.

Jenny sentit sa gorge se serrer. Nell semblait la comprendre, ce qui venait étayer la remarque émise par Caleb quelques minutes plus tôt. Soulagée, elle la serra dans ses bras.

— Merci, murmura-t-elle.

— Tu n'as pas à me remercier, ma chérie. Je te considère comme ma petite-fille, et tous les autres membres de la famille aussi.

Cette fois Jenny refoula les larmes que cette remarque lui faisait monter aux yeux; elle ne voulait pas montrer à Nell, ni même à Caleb, à quel point elle était émue. Nell ne se bornait pas à la comprendre : elle l'adoptait, sans la moindre restriction. C'était là une vraie bénédiction, et tellement inattendue !

Elle se détourna et se dirigea vivement vers la porte. Quand elle jeta un regard derrière elle, elle vit que Caleb pressait la main de Nell, comme pour la rassurer. Et, de là où elle se tenait, elle l'entendit lui affirmer qu'elle avait dit exactement ce qu'il fallait.

— Je l'espère, répondit Nell d'un ton soucieux. Elle ne devrait pas traverser la vie seule alors que nous sommes si nombreux à l'aimer.

Nell posa sa main sur la joue de Caleb et précisa :

— Et je vous compte parmi ces personnes.

— Vous le pouvez, répondit-il.

— Bien. Alors faites ce qu'il faudra pour qu'elle en prenne conscience.

Ce fut en voyant un éclair de détermination passer dans les yeux de Caleb que Jenny comprit qu'elle était en bien fâcheuse posture. Jusqu'ici, pour la contraindre à lui ouvrir de nouveau les portes de sa vie, Caleb n'avait exercé sur elle qu'une douce pression. Mais maintenant que Nell semblait lui avoir donné sa bénédiction, elle sentait qu'il allait passer la vitesse supérieure. Et malgré tous ses doutes, toutes ses appréhensions, elle n'était pas sûre de pouvoir lui résister.

*
* *

— Eh bien, le nombre de tes conquêtes à Chesapeake Shores ne cesse de croître, dit Jenny. Bree, Emily Rose, les hommes, Sean... et maintenant Nell.

Caleb haussa les épaules.

Ils étaient tous les deux chez Brady's, assis à une table qui surplombait la baie.

— Uniquement parce que je ne leur ai pas brisé le cœur, répondit-il. Mais je sais que la plupart d'entre eux m'en veulent de t'avoir traitée comme je l'ai fait et se méfient des intentions que je pourrais avoir.

Avec un regard interrogateur, il poursuivit :

— Est-ce que tu as l'impression que je te trahis ? Est-ce que tu es fâchée qu'ils m'acceptent parmi eux ?

— Non, répondit-elle aussitôt. Je suis étonnée, mais pas fâchée. Enfin, pas trop.

— Tu espérais qu'ils allaient sortir le goudron et les plumes, c'est ça ?

— Ils auraient au moins pu faire semblant de te haïr par amour pour moi, grommela-t-elle. Tout au moins aujourd'hui.

— Et qu'en aurais-tu retiré ? Est-ce que cela aurait justifié ta décision de garder tes distances avec moi ? Est-ce que cela t'aurait aidée à consolider toutes les défenses que tu as mises en place après que je t'ai blessée ?

— Je pense, oui.

— Tu sais que ton opinion est la seule qui m'importe, pas vrai ? J'aime ta grande famille envahissante, il n'y a aucun doute. Ce sont des gens de cœur. Et je suis heureux de voir qu'ils sont prêts à me donner une chance. Mais au final, toi seule compte, Jenny.

Elle lui adressa un regard perplexe.

— Pourquoi est-ce que tu tiens tellement à ce que je revienne, Caleb ? Parce que tu ne supportes pas l'idée de perdre ? Parce que tu cherches à te prouver quelque chose à toi-même ?

Il n'aimait pas ce qu'elle sous-entendait. Il n'aimait pas qu'elle pense cela de lui.

— Est-ce que tu crois sérieusement que je serais venu jusqu'ici te faire la cour uniquement pour voir si je peux te reconquérir ?

— Tout est possible avec toi, rétorqua-t-elle.

— Et alors ? Est-ce que tu penses que je t'humilierais une fois de plus ? Que je partirais après t'avoir séduite, satisfait de voir que je peux encore séduire une femme, même une qui a toutes les raisons de me haïr ?

Elle grimaça à ces mots.

— Dit comme ça, c'est horrible, fit-elle remarquer.

— C'est horrible quelle que soit la façon dont on le dit. Est-ce que tu ne me connais pas mieux que ça ?

— Je t'ai connu, répondit-elle à mi-voix.

Maintenant, je ne sais pas. Peut-être que tu es devenu un spécialiste des excuses ?

Il sentit sa colère s'éveiller. Il essaya bien de se dire que Jenny avait le droit de ne pas lui faire confiance... mais ces paroles lui faisaient quand même horriblement mal.

Il dut prendre sur lui pour garder son sang-froid.

— Regarde-moi, Jenny.

Quand elle eut levé les yeux vers lui, avec réticence, il poursuivit :

— Je ne suis pas en train de jouer avec toi. Malgré tous mes défauts, et Dieu sait qu'ils sont nombreux, je ne me suis jamais servi de toi, et je n'ai jamais délibérément cherché à te faire souffrir. Je sais que je me suis conduit d'une façon incroyablement stupide et odieuse, mais j'ai payé pour ce que je t'ai fait, et de bien des façons que tu ne peux même pas imaginer. Maintenant, je veux me racheter auprès de toi. Pas parce que cela fait partie d'un quelconque programme, mais parce que je te le dois.

— Très bien. Pardonne-moi alors.

Elle semblait n'avoir qu'une envie : refermer le couvercle du panier de crabes qu'elle venait d'ouvrir.

— Non, répliqua-t-il. C'est toi qui as évoqué le sujet. Maintenant, tu vas m'écouter. Même si la bêtise que j'ai faite semble prouver le contraire, je t'ai aimée. Et je t'aime encore. Je ne suis venu à

Chesapeake Shores que dans l'espoir de pouvoir m'excuser auprès de toi. Et si je suis resté, ce n'est pas seulement parce que Bree m'a offert une occasion en or d'explorer de nouveaux horizons, mais aussi pour essayer de regagner ta confiance. Peut-être même ton amour.

Elle ouvrit la bouche, mais il l'interrompit de nouveau :

— Attends. Tu dois entendre le reste. Si je veux regagner ta confiance et ton amour, ce n'est pas pour me prouver quelque chose. C'est parce que, quand je pense à ce que serait le reste de ma vie si je le passais sans toi, j'ai mal. Physiquement mal.

Quand il eut fini, il vit les yeux de Jenny briller de larmes, et il se sentit coupable. Mais au moins, il avait dit ce qu'il avait besoin de dire, et savait d'instinct que le moment qu'ils étaient en train de vivre était crucial. Si Jenny pensait vraiment qu'il préparait un sale coup, ou que sa présence à Chesapeake Shores n'avait été déterminée que par des motivations purement égoïstes, tout serait perdu. Jamais ils ne retisseraient le lien qui les avait unis.

Pour la première fois depuis des jours, il pensa à la chanson qui, à l'origine, l'avait incité à venir à Chesapeake Shores. Heureusement qu'il n'avait pas parlé de cette chanson à Jenny. Elle en aurait déduit que les raisons de sa visite n'étaient pas aussi sentimentales qu'il le lui avait fait croire.

Mais... tant pis si cette chanson lui échappait ! Tant pis s'il laissait Ricky Nolan l'interpréter et en faire un tube. Si c'était là le prix à payer pour regagner l'amour de Jenny, il n'était pas bien élevé.

Maintenant qu'il avait dit ce qu'il avait à dire, il se laissa aller contre le dossier de sa chaise et lança :

— A toi, maintenant !

— Je ne sais pas quoi dire, Caleb. Je veux te croire. Je le veux vraiment. Depuis que tu es ici, j'ai retrouvé beaucoup des facettes de l'homme dont j'étais tombée amoureuse. Mais je t'ai aussi découvert sous un nouveau jour. Je pense à la façon dont tu t'es comporté avec Sean et Emily Rose, aujourd'hui...

Avec un sourire tremblant, elle précisa :

— Je ne savais pas que tu pouvais être aussi gentil et patient.

— J'aime les enfants. J'aimerais en avoir toute une kyrielle... si je pouvais les avoir avec toi.

— Mais nous n'avons jamais parlé d'avoir des enfants ! s'exclama-t-elle.

— Je pensais que tu comprenais que c'était l'avenir vers lequel nous nous dirigions. Jusqu'à ce que j'aille tout gâcher, du moins.

— Des enfants, Caleb ? Vraiment ? Alors que tu passes tes nuits en studio, quand tu n'es pas en tournée ? Comment est-ce que cela pourrait marcher ?

Il laissa échapper un petit rire.

— Cela n'aurait sûrement pas pu marcher à l'époque où je vivais à fond la caisse. Mais je t'ai dit que, quand je serai artiste solo, tout sera différent. Mes priorités aussi vont changer. Beaucoup de musiciens et de chanteurs parviennent à trouver un équilibre entre leur carrière et leur famille.

— Et tu penses pouvoir être l'un d'entre eux ? demanda-t-elle sans masquer son scepticisme. Je te connais, tu ne fais jamais rien à moitié. Regarde seulement comment tu te comportes depuis que tu es ici ! Tu te donnes à fond dans tout ce que tu entreprends, que ce soit pour me faire la cour ou pour travailler sur le spectacle de Noël. Et si ton agent t'appelait pour te dire qu'il t'avait trouvé une date pendant les fêtes, tu foncerais aussi, j'en mettrais ma main à couper.

Il secoua la tête.

— Non, Jenny. L'homme que tu décris est celui que j'étais *avant*. Je saisissais toutes les occasions qui passaient à ma portée, de peur qu'elles disparaissent si je ne les attrapais pas sur-le-champ. Mais je suis devenu plus sage. J'ai appris à définir quelles étaient mes priorités.

Il haussa les épaules et ajouta :

— Il se pourrait même que j'aie appris à faire preuve d'un peu de patience.

— De la patience ? *Toi* ?

— Hé, est-ce que je ne t'ai pas laissé du temps ? L'ancien moi t'aurait déjà emmenée dans un lit !

Elle éclata de rire et répliqua :

— C'est ce que tu crois ! J'ai appris certaines choses, moi aussi. Il est hors de question que je fonce une seconde fois tête baissée dans une histoire torride et compliquée.

— Et j'accepte ta décision, répondit-il aussitôt sur un ton légèrement triomphant. Tu vois ce que je veux dire ? « Patience » est mon second prénom.

— Oh ! Caleb... qu'est-ce que je vais bien pouvoir faire de toi ? murmura-t-elle.

— Tout ce que tu veux. Je suis ouvert à toutes sortes de possibilités. Et toi ?

Elle l'observa un instant avec attention avant de répondre :

— Je suppose qu'il ne nous reste qu'à attendre de voir comment les choses évoluent.

— Mais tu ne rejettes aucune possibilité ?

Une nouvelle fois, elle ne répondit pas tout de suite.

— Je ne rejette aucune possibilité, déclara-t-elle enfin.

— Dans ce cas, c'est parfait ! Et maintenant, si je te ramenais chez toi pour que tu te reposes un peu ? Nous allons vivre une folle journée, demain. Le reste de la troupe va arriver en ville et les répétitions vont vraiment commencer. Tu es prête pour tout ça ?

— Je ne pourrais pas être plus prête.

Mais elle semblait nerveuse. Ou inquiète.

— Quelque chose te tracasse ? demanda-t-il.

— C'est une pièce. Et c'est la première fois que j'écris de la musique pour une pièce. Les acteurs qui vont arriver sont des acteurs professionnels, pas des chanteurs. Et s'ils pensent que mes chansons ne conviennent pas du tout ?

— Impossible, ma chérie. Moi, je te prédis qu'elles deviendront des classiques de Noël dès leur sortie.

— Dès leur sortie ? répéta-t-elle en écarquillant les yeux. De quoi est-ce que tu parles ?

— Bree m'a dit tout à l'heure qu'elle envisageait de sortir un single de l'une des chansons juste pour les fêtes. Elle en a parlé à ton agent et au mien. Elle ne t'a rien dit ?

— Non.

— Et Margo non plus ?

— Ça je n'en sais rien. Mon…

— … portable est toujours planqué au fin fond du tiroir. Margo essaie de te joindre depuis plusieurs jours. Elle m'a même appelé pour se plaindre de ce que tu ne prenais jamais ses appels.

— Tu as parlé à Margo ?

— Elle ne m'a appelé que parce qu'elle n'arrivait pas à te joindre. Elle devait avoir peur que je te retienne en otage et que j'essaie de te faire un lavage de cerveau.

— Et bien sûr, tu l'as convaincue que tu te comportais d'une façon exemplaire, lâcha-t-elle avec une pointe d'amertume. Caleb Green, pécheur fraîchement repenti et nouveau saint de Nashville.

Elle semblait tellement agacée qu'il ne put retenir un rire.

— Pas du tout, ma chérie. Et si cela peut te consoler, Margo me déteste toujours autant.

— Ça me console un peu, merci.

— Si tu lui passais un petit coup de fil, je suis certain qu'elle te mettrait en garde contre moi et te rappellerait ce qui t'attend si tu fréquentes de nouveau un homme dans mon genre. Je pourrais aussi te répéter ce qu'elle m'a dit. Je te garantis qu'il n'y avait rien de flatteur.

Elle se pencha en avant, intriguée.

— Dis-moi tout, ordonna-t-elle.

Mais plutôt que de lui répondre, il sortit son portable de sa poche et le lui tendit.

— Je pense qu'il vaut mieux que tu l'entendes directement d'elle.

— Tu n'as pas peur qu'elle réussisse à me détourner de toi ?

— Non. Je pense que tu es d'une autre trempe.

— Tu mens. Ce que tu penses, c'est que tu m'as déjà amenée exactement là où tu le voulais.

— Si c'était vrai, nous serions chez toi, dans ton lit. Mais je tiens toujours à ce que ce soit toi qui mènes la danse. J'espère seulement que tu es en train de changer d'avis.

Et il y comptait, même si cette soirée avait débuté par une querelle.

Assise dans la pénombre, au fond du théâtre, Jenny assistait à la répétition. L'accompagnement musical n'était assuré que par un piano, sauf pour les deux chansons interprétées par Caleb, et pour lesquelles il prit sa guitare.

Alors que le second acte touchait à sa fin, Bree se glissa dans le fauteuil voisin du sien.

— Qu'est-ce que tu en penses ? murmura-t-elle.

— Pour une première répétition avec des acteurs qui viennent tout juste d'arriver, je trouve que c'était assez extraordinaire, répondit-elle en toute franchise.

— Et Caleb ? Comment tu le trouves ?

— Cet homme est un pro, reconnut-elle. Il a cartonné.

— Je vais un peu étoffer son rôle. Je pense qu'il peut s'en sortir. Je pourrais aussi ajouter deux chansons.

Jenny fronça les sourcils.

— Les chansons de qui ? demanda-t-elle.

— Les tiennes, bien sûr. Tu penses que tu peux y arriver ?

— Et c'est maintenant que tu me le dis ? Ça va être juste.

Mais elle aimait les défis.

— Je peux essayer. Qu'est-ce que tu as en tête ?

Bree décrivit les scènes de la pièce dans lesquelles elle envisageait de rajouter des chansons.

— Je vous laisse carte blanche, à Caleb et à toi. Je me fie entièrement à votre instinct. Et je tenais à te dire que je suis vraiment impressionnée de voir le travail que vous accomplissez ensemble, alors que les conditions sont loin d'être idéales. Maintenant, je comprends pourquoi votre collaboration a été un tel succès.

Jenny la dévisagea un instant, perplexe, avant de demander :

— Pourquoi est-ce que j'ai l'impression que ce que tu cherches vraiment, ce n'est pas à enrichir ta pièce de chansons géniales, mais à me forcer à passer mon temps avec Caleb, y compris la nuit ?

Avec un regard sévère, elle poursuivit :

— Et puis, j'ai appris que tu voulais sortir un single. Si c'est le seul prétexte que tu as trouvé pour prendre contact avec nos agents et les embarquer dans l'aventure, je trouve qu'il s'agit d'une manœuvre bien sournoise. Même Margo est fan de cette idée, alors qu'elle ne peut pas voir Caleb en peinture ! Elle va remuer ciel et terre, sans parler de toute l'industrie du disque, pour que ce single voie le jour, même si on ne peut l'écouter que sur YouTube jusqu'après les fêtes. Quand cette femme voit passer devant elle une occasion de faire de la publicité, elle ne la laisse pas échapper.

— C'est son boulot, répliqua Bree, un grand sourire aux lèvres. Je suis heureuse qu'elle soit fan de mon idée. Jamais je n'aurais imaginé que toute cette histoire se mette en place de cette façon.

— Tu en es certaine ?

— Jamais je n'aurais pensé que Caleb te suivrait jusqu'ici. C'est un hasard, rien de plus.

Jenny la croyait au moins sur ce point. En revanche, le fait que son amie ait profité de la chance inespérée qui s'était offerte à elle ne devait rien au hasard. Mais, même si c'était exaspérant, elle devait bien reconnaître que tout le monde avait beaucoup à y gagner.

Elle se tourna vers la scène juste à temps pour voir le premier rôle féminin — Helena McGuire, qui avait décroché un Tony Award pour un rôle d'ingénue une décennie plus tôt — s'accrocher à Caleb comme s'il s'agissait de l'amour de sa vie. Le baiser qu'ils échangèrent fut assez torride pour transformer la salle en sauna. Elle se détourna vivement et posa les yeux sur Bree qui arborait un air innocent.

— C'est là que tu veux en arriver ? demanda-t-elle. Tu transformes ta pièce en histoire d'amour entre cette femme et Caleb ?

— C'est parfait, tu ne trouves pas ? lança Bree d'un ton léger. Comme ils semblent avoir beaucoup d'atomes crochus, je leur ai demandé d'essayer de jouer la scène de cette façon pour voir ce que ça donnait.

— Et je suis sûre que tu es ravie du résultat, marmonna-t-elle, irritée.

Bree laissa échapper un petit rire et répondit :

— En tout cas, je suis ravie de voir l'effet qu'elle a sur toi. Tu devrais peut-être te demander pourquoi tu réagis comme si Caleb te trompait une fois de plus. C'est une pièce, Jenny. Ils ne font que jouer un rôle.

Elle respira plusieurs fois longuement pour essayer d'apaiser sa fureur, mais sans grand succès. Bree avait raison. Ce n'était qu'une pièce. Mais la dernière fois qu'elle avait vu Caleb ainsi pressé contre une femme, c'était en première page des journaux à scandale. Après tout, quelle importance ? Helena McGuire, au moins, portait plus de vêtements.

Mais elle avait beau essayer, elle ne parvenait pas à se raccrocher à ces pensées rationnelles.

— Je n'aime pas ça, c'est tout, dit-elle.

— Parce que tu es toujours amoureuse de Caleb, répliqua Bree en lui serrant l'épaule. Et maintenant, je vais te laisser. Il y a beaucoup de choses auxquelles tu dois réfléchir.

Bree se leva et se dirigea vers la scène pour donner des directives à la troupe.

— Moi, j'appelle ça un délit de fuite, marmonna-t-elle.

— J'ai entendu ! lança Bree par-dessus son épaule. Au fait, j'aimerais vraiment que les paroles des nouvelles chansons soient écrites pour demain.

Bree fit signe à Caleb d'approcher. Il obtempéra, et sa nouvelle partenaire lui emboîta le pas en se pavanant.

— Viens dans mon bureau dans une heure, lui dit Bree. Je pense étoffer ton rôle, et j'aimerais t'exposer quelques idées. En attendant, tu peux peut-être aller trouver Jenny et réfléchir avec elle aux paroles des chansons dont nous avons parlé tout à l'heure. Je suis sûre qu'elle va vouloir ton avis.

Jenny maudit l'excellente acoustique du théâtre, qui lui permettait de ne rien manquer de ce discours sournois et calculateur. Soudain, Caleb posa les yeux sur elle. Et non, elle ne se faisait pas d'idées : il arborait un petit air suffisant qui ne fit qu'ajouter à son agacement.

Et cette actrice avait posé la main au creux de ses reins. Où avait-elle la tête ? Est-ce qu'elle ne voyait pas ce que sa conduite avait de gênant ? Elle avait bien dix ans de plus que lui, et ne le connaissait que depuis quelques heures !

— Ça suffit ! marmonna-t-elle à mi-voix. Je m'en vais.

Si elle ne partait pas d'ici tout de suite, elle allait avoir le plus grand mal à se retenir de marcher droit vers la scène et d'arracher un à un les cheveux de cette Helena qui mangeait Caleb des yeux ! Et elle le ferait sans une once de regret, sans s'inquiéter le moins du monde de l'impact que son geste aurait sur la pièce. Après tout, il n'était pas rare de porter une perruque, sur scène. Et Helena, affublée d'une perruque grise et de quelques belles rides sur le visage, aurait été particulièrement charmante. Elle se demanda si Bree serait alors aussi satisfaite de sa grande fin romantique…

Elle quitta la salle, imaginant d'autres supplices.

Elle faisait les cent pas en marmonnant entre ses dents dans la salle de répétitions quand la porte s'ouvrit et se referma doucement. Elle n'eut pas besoin de regarder pour savoir qui était entré.

— Tu as l'air fâchée, dit doucement Caleb.

— Non. Juste un peu stressée par la nouvelle idée de Bree.

— Laquelle ? Etoffer mon rôle, ajouter deux chansons, ou terminer la pièce par un baiser ?

Alors seulement, elle se tourna vivement vers lui.

— Tu adores cette idée, par vrai ? lança-t-elle, furieuse.

— La perspective d'avoir un rôle plus important ?

Bien sûr. Celle d'ajouter deux chansons à la pièce ? Tout à fait.

— Et le baiser ? Qu'est-ce que tu penses du baiser, Caleb ?

Il fit un pas vers elle, puis un autre, jusqu'à ce qu'elle se retrouve acculée contre le mur, sans la moindre possibilité de fuite. Alors il posa un doigt sur ses lèvres en une caresse d'une douceur extrême, qui suffit à lui couper le souffle.

Ensuite, il se pencha vers elle, couvrit sa bouche de la sienne et s'attacha longuement à lui rappeler ce que pouvait être un baiser entre deux personnes qui s'aiment. Quand il la libéra enfin, son cœur battait la chamade.

En la regardant droit dans les yeux, il dit à mi-voix :

— Voilà les seuls baisers qui m'intéressent, Jenny. Quant aux autres… il n'y a aucune comparaison possible.

— Très bien, murmura-t-elle, encore un peu hors d'haleine. C'est une bonne chose.

— Et pourquoi ?

Elle s'imagina de nouveau en train d'arracher les cheveux d'Helena et sourit.

— Il vaut mieux que tu ne le saches pas, répondit-elle.

Il éclata de rire.

— Même si tu ne l'exprimes pas en paroles, ma chérie, tu es en colère. Je le vois dans tes yeux.

En colère, et jalouse. Comme je suis passé par là moi aussi il n'y a pas si longtemps, je sais très bien reconnaître les symptômes.

— J'ai peut-être été jalouse, avoua-t-elle en rougissant. Mais juste un peu. Mais que cela ne te monte pas à la tête ! précisa-t-elle en le fusillant du regard.

— Loin de moi cette idée, répondit-il avec le plus grand sérieux.

Mais dans ses yeux dansait une étincelle qui ne s'accordait pas avec le ton de sa voix. Que cet homme soit damné ! Il la connaissait trop bien.

11

Connie frappa timidement à la porte de la maison qui avait jadis abrité sa famille, et dans laquelle Jake et elle avaient grandi. Ensuite, ses parents avaient quitté la ville. Après son divorce, elle s'était installée dans cette maison avec Jenny. Dans ce lieu familier, il leur avait été plus facile de s'adapter à leur nouvelle vie à deux.

Elle avait peine à croire que sa propre fille était maintenant adulte et qu'elle vivait ici, du moins pour le moment. Depuis des jours, elle attendait que Jenny l'invite à lui rendre visite. Comme cette invitation ne venait pas, elle avait rempli un panier de quelques-unes des friandises préférées de Jenny, pris son courage à deux mains et…

La porte s'ouvrit enfin sur Jenny, qui ne dissimula pas sa surprise.

— Maman ! Qu'est-ce que tu fais ici ?

— J'ai pensé que je pouvais t'apporter quelques provisions, répondit Connie en soulevant le panier.

Un pot de la confiture de fraises que nous achetions sur le marché en été, du miel de la région, un bocal de pêches et un autre de sauce tomate.

— *Ta* sauce tomate ? demanda Jenny, les yeux brillants.

Connie éclata de rire devant son air gourmand.

— Oui, *ma* sauce tomate, répéta-t-elle. Comme je sais combien tu l'aimes, j'ai trouvé le temps d'en faire une pleine marmite cet été au cas où tu viendrais. Alors, est-ce que cela suffit pour que tu m'invites à entrer ?

— Oh. Excuse-moi. Rentre ! Je n'attendais pas de visite, c'est tout.

— Depuis quand est-ce que je suis devenue une simple visite ?

— Je veux juste dire que je ne suis pas prête à recevoir quelqu'un, expliqua Jenny, en rougissant légèrement. Que ce soit toi ou quelqu'un d'autre. Tu vas voir.

Connie traversa la petite entrée et, une fois dans le séjour, regarda tout autour d'elle.

— Mais il n'y a pas de meubles ! s'exclama-t-elle. Je croyais que Caleb et toi étiez allés en acheter. Le magasin ne les a pas encore livrés ? Tu devrais leur demander de se presser. Si tu veux, je peux les appeler moi-même et m'occuper de tout dès demain matin. Il ne…

— Du calme, maman. Caleb et moi n'avons

acheté aucun meuble. Seulement des décorations de Noël, et... nous en avons un peu trop fait.

Soudain radieuse, elle poursuivit :

— Tu ne trouves pas que le jardin est vraiment magnifique ? Je crois qu'il n'a jamais été aussi bien décoré. En tout cas, c'est ce que les voisins sont venus me dire. Mme Walker m'a même affirmé qu'elle s'asseyait à sa fenêtre pour regarder les illuminations tout en écoutant des chants de Noël. Mais après tout, elle s'installe là à longueur d'année pour surveiller tout ce qui se passe dans le quartier.

Connie se tourna vers la fenêtre, contempla l'explosion de lumières clignotantes pendant quelques instants et sourit.

— Chaque année à Noël, tu redevenais une véritable enfant, fit-elle remarquer. Du moment que le jardin était transformé en féerie, je pense que tu te serais bien moquée qu'il n'y ait rien à manger sur la table et aucun cadeau sous le sapin.

— Et c'est toujours le cas, je crois, déclara Jenny en lui rendant son sourire.

— Sean est exactement comme toi.

Elle regretta aussitôt ces paroles. Ce n'était pas en faisant ce genre de comparaison, même en toute innocence, qu'elle allait combler le fossé qui la séparait de sa fille.

Comme si elle avait senti son désarroi, Jenny posa une main sur son bras.

— Ce n'est rien, maman. Cela me fait plaisir de savoir que Sean et moi avons ce point commun. Tu m'as dit qu'il aimait l'ancien petit train autant que je l'aimais. Il faudra que tu l'amènes ici pour qu'il voie le nouveau. C'est Caleb qui l'a trouvé. Il s'est arrangé pour que je ne le voie pas, et il est retourné seul au magasin pour l'acheter et me faire la surprise.

Connie regarda attentivement sa fille dont les yeux étaient devenus encore plus brillants dès qu'elle avait prononcé le nom de Caleb.

— Caleb commence vraiment à faire partie des meubles, dit-elle avec désinvolture. Enfin, façon de parler ! précisa-t-elle en faisant un geste pour désigner la pièce vide. Même Ethel m'a dit hier qu'il avait l'air d'un homme très simple. Elle a entendu parler de ce train, elle aussi. Si la ville devait voter pour le geste le plus romantique de la semaine, Caleb gagnerait haut la main.

Les joues de Jenny s'empourprèrent.

— C'était vraiment gentil de sa part, reconnut-elle. Quant à sa simplicité... Caleb n'a jamais été du genre à se donner de grands airs. C'est l'un des traits de caractère que j'ai toujours aimés chez lui. Même s'il était déjà une star quand je l'ai rencontré, il était très abordable, et gentil avec tout le monde, que ce soit dans le milieu de la musique ou avec les garçons, les serveuses, les employés dans les magasins... A l'époque, j'étais un peu jeune et terrifiée à l'idée de ne pas avoir assez de talent. Pourtant, il m'a toujours traitée en égale. Grâce à lui, j'ai enfin commencé à croire en moi-même et en ma musique. Bien sûr, s'empressa-t-elle d'ajouter, Jake, toi et Dillon avez toujours cru en moi, mais c'était différent. Pour la première fois, un musicien professionnel aimait ce que j'écrivais.

— Ce qui prouve qu'il a bon goût, ma chérie. Et Caleb n'a pas seulement vu que tu avais du talent, il s'est aussi rendu compte que tu étais une femme merveilleuse. Et si je me base sur ce que j'ai vu chez Mick, il le pense toujours, avança-t-elle en posant sur sa fille un regard curieux.

Jusqu'où les choses étaient-elles allées entre eux depuis que Caleb était arrivé en ville ? Bien sûr, la vie privée de Jenny ne la regardait pas, mais elle aurait tellement aimé que sa fille connaisse le bonheur d'être aimée…

— Et dimanche, j'ai aussi eu l'impression que tu commençais à lui pardonner, ajouta-t-elle.

— J'en ai bien peur, murmura Jenny, plus résignée qu'heureuse. Mais ne t'inquiète pas, je ne vais pas foncer tête baissée. Il va devoir me prouver beaucoup de choses pour que je décide de miser une nouvelle fois sur lui. Et de toute façon, je ne suis même pas sûre de pouvoir me fier de nouveau à lui. J'avais une telle confiance en lui… et regarde ce qui s'est passé.

— Je ne le connais pas très bien, ma chérie, mais il semble regretter sincèrement de t'avoir fait souffrir.

— C'est l'impression que j'ai moi aussi. Mais comment savoir s'il est vraiment sincère ?

— Tu le découvriras.

Jenny se borna à hausser les épaules.

Connie comprit que sa fille préférait changer de sujet. Alors elle balaya le salon du regard et dit :

— Ma chérie, tu ne peux pas vivre ainsi. Est-ce que tu veux que nous allions acheter un canapé, et peut-être deux fauteuils confortables ?

A sa grande surprise, Jenny semblait s'en moquer.

— Cela n'a pas grande importance, dit-elle. Je passe le plus clair de mon temps au théâtre. J'ai un lit. Pour le moment, c'est suffisant.

Pour le moment ? Connie fronça les sourcils.

— Tu n'as pas l'intention de vendre cette maison ? demanda-t-elle.

— Pas du tout. Seulement, je n'ai pas une minute à moi. Comment voudrais-tu que je trouve deux ou trois heures pour aller acheter des meubles ? Je ne veux pas acheter le premier canapé que je vois uniquement pour pouvoir m'asseoir quelque part. Je veux prendre tout le temps de choisir chaque meuble. Si cette maison doit devenir mon refuge, il faut qu'elle soit parfaite.

— Je pourrais t'aider, proposa-t-elle timidement. En allant jeter un œil dans les magasins et en prenant des photos que je te montrerais pour que tu choisisses toi-même. Ce serait amusant, et comme au bon vieux temps.

— Non. C'est si nous faisions les magasins ensemble que ce serait comme au bon vieux temps, répliqua Jenny d'une voix coupante.

Connie grimaça. Une fois de plus, elle avait par mégarde posé le pied dans un champ de mines, cette fois en donnant à Jenny l'impression qu'elle voulait la tenir à distance. Où diable était passée l'époque où la plus parfaite harmonie régnait entre Jenny et elle ? Même si leurs relations s'étaient beaucoup améliorées depuis l'arrivée de Jenny, il leur restait un long chemin à parcourir pour retrouver leur complicité.

— Je ne voulais pas…

Jenny soupira et l'interrompit d'un geste.

— Ne t'excuse pas, maman. Je n'aurais pas dû dire ça. Tu essayais seulement de m'aider, je sais. Et je te remercie.

— Oui, c'est tout ce que je voulais faire.

— J'ai une idée. Dès que j'aurai un peu de temps, même si je ne peux me libérer que pour deux heures, je t'appellerai et nous irons faire les magasins ensemble.

Un sourire aux lèvres, elle poursuivit :

— Tu te souviens du magasin où nous avions vu une table de cuisine que nous adorions toutes les deux, et qui nous a été livrée démontée ? Deux jours après, elle était encore en pièces détachées par terre, dans la cuisine. Nous ne voulions pas avouer à oncle Jake que nous étions incapables de la monter.

— Il nous en aurait reparlé jusqu'au jour du jugement dernier ! Heureusement que Dillon était là. Ce garçon avait un don pour monter des meubles et il n'était pas du genre à aller se vanter. Tiens, en parlant de Dillon, j'ai entendu dire que tu avais déjeuné chez Brady's avec lui, samedi ?

— Exact. Mais ce n'était qu'un déjeuner, maman. N'en tire aucune conclusion.

— Ce n'est pas à moi qu'il faut dire ça, ma chérie.

— Ne t'inquiète pas. J'ai été très claire avec lui.

— Alors c'est parfait. Maintenant, je ferais mieux de rentrer avant que Sean arrive à convaincre son père qu'il peut manger un banana split avant d'aller se coucher. Ces deux-là… Pose de la glace devant eux, et il n'y en a pas un pour rattraper l'autre !

Après une légère hésitation, elle ajouta :

— Si tu venais avec moi ? Exceptionnellement, je permettrais à Sean de manger de la glace ce soir. Tu voulais toujours en manger avant d'aller te coucher, toi aussi.

— Et je n'ai pas changé. Mais ce soir, il faut que j'aille me coucher de bonne heure. Bree est une vraie esclavagiste. Elle n'arrête pas d'ajouter des chansons à sa pièce. Maintenant qu'elle a réussi à coincer Caleb, elle veut vraiment tirer parti de sa présence.

— Elle ne t'en demande pas trop, au moins ?

Jenny haussa les épaules.

— Peut-être un peu, mais j'ai envie de relever le défi. Mais ne le lui répète surtout pas ! Sinon elle va transformer sa pièce en opérette de Noël, et je ne pourrai pas dormir un seul instant d'ici au nouvel an !

Connie la serra dans ses bras en riant.

— Si elle t'en demande trop, défends-toi, compris ?

— Promis, répondit Jenny. Je suis heureuse que tu sois passée. La prochaine fois, j'espère que je pourrai t'inviter à t'asseoir quelque part, et te proposer une tranche de pain grillé pour accompagner cette confiture.

— J'ai hâte de revenir. Et aussi d'aller faire les magasins avec toi.

Elle retourna d'un pas lent à sa voiture, heureuse de voir qu'elle avait encore accompli quelques progrès dans la mission qu'elle s'était donnée : remettre la relation qu'elle avait avec sa fille sur les rails. Et l'ironie de la situation ne lui échappait pas : si le fossé qui les séparait semblait s'être creusé en un clin d'œil, il allait sans doute falloir beaucoup de temps pour le combler. Dieu merci, grâce à Bree et à sa pièce, elle avait enfin sa chance.

— Tu ne peux pas mettre une chanson d'amour au milieu d'un spectacle de Noël, décréta Jenny, les yeux étincelant de colère. A moins que tu cherches seulement une excuse pour jouer une petite scène d'amour avec ta partenaire ? Je suis certaine qu'elle serait aux anges.

— Tu sais très bien que non, répondit calmement Caleb.

— Alors pourquoi est-ce que tu insistes autant ?

— Parce que c'est logique. Est-ce que tu as seulement lu la version la plus récente du scénario ?

— Et quand est-ce que j'aurais pu le faire, d'après toi ? Pendant les deux malheureuses heures que je consacre à dormir, en ce moment ?

A bout de patience, il se leva.

— Très bien, Jenny Louise. Restons-en là pour ce soir. On s'en va.

— Pas question ! Il nous reste trop à faire. Si tu veux partir, pars ! Moi, je reste ici jusqu'à en avoir fini. Je sais qu'il faut une chanson dans cette scène, mais pas une chanson d'amour. C'est un spectacle de Noël, bon sang ! Pas une comédie musicale de Broadway.

— Si tu faisais une pause et que tu dormais

un peu, tu te montrerais peut-être un peu plus raisonnable.

Elle lui décocha un regard qui aurait fait geler tout un potager.

— Est-ce que tu insinues que je ne refuse que par entêtement ? demanda-t-elle d'une voix sourde.

— Réfléchis, Jenny. Pense aux grands classiques de Noël. Est-ce qu'il n'y a pas une histoire d'amour dans chacun de ces films ? La pièce de Bree ne raconte pas la naissance de Jésus. Moi, j'y vois une histoire qui parle de rédemption, d'espoir et de pardon.

Ce qui, se garda-t-il de préciser, reflétait assez fidèlement leur situation à tous les deux.

Pour son plus grand bonheur, il y avait deux jours maintenant qu'ils se chamaillaient ainsi. C'était comme au bon vieux temps, quand ils travaillaient sur les paroles d'une chanson pour le prochain album de son groupe et qu'ils cherchaient à se mettre d'accord. Jenny savait trouver les mots justes et les aligner de la plus belle des façons, elle savait leur insuffler un supplément d'âme et de sens, mais il la poussait toujours à faire encore mieux. D'instinct, il savait comment toucher le cœur d'un public. Et, en cet instant, il était convaincu que ce spectacle avait besoin d'une chanson d'amour. Ce n'était qu'ainsi que les adultes quitteraient le théâtre en ressentant pleinement la magie de Noël, comme le feraient les enfants.

A moins qu'il ne cherche qu'à faire naître une occasion de travailler de nouveau sur une chanson de ce genre avec Jenny.

— Tu n'as pas peur de travailler sur une chanson d'amour avec moi, pas vrai ? lança-t-il.

Il savait que Jenny ne pourrait pas résister à l'envie de relever le défi. Et en effet, en rougissant légèrement sous le coup de l'indignation, elle rétorqua :

— Et pourquoi est-ce que j'aurais peur ?

— Parce que tu n'as pas oublié ce qu'il se passait toujours quand nous avions fini d'écrire ce genre de chanson, répondit-il d'une voix basse. Nous nous laissions gagner par les émotions et, avant de savoir ce qu'il nous arrivait, nous étions dans les bras l'un de l'autre.

— C'est du passé, ça !

Mais ses joues avaient été gagnées par une rougeur révélatrice.

— Cette époque est derrière nous, Caleb, reprit-elle. Loin, très loin derrière nous. C'est de l'histoire ancienne.

— Très bien. Dans ce cas, si tu n'as pas peur de ce qu'il pourrait se passer, pourquoi ne pas essayer ? Tu écris la chanson, je l'interprète, et Bree décidera si elle veut la garder ou non.

Pour lui, il n'y avait pas l'ombre d'un doute : Bree voudrait garder la chanson.

— Très bien, marmonna enfin Jenny à contrecœur. Comme tu veux. Je vais voir si je trouve une idée.

— Tu t'avoues vaincue avec tant de grâce ! lança-t-il, moqueur.

— Tu ne m'as pas vaincue. J'ai seulement dit que j'allais essayer d'écrire cette chanson. Mais si je te vois jubiler, je n'aurai pas trop d'efforts à faire pour changer d'avis.

— Je ne jubilerai pas, c'est promis.

Pas en sa présence, du moins.

— Et maintenant, ajouta-t-il, partons d'ici et allons manger un morceau.

— Je n'ai pas faim.

— Eh bien moi, si, et je vais aller chercher une pizza. J'en ai pour vingt minutes. Qu'est-ce que tu veux sur la tienne ? Des champignons, des oignons et des poivrons ?

Sans lui laisser le temps de répéter qu'elle n'avait pas faim, il lança :

— A tout de suite !

Il quitta le théâtre le sourire aux lèvres.

Parfois, Jenny se comportait de telle façon qu'il devenait presque impossible de s'occuper d'elle. Mais il avait appris depuis longtemps à ne prêter aucune attention à ses paroles, et à n'agir qu'en fonction de ce qu'il lisait dans ses yeux. Quand ils étaient ensemble, il ne s'était jamais trompé, en suivant cette tactique. Il était devenu plutôt doué pour lire en elle et anticiper ses besoins. Il repensa à la raison qui l'avait poussé à inclure cette chanson d'amour dans la pièce — une raison qu'il avait cachée à Jenny, et dont il avait l'intention de parler avec Bree dès que l'occasion s'en présenterait —, et espéra que, cette fois encore, il ne se trompait pas.

Le lendemain, Jenny arriva dans la salle de répétitions avec le bloc-notes sur lequel elle avait griffonné des paroles. Elle avait passé la nuit entière à essayer d'assembler les mots de la meilleure façon. Elle avait écrit le premier jet plus rapidement qu'elle ne s'y était attendue, mais les ajustements nécessaires pour atteindre la perfection qu'elle recherchait lui avaient pris beaucoup plus de temps.

Elle s'arrêta net sur le seuil. Caleb était assis par terre, Sean et Emily Rose pressés contre lui pour écouter l'histoire qu'il était en train de leur lire. Il semblait tellement à l'aise qu'elle sentit sa gorge se nouer.

Bien qu'elle ait toujours essayé de vivre dans l'instant quand ils étaient ensemble, sans jamais s'autoriser à espérer que leur amour pouvait durer, elle s'était souvent interrogée sur ce que pouvait leur réserver l'avenir. Ainsi, elle s'était souvent demandé si Caleb ferait un bon mari et un bon père, et avait imaginé des scènes trop dangereusement similaires à celle qui se déroulait maintenant devant elle. Pour la seconde fois en quelques jours, Caleb, par son attitude, lui prouvait qu'elle n'avait pas eu tout à fait tort de croire que leur histoire aurait pu connaître une fin heureuse.

Il leva la tête. Quand il la vit, ses yeux brillèrent.

— Te voilà enfin ! lança-t-il. Tu es en retard.

— Désolée.

— Pas grave. Je me suis dit que tu avais trouvé l'inspiration et passé la moitié de la nuit à écrire.

— Tu me connais trop bien.

— Oui. Il y a eu une fois où…

Emily Rose leva vers lui des yeux emplis d'adoration.

— C'est le début d'une histoire, Caleb ?

— Oui, répondit-il. C'est l'histoire d'une princesse qui tombe amoureuse d'un homme avec beaucoup de défauts.

— Et la princesse, c'est Jenny ? demanda Sean.

— Tout à fait, répondit-il en réprimant un petit rire.

— Et l'homme avec beaucoup de défauts, c'est toi, compléta Emily Rose en sautillant d'excitation. Et vous tombez amoureux l'un de l'autre et vous vivez heureux jusqu'à la fin de vos jours.

Caleb, les yeux rivés sur Jenny, hocha la tête.

— En tout cas, j'espère que c'est ainsi que l'histoire se termine, murmura-t-il.

Jenny soupira. Elle était tellement cœur d'artichaut qu'elle avait bien peur de se laisser entraîner à essayer de découvrir par elle-même si c'était bien ainsi que se terminait l'histoire…

Une fois qu'Emily Rose et Sean furent partis jouer avec les autres enfants qui prenaient part à la pièce, Caleb tendit la main vers Jenny.

— Fais voir ces paroles, dit-il.

Elle obéit avec réticence.

— Elles doivent être nulles, marmonna-t-elle. Je les ai écrites en plein milieu de la nuit. J'étais épuisée, j'arrivais tout juste à garder les yeux ouverts. Alors, pour ce qui était de réfléchir…

Il éclata de rire en l'entendant débiter cette litanie d'excuses familières.

— Nous savons tous les deux que c'est souvent dans ces conditions que tu travailles le mieux, ma chérie. Maintenant, tais-toi et laisse-moi lire.

Elle attendit nerveusement qu'il ait lu le premier couplet, le refrain et le second couplet. Elle avait griffonné assez d'indications sur la feuille pour lui donner une idée de la mélodie qu'elle avait en tête.

— Alors ? demanda-t-elle.

Au lieu de répondre, il prit sa guitare et égrena quelques notes.

— Comme ça ? demanda-t-il.

Elle s'assit à côté de lui, attrapa sa propre guitare et se mit elle aussi à jouer.

— Plutôt comme ça.

Il comprenait parfaitement ce qu'elle avait en tête. Il sourit et joignit son jeu de guitare au sien pour interpréter le morceau dans son intégralité. Quand ils le jouèrent pour la seconde fois, il chanta les paroles, en ajustant le tempo de temps à autre.

A la fin de la chanson, il se tourna vers Jenny. Ses yeux brillaient, mais elle semblait taraudée par une légère incertitude. D'une voix hésitante, elle demanda :

— Alors ?

— Cette chanson est géniale. Bree va l'adorer.

— Tu es sûr que tu ne dis pas ça uniquement pour gagner ton pari ?

Il se pencha pour l'embrasser sur la joue.

— Si je dis ça, c'est parce que cette chanson *est* géniale. Le public va lui faire un triomphe. J'en sais peut-être moins que Bree sur le théâtre, mais crois-moi, cette chanson va être le clou du spectacle. Il n'y aura pas un seul œil de sec dans la salle.

Il alla poser sa guitare et revint vers elle.

— Est-ce que cette chanson retranscrit ce qu'il y a vraiment dans ton cœur, Jenny ? Est-ce que c'est ce que tu ressens pour moi, ce que t'inspire le sujet du pardon ?

— Ce n'est qu'une chanson écrite pour la pièce, répondit-elle en fuyant son regard.

— Jenny…

Il attendit qu'elle le regarde en face pour demander :

— Est-ce que c'est ce que tu ressens ?

Elle hocha lentement de la tête.

— Je veux que les sentiments qui nous unissaient reviennent, Caleb. Je veux croire que notre histoire peut encore connaître une fin heureuse.

— Mais tu as peur.

Et comment aurait-il pu en être autrement ?

— Bien sûr, que j'ai peur. Quand tu m'as trompée, tu as bien failli me détruire. Pourquoi est-ce que je te donnerais une chance de recommencer ?

— Il arrive que nous n'ayons pas le choix. Parfois, l'amour est tellement fort que nous ne pouvons que foncer, en gardant la foi.

— C'est facile à dire pour toi ! Ce n'est pas ton cœur qui a été brisé.

Il lui décocha un regard surpris.

— C'est ce que tu crois vraiment, Jenny ? Ce n'est pas parce que je suis responsable de notre rupture que je n'en ai pas souffert. Je ne t'ai pas quittée pour une autre : j'ai fait une bêtise à cause de laquelle j'ai perdu la femme que j'aimais. Et même si je suis le seul coupable, notre rupture a bien failli me tuer. Par certains côtés, ce que j'ai traversé a peut-être même été pire, parce que je savais combien je t'avais fait souffrir et que j'ai dû vivre avec cette culpabilité.

Un éclair de colère apparut dans les yeux de Jenny.

— Tu ne veux quand même pas que je sois désolée pour toi, si ? lança-t-elle sèchement.

— Bien sûr que non. Je dis seulement que j'ai payé un prix, moi aussi.

Il la regarda avec tendresse et poursuivit :

— Mais toute cette histoire a eu des conséquences positives : j'ai enfin ouvert les yeux et compris que je saccageais ma vie. Maintenant, je me mets en quatre pour obtenir une seconde chance, que ce soit dans le milieu musical ou avec toi. Et une chose est sûre : cette fois, je ne vais pas tout gâcher. Crois-moi, j'ai bien pris conscience de la valeur de tout ce que j'ai perdu.

Elle ne demandait pas mieux que de le croire, et il le voyait ; dans ses yeux, il lisait un désir émouvant, mêlé de doutes qu'il n'était pas parvenu à effacer entièrement. Et il était assez intelligent pour savoir que seuls le temps et la patience pourraient parvenir à les faire disparaître.

Il prit le risque de passer un bras autour de ses épaules pour l'attirer contre lui. Elle hésita un instant mais le laissa faire.

— Nous avons le temps, mon cœur, murmura-t-il. Je ne te demande pas de prendre une décision tout de suite.

Elle leva vers lui un regard qu'il trouva bien trop triste à son goût.

— J'aimerais pouvoir le faire. J'aimerais vraiment être prête, Caleb.

— Moi aussi, ma chérie. Moi aussi.

Mais la cruelle réalité, c'était qu'il fallait du temps pour pardonner. Et, parfois, il en fallait encore plus pour oublier.

— Je jure devant Dieu que si cette femme n'ôte pas immédiatement ses mains de Caleb je vais salement l'amocher, marmonna Jenny depuis les coulisses, d'où elle regardait les répétitions.

A ces mots, Jess gloussa de rire. Elle était venue livrer le déjeuner que Bree avait commandé à l'auberge pour la troupe.

— Oh ! C'est merveilleux ! s'exclama-t-elle sans masquer son plaisir. Bree m'avait bien dit que tu étais verte de jalousie, mais je ne la croyais pas.

— Ce n'est pas de la jalousie, répliqua-t-elle. Cette scène n'a rien de plausible, voilà tout.

— Et pourquoi ?

— Parce que c'est une pièce de Noël, pas un film classé X. Ce spectacle est censé convenir à tous les âges.

Jess fit de son mieux pour réprimer un éclat de rire, mais il lui échappa quand même.

— Quoi ? lança Jenny. Tu trouves ça drôle ?

— Je trouve ça hilarant, même. Tu me rappelles la réaction de ma cousine Susie quand l'ancienne maîtresse de Mack est venue travailler pour lui.

Soudain, son visage s'assombrit et elle précisa :

— Mais bien sûr, cette femme était une vraie diablesse. La réaction de Susie était tout à fait compréhensible.

— Et tu ne penses pas que cette femme, sur scène, est une diablesse, elle aussi ? Elle ne laisserait pas passer l'occasion de mettre Caleb dans son lit !

— Oh ! Je suis sûre qu'elle le ferait. Je doute que tu puisses trouver une seule femme sur cette terre qui ne serait pas ravie d'emmener Caleb dans un lit. La vraie question, c'est de savoir s'il se laisserait faire. Caleb exerce une profession dans laquelle il rencontre beaucoup de tentations… et tu le sais. Mais la seule chose qui importe, c'est qu'à ce que je vois un seul lit l'intéresse : le tien.

— Tu es sérieuse ?

— Je suis sérieuse, assura Jess en hochant la tête pour donner plus de poids à sa réponse. Alors, est-ce que tu as envie de ramener Caleb chez toi ?

— Bien sûr, que j'en ai envie, reconnut-elle en soupirant. Parfois, je désire tellement cet homme que j'en ai mal physiquement. J'ai descendu trois pots de Ben & Jerry's il y a deux nuits en essayant de le chasser de ma tête.

— Et ça a marché ? demanda Jess sans masquer son amusement.

— Non, mais je vais bientôt avoir testé tous les parfums qui sont en vente à l'épicerie.

— Au lieu de t'acharner à résister à cet homme, tu ferais peut-être mieux de l'inviter chez toi pour une nuit de sexe torride.

— Quelle délicatesse ! Je ne peux pas, Jess.

— Parce que tu es trop têtue pour céder ?

— Non. Parce qu'une fois que j'aurai cédé il sera trop tard. Je ne pourrai pas revenir en arrière. Je serai accro, tout comme avant.

— Tu es *déjà* accro, lui fit remarquer Jess. Peut-être que tu devrais te contenter d'en profiter.

— Et courir le risque de me faire briser le cœur une fois de plus ?

— Très bien. En tant qu'avocate du diable, laisse-moi te poser une question : si Caleb quittait la ville demain, ne t'appelait plus jamais et ne passait plus jamais ta porte, est-ce que ton cœur serait moins brisé ?

— Non, mais…

— Mais quoi ? la pressa Jess.

— Mais il ne m'humiliera pas. Si je cédais à mon désir et si Caleb venait à m'humilier encore, ce serait encore pire que la dernière fois, parce qu'il le ferait alors que la famille tout entière est alignée sur la ligne de touche et suit toute l'histoire.

Jess hocha lentement la tête.

— C'est bien ce que je pensais. La fierté est une force merveilleuse, Jenny. Nous avons tous besoin d'en avoir une bonne dose. Nous avons besoin de croire en nous-même, de faire grandir l'estime que nous avons de nous-même, et de ne pas laisser les autres profiter de nous.

— C'est tout ce que j'essaie de faire.

— Et tu as bien de la chance d'avoir cette force et de croire autant en toi. Mais parfois, il faut faire un peu confiance aux autres, et penser que leurs intentions sont honorables. Je ne connais pas Caleb aussi bien que toi, bien sûr, mais il me semble qu'il essaie de faire ce qui est juste. Cet homme a commis des erreurs, et pas des moindres, mais il a essayé de les réparer, et il sait ce qu'il veut. Je suppose qu'au final tu dois réfléchir à ce que tu désires le plus : te protéger, ou saisir le rêve qui se tient devant toi.

Jenny ne répondit pas, mais elle comprenait parfaitement ce que Jess essayait de lui dire. Elle se tourna vers la scène où Caleb mettait tout son cœur, toute son âme dans la chanson qu'elle avait écrite. Une fois encore, Helena s'agrippait à lui. Mais, même s'il était supposé accorder toute son attention à sa partenaire de scène, c'était elle qu'il cherchait des yeux dans la pénombre des coulisses. C'était pour elle qu'il chantait ; il n'y avait aucun doute.

Sa poitrine se gonfla d'un soupir, et quand elle le laissa échapper, elle fut en même temps libérée de ses derniers doutes.

Jess avait raison. Repartir de zéro avec Caleb était un risque. Il leur faudrait faire beaucoup d'efforts pour que tout marche. Mais en choisissant la voie de la prudence, elle n'obtiendrait jamais ce qu'elle désirait vraiment : une nouvelle chance avec l'homme qu'elle aimait.

12

Caleb vit Jenny quitter le théâtre en courant alors que sa grande scène se terminait. Il regagna les coulisses et s'élança derrière elle, mais Bree l'intercepta.

— J'ai pris des notes dont j'aimerais parler avec toi, Caleb, lui dit-elle. Il y a deux ou trois passages que je voudrais te voir aborder différemment. Accorde-moi dix minutes avant de partir, tu veux bien ?

— Non. Désolé. Il faut que j'y aille, mais je n'en ai pas pour longtemps. Il se passe quelque chose avec Jenny, et je veux savoir quoi.

Bree s'apprêtait à protester, mais Jess les rejoignit.

— Laisse-le partir, Bree. Jenny et lui doivent parler.

Caleb dévisagea Jess. Il savait que Jenny se confiait à elle depuis peu, même si elle semblait être moins proche de Jess que de Bree.

— Tu sais ce qu'il lui prend, Jess ? demanda-t-il. Pourquoi est-ce qu'elle est bouleversée ?

Il reprit espoir en voyant que Jess semblait plus amusée que perturbée par ce qu'elle s'apprêtait à révéler.

— Je dirais qu'il y a deux possibilités : soit ta partenaire de scène te colle un peu trop à son goût, soit elle panique parce qu'elle est en train de retomber amoureuse de toi.

Aussitôt, le visage de Bree se fendit d'un grand sourire.

— Vraiment ?

— Et comment ! assura Jess.

Caleb se tourna vers Bree.

— Alors ?

— File, répondit-elle aussitôt. Reviens dans une heure. En attendant, je parlerai avec le reste de la troupe des notes que j'ai prises. Et crois-moi, il y en a beaucoup.

— Tu ferais mieux de leur donner deux heures, lui suggéra Jess. Quelque chose me dit que leur discussion pourrait durer un petit moment.

Avec un grand sourire, elle ajouta, s'adressant à Caleb :

— Du moins si tu ne fiches pas tout en l'air !

Il ne répondit pas à la boutade.

— Tu as une idée de l'endroit où elle peut être allée ? demanda-t-il.

— Elle n'a rien dit, mais d'après moi elle est

rentrée chez elle. Je pense qu'elle aura voulu être dans un endroit qu'elle considère comme un refuge, et où elle se sent en sécurité. Et la maison où elle a grandi en est un.

Il attrapa sa veste, sortit du théâtre en courant et bondit dans son pick-up. En prenant le chemin de la maison de Jenny, il remarqua que la neige commençait à tomber. Les flocons étaient encore peu nombreux, mais vu les nuages qui s'accumulaient au-dessus de sa tête, il y avait de grandes chances qu'il tombe une bonne épaisseur de neige au cours des prochaines heures. Il ne put s'empêcher de se demander ce qui se passerait si Jenny et lui restaient bloqués par la neige pendant deux jours. Ses placards étaient tellement vides qu'ils mourraient sans doute de faim, mais si c'était le prix à payer pour l'avoir à lui seul, cela valait la peine !

Il roulait sur Main Street quand il aperçut Jenny assise sur un banc, dans le parc. Bien qu'elle soit emmitouflée comme pour une excursion au pôle Nord, elle devait être gelée, mais elle posait un regard fasciné sur le sapin de Chesapeake Shores, qui avait été allumé la veille au soir. Même depuis le camion, il la voyait sourire ! La vue du sapin l'avait peut-être apaisée… au moins un peu.

Il se gara à la seule place libre qu'il trouva, un emplacement marqué d'une inscription qui signalait… « Stationnement interdit ». Et tant pis s'il récoltait un PV. Le jeu en valait la chandelle.

Il marcha jusqu'au banc, s'assit auprès d'elle, et laissa nonchalamment tomber :

— Quelle journée délicieuse pour profiter d'un peu d'air pur.

Elle lui adressa un regard surpris avant d'éclater de rire.

— Pour tout dire, c'est le genre de journée que je préfère.

Elle leva le visage vers le ciel et poursuivit :

— Il neige, et le sapin est illuminé. J'aurais aimé être ici hier soir quand on l'a allumé. C'est l'un des plus beaux événements de la ville. Il y a des chants de Noël et du chocolat chaud, et ensuite, le maire actionne l'interrupteur et la magie prend vie ! C'est toujours extraordinaire. Est-ce que ce n'est pas merveilleux ? On dirait vraiment Noël.

— Tu sais ce que je trouve merveilleux, moi ? De voir combien tu sembles heureuse en cet instant.

Il lui caressa la joue et la sentit frissonner.

— Est-ce que tu es heureuse, Jenny ?

— Oui. Bien sûr, répondit-elle un peu trop rapidement.

— Alors pourquoi as-tu quitté le théâtre en courant ?

— Il fallait que je réfléchisse.

— A nous ?

Elle hocha la tête sans répondre.

— Tu veux que nous allions chez toi pour en parler ? demanda-t-il. Je ne sais pas pour toi, mais mes fesses commencent à geler, sur ce banc.

— C'est ta faute. Si tu avais un peu plus de chair sur les os, tu n'aurais pas froid.

— Si tu m'embrassais, ça me réchaufferait peut-être, suggéra-t-il avec un clin d'œil.

Elle sembla réfléchir à l'idée, et finit par poser doucement la main sur sa joue.

— Je suppose que cela vaut le coup d'essayer…, murmura-t-elle.

La timidité de sa caresse fut pour lui révélatrice. On aurait dit que c'était la première fois qu'ils vivaient un moment intime.

Alors, plein d'espoir, il choisit de laisser Jenny décider de ce qui allait se passer ensuite. Il lui avait dit tout ce qu'il avait à lui dire ; c'était à elle de prendre la suite de leur histoire en charge — tout au moins pour l'instant.

Elle se pencha vers lui, si lentement qu'il eut l'impression que son cœur allait cesser de battre. Ensuite, ses lèvres humides de neige, aussi douces que la soie, aussi froides que la glace, se posèrent sur les siennes. Il les sentit se réchauffer à mesure que le baiser se prolongeait.

— Ça m'a tellement manqué, Jenny, chuchota-t-il contre ses lèvres. Plus que tu le sauras jamais.

— A moi aussi, murmura-t-elle en revenant vers lui pour un autre baiser.

Les flocons descendaient paresseusement du ciel, les guirlandes clignotaient sur le sapin, et un haut-parleur assez antique crachait les notes d'un chant de Noël. Il serait volontiers resté ici, mais il sentit soudain Jenny frissonner dans ses bras.

— Bien ! dit-il en la forçant à se lever. Nous devons rentrer.

Il plongea son regard dans le sien et ajouta :

— Chez toi, ou au théâtre ?

Elle détourna les yeux et hésita pendant si longtemps qu'il pensa qu'elle allait choisir de retourner tout droit au théâtre pour travailler.

— C'est à moi de décider ? demanda-t-elle, presque timidement.

— C'est toujours toi qui as décidé de tout.

Il la vit prendre une profonde respiration, pour contempler le sapin quelques secondes.

— Chez moi, dit-elle enfin dans un souffle.

— Tu en es sûre ?

— Pas tout à fait, non, reconnut-elle. Mais c'est ce que je veux.

— Tu ne le regretteras pas, Jenny. Je le jure devant Dieu.

Quoi qu'il lui en coûte, il ne la décevrait pas une nouvelle fois.

Jenny en était sûre à présent : elle avait entièrement perdu l'esprit pendant un bref instant, dans le parc. Avait-elle vraiment invité Caleb chez elle ? Alors qu'elle savait pertinemment qu'elle ne l'invitait pas simplement à venir discuter devant une tasse de chocolat chaud ?

Une fois devant la porte, la gorge nouée, elle voulut glisser la clé dans la serrure, mais sa main tremblait si fort qu'elle ne put y parvenir.

— Nerveuse ? demanda-t-il en lui prenant la clé de la main.

— Bien sûr que non, affirma-t-elle avec le plus de conviction qu'elle put. J'ai froid, c'est tout. Mes doigts sont complètement gelés. La première chose que je vais faire, c'est nous préparer du chocolat chaud.

Il la dévisagea, une étincelle amusée dans les yeux.

— La première chose, hein ?

Elle refusa de détourner le regard et... de rougir, si tant est que cela soit possible.

— La première chose, répéta-t-elle fermement.

— Et quelle est la deuxième chose sur ta liste ? demanda-t-il en ouvrant la porte et en s'effaçant pour la laisser passer. Simple curiosité, bien sûr.

— J'essaie encore de le déterminer.

— Si j'en crois mon expérience, il y a des moments où il ne faut pas trop réfléchir.

— Voilà une philosophie bien pratique, compte tenu des circonstances.

Elle laissa tomber son manteau sur le sol de la

cuisine et sortit des tasses du placard. Elle s'apprêtait à remplir une casserole d'eau et à attraper les sachets de chocolat en poudre quand la main de Caleb se posa sur la sienne.

— Attends, ordonna-t-il doucement.

— Tu ne veux pas de chocolat ? demanda-t-elle, de nouveau gagnée par la nervosité.

Il en avait peut-être envie, mais ce n'était sûrement pas ce qu'il voulait vraiment à cet instant précis. Elle non plus, d'ailleurs. Mais elle comprenait vaguement qu'il n'aurait pas été raisonnable de céder à la tentation et de faire l'amour avec Caleb alors qu'elle était déchirée entre des émotions contradictoires.

— Ce que je veux vraiment, Jenny, c'est toi, à l'étage, et dans le lit.

— Oh ! lâcha-t-elle dans un souffle.

Son cœur s'emballa, et elle sentit que son côté rationnel était en train de perdre la bataille qui l'opposait au désir fou, irrépressible, qu'elle éprouvait pour Caleb. Une vague de soulagement la souleva — peut-être était-ce mieux ainsi.

Caleb s'approcha et caressa doucement sa lèvre inférieure du pouce.

— Mais si ce n'est pas ce que tu veux, si tu n'es pas prête, tu n'as qu'un mot à dire. Je t'ai promis de te laisser tout le temps qu'il te faudrait, Jenny. Ce n'est pas maintenant que je vais revenir sur ma promesse.

Elle fronça les sourcils.

— Pourquoi est-ce qu'il faut que tu sois aussi raisonnable ? lança-t-elle.

— Tu voudrais que je te refuse le droit de décider toi-même ? demanda-t-il dans un petit rire. Pas question. Pas cette fois. Je ne veux pas que tu puisses me reprocher jusqu'à la fin des temps d'avoir profité de toi à un moment où les fêtes te rendaient fleur bleue. Tu dois être prête à prendre ta décision et à l'assumer, tout comme j'essaie d'assumer la responsabilité des décisions que j'ai prises par le passé.

Le regard qu'il posait sur elle était tellement intense qu'elle fut traversée par un frisson. Et ce fut comme si elle recouvrait la raison. Même si elle désirait ardemment cet homme, même si elle voulait désespérément lui pardonner et oublier ce qu'il lui avait fait, elle n'était pas encore prête. Et elle détestait devoir le reconnaître, parce qu'en cet instant où son cœur s'affolait, où le sang se ruait dans ses veines, se rouler entre les draps avec lui était une perspective très alléchante.

Devinant sans doute l'intensité de la bataille qui se livrait en elle, Caleb fit un pas en arrière et lâcha d'un ton brusque :

— Une tasse de chocolat, et nous retournons au théâtre.

Elle fut gagnée à la fois par le soulagement qu'il ait compris tout seul et par une amère déception.

Jamais elle n'aurait cru que ces deux sentiments puissent coexister, et pourtant... c'était le cas.

— Je suis désolée.

Il toucha ses lèvres du bout du doigt.

— Je t'interdis de l'être. Cela prendra le temps qu'il faudra. Et moi, je ne m'en irai pas.

— Pas même dans le lit d'Helena ? ne put-elle s'empêcher de grommeler. Je suis sûre que cette croqueuse d'hommes de Broadway serait ravie de partager sa chambre à l'auberge avec toi.

Il éclata de rire.

— Aucun risque ! Je sais ce qui est en jeu, mon cœur. Tu es la femme que je veux, et cela vaut la peine de t'attendre.

— Tu pourrais au moins lui dire de garder ses mains dans ses poches.

— C'est Bree qui lui indique où doivent aller se poser ses mains. Est-ce que cela te dérange vraiment ?

Elle haussa les épaules, voulut feindre l'indifférence, mais y renonça ; elle savait que Caleb l'avait percée à jour.

— Ça me rend dingue, oui, avoua-t-elle.

— Je sais que je vais parler comme un vrai macho, mais je ne suis pas vraiment mécontent d'entendre ça. Bien sûr, jamais je ne chercherais délibérément à te rendre jalouse. Ce serait une stratégie affreusement sournoise, et ce n'est pas mon genre.

— Mais si le monstre aux yeux verts prend possession de ton corps et t'ôte tout ton bon sens, tu n'élèveras aucune objection, compléta-t-elle en secouant la tête. Tu *es* un vrai macho.

Il ne relança pas la conversation et s'occupa de préparer deux tasses de chocolat.

Elle le laissa faire, songeuse.

A cet instant, il lui jurait la fidélité la plus absolue, mais dans son cœur elle savait que, même s'il lui promettait d'être patient, il pouvait changer d'avis à tout moment. Le monde était plein de femmes qui n'auraient pas demandé mieux que de passer un petit temps de folie avec lui. Il ne voulait peut-être pas de ces femmes… pour le moment. Il ne voyait peut-être qu'elle… pour le moment. Mais ce n'était pas pour autant qu'il demeurerait éternellement insensible aux charmes de ces dames.

— Caleb ?

Il arrêta de verser l'eau frémissante sur le chocolat en poudre et leva les yeux vers elle.

— Qu'est-ce qu'il y a ?

— Je t'aime.

— Je sais.

— Ce n'est pas là qu'est le problème, précisa-t-elle.

— Je le sais aussi.

Elle le dévisagea avec attention, et devant la

tendresse sincère qui se lisait dans ses yeux, elle hocha légèrement la tête en signe de satisfaction.

— Je voulais seulement en être sûre.

— Ton amour ne fait aucun doute, Jenny. Tu essaies juste de réapprendre à me faire confiance.

— C'est exactement ça. Mais j'y suis presque. Je te le promets.

Il écarta une mèche de cheveux de sa joue et lui sourit.

— Prends tout le temps qu'il te faudra, ma chérie. Je peux rester ici. Rien ne m'attend ailleurs.

Mais ce n'était pas tout à fait vrai, se dit-elle. Une fois que les représentations du spectacle de Noël seraient terminées, le monde de la musique reviendrait frapper à sa porte et exigerait qu'il lui accorde de nouveau tout son temps et toute son attention. Soudain, elle fut traversée par une envie presque irrésistible de fermer les yeux et de se lancer dans l'aventure.

Mais non. Cette décision était trop importante pour qu'elle la prenne ainsi, sur un coup de tête. En cédant à cette envie, elle se trahirait elle-même. Si elle choisissait de laisser Caleb revenir dans sa vie, elle devrait entièrement s'abandonner à lui. Et même s'ils avaient parcouru un long chemin, cette perspective la terrorisait encore.

*
* *

— Tout semble bien se passer entre Caleb et toi, lança Bree sur un ton désinvolte.

Jenny avait rejoint sa tante à Flowers on Main et l'aidait à confectionner les bouquets pour un mariage qui devait avoir lieu le samedi suivant, quelques jours seulement avant Noël.

— Je suppose, répondit-elle.

Il était hors de question qu'elle lui avoue qu'elle était tombée amoureuse pour la seconde fois d'un homme auquel elle ne faisait pas entièrement confiance. Mais Bree n'aurait pas été étonnée de l'apprendre — quand Caleb et elle étaient revenus au théâtre, l'autre soir, elle était là et les avait accueillis avec un sourire un peu trop complice.

— Au fait, Jenny, je voulais te parler de quelque chose.

— Cela concerne Caleb ?

— En partie. Pour tout dire, je voulais te demander une faveur.

— Est-ce que tu ne sais pas encore que j'irais jusque sur la lune, si tu me le demandais ?

— C'est bon à savoir ! répondit Bree en riant.

Puis, reprenant son sérieux elle poursuivit :

— Est-ce que tu pourrais réfléchir à la possibilité de tenir un petit rôle dans la pièce ?

— Mais tu ne peux pas ajouter un nouveau rôle si peu de temps avant la première représentation ! s'exclama Jenny. La troupe va devenir dingue !

— Oh ! Mais ce serait trois fois rien, expliqua

Bree. Juste une scène, à la fin du premier acte. Il est trop tard pour que je trouve quelqu'un d'autre.

— Si c'est trois fois rien, fais-le toi-même, suggéra-t-elle. Toi au moins, tu es déjà montée sur scène. Moi, je déteste me produire devant un public. Caleb a essayé de me traîner sur scène pendant l'un de ses concerts et j'ai bien failli m'évanouir dans ses bras. Ce n'était pas joli à voir.

— Tu n'as pas à t'inquiéter, lui assura Bree. C'est un rôle muet. Tout sera fini avant même que tu aies eu le temps d'avoir le trac.

— Tu plaisantes ! J'ai le trac rien que d'y penser. Non. Trouve quelqu'un d'autre.

— Personne ne conviendra mieux que toi pour ce rôle. Il faut que tu me croies sur parole.

— Je ne comprends pas, Bree. Tu as toute une famille pleine d'acteurs potentiels à ta disposition. Pourquoi suis-je la seule à pouvoir tenir ce rôle ?

La façade d'innocence de Bree, qui d'ailleurs n'était pas vraiment crédible, se fissura légèrement.

— Pour tout te dire, c'est Caleb qui l'a suggéré, avoua-t-elle.

Jenny fronça les sourcils. Cette précision ne lui disait rien qui vaille. Qu'avait-il encore inventé ?

— Et depuis quand est-ce que tu te bases sur ce que dit Caleb pour apporter des modifications à ton travail ? lança-t-elle.

— Je pense pouvoir me fier à lui sur ce point précis. Il fait preuve d'une perspicacité étonnante.

D'instinct, il sait ce qui va marcher. J'ai appris à respecter son intuition. Nous formons une bonne équipe, lui et moi.

Soudain, Jenny comprit quelle était l'intuition de Caleb.

— Attends un peu… Tu veux qu'il *me* chante cette chanson d'amour, c'est bien ça ? demanda-t-elle. Tu penses que le public va devenir fou quand il comprendra ce que sous-entend cette scène qui, soit dit en passant, n'a strictement aucun rapport avec le reste de la pièce. Et bien sûr, la nouvelle se répandra aussitôt sur internet. C'est ça, pas vrai ?

— Tout ce qui m'intéresse, c'est que cette scène soit l'un des clous du spectacle, répondit Bree, sans même chercher à nier.

— Je ne suis pas sûre que l'actrice qui a joué la dame de ses pensées tout au long de la pièce soit d'accord avec toi, remarqua-t-elle sèchement.

Toutefois, si Helena McGuire était chassée des bras de Caleb à la dernière minute, elle n'y verrait aucun inconvénient…

— J'ai très légèrement changé le scénario pour que mon idée fonctionne, expliqua Bree. Mais bien sûr, comme tu n'as pas assisté aux répétitions ces derniers jours, tu n'es pas au courant.

Là, elle ne trouva rien à répondre. Bree avait raison sur ce point. Elle s'était tenue à l'écart du théâtre parce qu'elle ne supportait plus d'entendre Caleb chanter ses chansons, et surtout cette ballade.

Cela lui rappelait un peu trop ce qui aurait pu se passer entre eux. Et maintenant, voilà que Bree voulait qu'il lui chante cette chanson à elle, sur scène, au vu et au su du monde entier — ou du moins d'une petite partie de son monde à elle.

— Bree... tu ne te rends pas compte de ce que tu me demandes, murmura-t-elle.

Elle avait mis tout son cœur, toutes ses émotions dans cette chanson. Bien sûr, sachant qu'elle serait interprétée devant une foule de gens qui la connaissait et qui connaissait son histoire avec Caleb, elle aurait pu écrire quelque chose de plus léger, de moins personnel. Mais elle ne savait pas créer autrement qu'en plongeant corps et âme dans les mots et la musique.

Bree lui caressa tendrement la joue.

— Oh ma chérie... Je sais très bien ce que je te demande, et Caleb aussi. Il t'aime, et il sait que tu l'aimes encore. Il veut célébrer cet amour.

— Bree... tu es pourtant bien placée pour savoir comment sont les gens d'ici une fois qu'ils ont planté leurs crocs dans une histoire d'amour. Si j'accepte ce que tu me demandes de faire, Caleb et moi n'aurons plus un moment de tranquillité. Jusqu'ici, ils nous ont laissés en paix, mais dès que Caleb aura chanté cette chanson, qui n'est ni plus ni moins qu'une déclaration publique, notre relation deviendra leur gibier. Et je ne te parle même pas de ce que les médias sont capables de faire quand ils auront vent de la nouvelle !

— Est-ce que tu t'inquiètes vraiment de ce que vont dire les gens de cette ville, ou même les médias ? Ou as-tu seulement peur que Caleb fasse tomber tes dernières défenses ?

— D'accord. J'ai *aussi* peur de ça.

— Ma chérie, que tu acceptes de faire ce que je te demande ou non, ne rejette pas aussi catégoriquement la possibilité d'un avenir avec Caleb. Pas à cause de ce qui s'est produit dans le passé, en tout cas. Vis dans l'instant présent. Regarde tout ce qu'il a fait, ces deux dernières semaines, pour te prouver combien il a changé, et combien il t'aime. Crois en lui.

— J'essaie, murmura-t-elle, les larmes aux yeux. Mais je n'y arrive pas. Pas encore.

— Dans ce cas, réfléchis seulement à ce que je viens de te demander. Est-ce que tu peux le faire ? Pas pour moi, ni même pour la pièce, ou pour Caleb. Seulement pour toi-même.

— J'y réfléchirai.

Pour tout dire, elle pensait qu'elle aurait bien du mal à penser à autre chose.

Bree la dévisagea longuement avant de reprendre :

— Même si tu n'en es pas entièrement convaincue, je te promets que je n'ai aucun motif caché. Bien sûr, si Caleb et toi revenez ensemble, les retombées publicitaires me profiteront, ainsi qu'à mon spectacle. Mais ce que tu dois retenir, c'est que je suis ton amie avant tout et que je veux sincèrement que tu sois heureuse. Tu me crois, n'est-ce pas ?

Jenny hocha la tête sans répondre. Bien sûr qu'elle la croyait. Bree avait toujours été dans son camp.

— Dans ce cas, poursuivit Bree, je pense qu'il est temps que tu aies une petite discussion avec ton oncle.

— Tu veux que j'aille parler de Caleb avec oncle Jake ? Et pourquoi ? Il lui a peut-être lâché un peu de lest, mais il n'est pas raide dingue de lui, contrairement à toi.

Bree éclata de rire.

— J'espère bien ! s'exclama-t-elle. Non, ce dont j'aimerais que tu discutes avec ton oncle, c'est de l'importance d'accorder son pardon et de poursuivre son chemin. Je t'ai raconté ma version de ce qui s'est passé entre lui et moi. Il te donnera sa version à lui et pourra peut-être te faire comprendre ce qui lui a permis de me pardonner.

Jenny n'était pas convaincue du tout. Elle ne se voyait pas aborder un sujet aussi épineux avec son oncle. Jake était comme tous les hommes : il n'avait pas pour habitude de dévoiler ses sentiments les plus profonds. Quant à lui parler de ses sentiments à elle…

Non, ce dont elle avait besoin en ce moment, c'était de solitude.

Comme si elle avait lu dans ses pensées, Bree demanda :

— Est-ce que tu veux que je t'ouvre la voie auprès de ton oncle, ou est-ce que tu préfères que je te laisse tranquille le temps que tu comprennes ce qui se passe en toi ?

Elle hésita un peu avant de répondre. Elle était perdue, et réfléchir dans son coin ne lui apporterait probablement rien. Elle avait besoin d'aide. Et son oncle Jake lui avait toujours parlé franchement et toujours pour son bien — même si, à l'époque de son flirt avec Dillon, elle disait le contraire.

— D'accord, dit-elle enfin. Je parlerai à oncle Jake.

Bree la serra tendrement dans ses bras.

— Bien !

— Tu as l'air affreusement certaine que, si je lui parle, tout se passera comme tu le veux, fit-elle remarquer. Tu as eu une vision de l'avenir ou quoi ?

— Quels que soient les doutes qu'il peut entretenir au sujet de Caleb, ton oncle est un homme juste, ma chérie. Il fera ce qui sera le mieux pour toi, même s'il doit aller à l'encontre de ses principes.

Soudain, elle comprit ce que Bree avait en tête.

— Et tu as l'intention de lui montrer exactement ce qui est le mieux pour moi, dit-elle. Comme tu l'as fait pour Dillon, il y a des années de ça. Le jour où oncle Jake l'a surpris en train de me peloter dans son bureau, à la pépinière, il voulait lui faire la peau. Et c'est toi qui l'as calmé et qui l'as forcé à faire l'effort de connaître Dillon.

— D'accord, tu m'as percée à jour, avoua Bree en souriant. Mais mon influence ne s'étendra pas plus loin. Cet homme est têtu comme une mule. Quoi que j'attende de lui, il ne te dira que ce qu'il pense vraiment.

— Mais j'y compte bien !

Peut-être était-ce exactement ce dont elle avait besoin, en fait : un discours sincère, lui exposant un point de vue masculin.

Assis à sa table habituelle, chez Sally, Jake attendait que Will et Mack viennent le rejoindre pour le déjeuner. Aussi fut-il étonné de voir Jenny se glisser sur la banquette, face à lui.

— Je ne te vois pas ici à cette heure de la journée, d'habitude, dit-il. Qu'est-ce qui t'amène ? Est-ce que mon esclavagiste de femme t'a enfin accordé une pause bien méritée, ou est-ce que tu t'es échappée quand elle avait le dos tourné ?

— Pour être franche, je voulais te voir. J'étais au magasin de fleurs et j'aidais Bree à fabriquer les arrangements floraux pour le mariage de samedi. Et comme je sais que c'est l'heure à laquelle tu viens déjeuner, d'habitude...

— Oh. Tu discutais avec Bree ? Et mon nom

a été prononcé au cours de votre conversation ? Pourquoi cela ne me dit rien de bon ?

Jenny se tortilla, gênée.

— J'espérais que nous pourrions parler, oncle Jake.

— Bien sûr. Mais Mack et Will ne devraient pas tarder à arriver.

— Bree les a appelés pour leur demander de me laisser un moment avec toi.

Il écarquilla les yeux.

— Elle leur a interdit de venir ?

Jenny éclata de rire.

— Presque !

— Bon sang, ce que tu veux me dire doit être vraiment important. Et ça me rend nerveux.

— Tu n'as pas à être nerveux, répondit-elle. J'ai seulement besoin d'un conseil.

— Non, tu ne devrais pas avoir de relations sexuelles avant le mariage.

— J'ai bien peur qu'il soit un peu tard, répondit-elle en souriant. Et de toute façon, ce n'est pas à toi que je m'adresserais pour ce genre de conseil. Tu es un peu trop... vieux jeu, surtout sur le sujet de mes relations avec les hommes.

Soudain, Jake regretta d'avoir commandé un soda, et non une boisson plus forte. Il attrapa son verre et but lentement tout en regardant Jenny, les yeux plissés.

— Alors ? demanda-t-il enfin. Quel genre de conseil attends-tu de moi ?

— Le grand jeu. Je veux que tu me parles de la trahison, du pardon… Enfin ce genre de chose.

Il parvint tout juste à réprimer un gémissement. Il ne voulait pas aborder ce sujet, pas avec sa nièce !

— Depuis quand veux-tu que je te donne des conseils ? D'habitude, quand je commence à te dire ce que tu dois faire, tu n'as qu'une hâte : prendre la fuite.

— J'attends des suggestions, pas des ordres qui me hérissent le poil, oncle Jake.

— Très bien, grommela-t-il. Tu m'en demandes beaucoup, mais je vais essayer. Dis-moi tout.

— J'ai un peu de mal à me débarrasser de toute la colère que j'éprouve envers Caleb à cause de ce qu'il m'a fait.

— Tant mieux pour toi.

Le visage de Jenny se ferma aussitôt. Avec une grimace, il ajouta :

— Désolé, petite. Alors, quelle est ta question ?

— Comment as-tu pardonné à Bree ce qu'elle t'avait fait ?

Il reposa son verre si brusquement qu'un glaçon en jaillit et roula sur la table.

— Tu connais cette histoire ? demanda-t-il. Je veux dire… tu connais les détails ? Mais comment ? Qui t'en a parlé ?

Il secoua la tête. La réponse coulait de source.

— Ne réponds pas, marmonna-t-il. Il ne peut s'agir que de ma femme. Et je suis sûr qu'elle avait de bonnes raisons.

— J'ai vu moi-même combien tu souffrais à l'époque et combien tu lui en voulais. Bree m'a expliqué pourquoi.

— Bon sang, de quel droit ! lança-t-il sans pouvoir masquer son irritation.

— Allons, oncle Jake. N'en fais pas toute une histoire. Elle a seulement voulu me montrer qu'il est possible de se remettre d'une trahison. Tu l'as bien fait, toi.

En fixant sur lui un regard plein d'espoir, elle demanda :

— Comment y es-tu parvenu ?

Il était furieux que sa femme ait raconté une histoire aussi intime. Même à Jenny, qu'il aimait pourtant tendrement. Mais connaissant Bree comme il la connaissait, elle devait avoir ses raisons. Alors il parvint à mettre sa colère de côté et à se concentrer sur ce que sa nièce voulait réellement savoir : le pardon était-il possible ?

— Je n'ai pas eu le choix, répondit-il enfin. J'aimais Bree plus encore que je ne lui en voulais d'avoir agi comme elle l'avait fait. Quand elle m'a dit qu'elle était désolée, je l'ai crue. J'ai décidé de passer l'éponge, en toute connaissance de cause. Voilà.

Mais Jenny semblait sceptique.

— Et c'est tout ? Pour autant que je me souvienne, les choses ne se sont pas passées comme tu le dis.

— D'accord, reconnut-il. Il m'a fallu du temps, d'autant que Marty a cru bon de se pointer ici pour essayer de la reconquérir. Mais au final, j'ai dû choisir entre deux options : soit je l'aimais de nouveau et je menais une vie plus heureuse malgré les risques, soit je jouais la sécurité et je passais le restant de ma vie sans la femme que j'aimais… et l'option « seul et en sécurité » n'avait rien de très attirant.

Jenny soupira.

— A t'entendre, c'est tout simple.

— Sûrement pas, petite. Ce genre de situation est tout sauf simple. Si je te disais qu'aucun doute ne surgit jamais, je te mentirais. Pas parce que j'ai quelque chose à reprocher à Bree, ajouta-t-il, mais parce que je vis en permanence avec une sensation d'insécurité. Seulement, cette sensation d'insécurité pèse moins lourd dans la balance que tous les aspects positifs de notre vie commune.

Il se tut et observa Jenny qui réfléchissait à ses paroles. L'acharnement avec lequel elle luttait contre la décision qu'elle sentait devoir prendre, quelle qu'elle soit, se lisait sur son visage.

— Est-ce que Caleb te met la pression ? demanda-t-il. Parce que je peux aller lui dire d'arrêter.

Elle sourit.

— Tu adorerais ça, pas vrai ? Mais non, il ne

me met pas la pression. Pas comme tu l'entends, du moins. Il se contente d'être là, plein de charme, de gentillesse et de sensibilité… et de patience. A tel point que je grince tellement des dents qu'elles me font mal.

— Et tu es en train de retomber amoureuse de lui, conclut-il.

— J'en ai bien peur, répliqua-t-elle sur le ton du sarcasme.

— Dans ce cas, même s'il m'en coûte de le dire, tu m'as tout l'air d'en être là où j'en étais avec Bree. Il faut que tu fonces les yeux fermés, petite… Et si cela peut te rassurer, il y a tout un tas de gens qui seront là pour te défendre, si ton Caleb ose te trahir une nouvelle fois.

— Je refuse de me lancer en me disant que ça va rater. C'est une attitude bien trop fataliste.

— Alors, garde espoir de toutes tes forces.

Quand elle leva les yeux vers lui, ils étaient brillants de larmes.

— Merci, oncle Jake.

— Et si tu cherches quelqu'un pour lui refaire le portrait, préviens-moi.

Elle tendit la main sur la table pour presser la sienne.

— Tu seras la première personne que j'appellerai, répondit-elle avant de se lever. Et maintenant, je ferais mieux de filer. Les répétitions commencent bientôt.

— En partant, envoie-moi donc Will et Mack. Cela fait un quart d'heure qu'ils sont au comptoir, et ils ne nous quittent pas des yeux. Je suis sûr qu'ils aimeraient ajouter leur grain de sel. Donc, à moins que tu te sentes d'attaque pour subir une séance de psychothérapie à grande échelle, je te conseille de leur dire très vite bonjour et au revoir.

Jenny frissonna. Elle adorait Will et Mack, mais elle avait déjà obtenu les conseils qu'elle était venue chercher et n'avait pas envie d'une séance à cœur ouvert supplémentaire.

— Je crois que c'est préférable, en effet. A bientôt, et merci !

— De rien, petite.

Il sourit en la voyant s'arrêter pour dire quelques mots à Will et à Mack avant de sortir du restaurant en trombe.

Il n'avait pas l'habitude de donner des conseils. C'était le fonds de commerce de Will, ça. Mais ce qui l'inquiétait le plus, c'était qu'il avait lui-même une fille à la maison, et qu'il sentait que la conversation qu'il venait d'avoir avec Jenny serait suivie de beaucoup d'autres discussions, tout aussi embarrassantes — sinon plus ! — avec Emily Rose…

Il ne put s'empêcher de se demander s'il avait réussi son coup d'essai, ou s'il avait seulement lancé Jenny sur un chemin au bout duquel son cœur serait brisé, une fois de plus.

13

Caleb poussa la porte de Flowers on Main dans l'intention d'inviter Jenny à déjeuner avec lui au Panini Bistro qui, avait-il entendu dire, était l'un de ses restaurants préférés du front de mer. Mais seule Bree se trouvait dans la boutique, littéralement ensevelie sous une montagne de roses rouges et blanches.

— Tu as raté Jenny de peu, lui dit-elle.

— Vraiment ? Où est-elle allée ?

Bree travaillait rapidement, maniant avec habileté du Scotch de fleuriste, du fil de fer et des rubans de satin.

— Elle est allée chez Sally pour avoir une petite conversation avec Jake.

Il fronça les sourcils.

— Est-ce qu'il faut que je m'inquiète ? demanda-t-il.

Bree sembla amusée par la question et lui jeta un coup d'œil ironique.

— Pourquoi ? Est-ce que tu as fait quelque chose de mal ? *Autre chose*, je veux dire ?

— Certainement pas ! répliqua-t-il avec fougue. Tu as joué les entremetteuses, pas vrai ? ajouta-t-il, remarquant l'étincelle qui dansait dans les yeux de son interlocutrice.

Elle avoua tout sans se faire prier — et non sans une certaine jubilation toute féminine.

— J'ai essayé de la pousser un peu dans ta direction, en résumé, conclut-elle, plutôt fière d'elle. J'espère que Jake lui fera faire le reste du chemin.

Il ne sut que répondre. Même s'il appréciait vraiment le soutien de Bree, il craignait que la pression qu'elle exerçait sur Jenny ne se retourne contre lui. Sans compter qu'il avait passé l'âge qu'on lui fasse faire ses premiers pas.

— Bree… je pense que je peux me débrouiller tout seul. Et je crois que Jenny doit décider par elle-même de ce qu'elle veut faire.

— Je suis d'accord avec toi, mais je constate qu'elle a du mal à prendre cette décision. Je ne lui dis pas ce qu'elle doit faire, rassure-toi. Je l'aide seulement à faire le tri parmi toutes les pensées qui lui envahissent l'esprit. Parce qu'elle fait appel à la logique au lieu d'écouter son cœur.

En lui décochant un regard sans douceur, elle conclut :

— Et là, tu n'as aucune chance.

Il éclata de rire.

— Joli discours. Tu joues vraiment les entremetteuses.

— Oh ! Et alors ? demanda-t-elle en agitant une rose rouge dans sa direction, comme pour balayer ses objections. Je ne suis qu'un amateur, à côté de mon père. A ta place, je serais heureuse qu'il n'ait pas pris le cas de Jenny en main. Parce que là, tu partais perdant, mon grand.

Caleb se contenta de secouer la tête et enchaîna :

— Est-ce que tu as eu l'occasion de parler à Jenny de la scène qu'elle doit jouer avec moi ?

— C'est ce dont nous étions en train de discuter quand j'ai conclu qu'elle avait besoin, en fait, d'une petite conversation avec son oncle.

— Je ne comprends pas. Tu penses que Jake va la convaincre de monter sur scène avec moi ?

— Non. Je pense que Jake va la convaincre de sauter les yeux fermés dans tes bras quand tu lui chanteras cette ballade.

Elle le dévisagea par-dessus le délicieux bouquet qu'elle venait juste de créer et ajouta :

— C'est bien ce que tu veux, pas vrai ?

— Bien sûr, mais je ne pense pas que Jake compte parmi mes plus grands fans. Il me tolère dans la ville, d'accord, mais de là à lui demander de pousser Jenny dans ma direction… D'après moi, il n'y a aucune chance. Jake ne m'a pas vraiment l'air d'être un romantique au cœur tendre.

— Oh ! Il est tout sauf ça, tu as raison. Et je doute qu'il pousse Jenny vers toi. En revanche, il va lui dire exactement ce qu'elle a besoin d'entendre sur la nécessité de savoir accorder son pardon. Et j'espère qu'ensuite Jenny pourra faire ce que lui dictera son cœur.

— Me laisser revenir dans sa vie, conclut-il.

— Voilà.

Un sourire éclaira son visage et elle ajouta :

— La voilà qui arrive, justement. A moins que je ne sois pas aussi douée que je pense l'être pour ce genre de choses, nous allons savoir si sa petite discussion avec son oncle a fonctionné dès qu'elle posera les yeux sur toi.

Il se tourna vers la porte, plein d'espoir. Il ne croyait pas trop à la petite expérience qu'avait voulu tenter Bree, mais après tout, pourquoi pas ?

A l'instant où Jenny l'aperçut, ses joues s'empourprèrent et ses yeux brillèrent d'un éclat qui lui avait jadis été familier. Le plan de Bree l'avait tout d'abord laissé sceptique, mais il devait bien admettre maintenant qu'il semblait avoir eu un effet… et peut-être même un effet positif.

Bree dut voir la même chose que lui, parce qu'elle dit, à voix basse :

— Bingo !

— Qu'est-ce que tu fais là, Caleb ? demanda Jenny en les rejoignant.

— Je suis passé voir si tu avais le temps d'aller déjeuner.

— Tu as quartier libre, ma chérie, s'empressa d'ajouter Bree. Tu l'as bien mérité.

— Puisque Bree est d'accord, murmura Jenny en les regardant tous les deux d'un air perplexe. J'ai une demi-heure.

— Prends un peu plus de temps, lui proposa Bree. Je vais demander à Jess et Abby de venir m'aider. Je peux aussi appeler Mamie. Après tout, c'est elle qui m'a appris tout ce que je sais. Reviens à l'heure que tu voudras.

— Une demi-heure, répéta fermement Jenny. Je t'ai promis de t'aider. Et d'ailleurs, cela m'amuse vraiment de confectionner de nouveau tous ces bouquets de mariage et ces arrangements floraux.

Caleb se garda bien d'intervenir ; mieux valait se contenter de ce que Jenny voulait lui accorder.

— Allons-y, alors, dit-il. Que penses-tu du Panini Bistro ? Ça te va ?

— C'est parfait, répondit-elle en quittant la boutique avec lui. C'est l'un de mes restaurants préférés, et je n'ai pas encore trouvé le temps d'y aller.

Ils descendirent Main Street à pied avant de s'engager dans une rue adjacente. Tout en marchant, Caleb gardait les yeux rivés sur Jenny, dans l'espoir de déchiffrer son humeur.

— Tout va bien ? demanda-t-il enfin.

— Oui. Tout va même très bien.

— Ton oncle Jake et toi avez bien discuté ?

Elle fronça les sourcils.

— Tu es au courant ? Oh ! Mais bien sûr. Tu étais avec Bree…

— Tu as tout compris. Au fait, est-ce que tu as réfléchi à la scène que tu dois jouer avec moi dans la pièce ? enchaîna-t-il vivement. Bree semblait penser que c'était une merveilleuse idée.

— Bree est une incorrigible romantique. Et une experte en matière de publicité. Elle serait capable d'essayer de te convaincre de traverser la scène nu comme un ver si cela pouvait lui faire de la pub.

Il partit d'un grand rire et répliqua :

— Nous savons tous deux que cela lui ferait une publicité du tonnerre, mais elle n'en a pas parlé.

— Attends un peu… Peut-être que je vais lui en toucher deux mots. Pour autant que je me souvienne, tu es plutôt agréable à regarder quand tu es en costume d'Adam.

Elle le détailla de la tête aux pieds, longuement, lentement.

Il la fixa, perplexe.

— Jenny Louise, serais-tu en train de flirter avec moi, par hasard ?

Elle lui coula un demi-sourire.

— Ça se pourrait bien…

— Tu devrais peut-être voir ton oncle plus souvent.

— Ce ne sera pas nécessaire. Nous avons fait le tour du sujet.

Comme la discussion semblait avoir tourné en sa faveur, il laissa tomber le sujet et revint à celui de la pièce.

— Mais tu as esquivé ma question, lui opposa-t-il d'un ton léger. Est-ce que tu vas jouer cette scène avec moi, ou non ?

Son sourire s'estompa.

— J'y réfléchis encore, marmonna-t-elle.

— A part ton trac, qu'est-ce qui te retient ?

— La seule idée de monter sur scène me fait paniquer, c'est vrai, mais tu sais aussi bien que moi qu'il y a autre chose. Si tu me chantes cette chanson sur scène, la nouvelle se répandra dans les dix secondes après la fin de la première représentation. Les journaux à scandale et les émissions people ne parleront que de ça. Et le public en déduira que nous sommes de nouveau ensemble.

— Alors que nous ne le sommes pas.

Elle avait mille fois raison, et il le savait. Mais il était un peu mécontent de constater que, même si elle venait de changer radicalement d'attitude sous ses yeux, le dernier obstacle qui la retenait n'était toujours pas tombé.

— Non, nous ne le sommes pas, certifia-t-elle sans la moindre hésitation. Nous sommes en bonne voie, Caleb, mais une fois que le pot aux roses sera découvert, nous devrons affronter la pression que tout le monde, y compris les membres de ma famille, exercera sur nous. Nous n'aurons plus un instant de tranquillité pour régler les choses en privé. Rappelle-toi ce qui s'est passé quand nous avons commencé à sortir ensemble. Où que nous allions, c'était un vrai cirque.

Il accueillit cette explication par un long silence. Il ne pouvait penser à aucun argument plausible qui lui aurait permis de la contredire… et il gardait les mêmes souvenirs qu'elle des premiers temps de leur relation. Et là aussi, elle avait raison.

Quand ils poussèrent la porte du restaurant, il se dirigea vers une table qui se trouvait un peu à l'écart, à bonne distance des regards curieux des autres clients. Une fois que la serveuse eut pris leur commande, il suggéra, plein d'espoir :

— Nous pourrions toujours discuter en privé maintenant. Il y a tellement de bruit ici que personne ne pourra nous entendre.

— Qu'est-ce que tu me fais, là ? Tu m'attaques par surprise ?

— On peut dire ça comme ça, répondit-il, un grand sourire aux lèvres.

— Excuse-moi, mais… je ne pense pas. Il va nous falloir du temps, et beaucoup de travail, pour tout régler. Ce n'est pas en parlant une demi-heure devant un sandwich que nous y parviendrons.

— Nous pourrions au moins tenter le coup.

Il fallait qu'elle accepte. Il y avait urgence,

maintenant, et cette urgence n'avait rien à voir avec la pièce. Il craignait que Bree ait vu juste : plus Jenny réfléchirait, et moins la situation aurait de chances de tourner comme il l'espérait.

Mais il devait toutefois se montrer prudent car Jenny semblait très très mécontente…

— Caleb, tu as dit que tu étais prêt à me laisser du temps. Qu'est-ce qui a changé ? Pourquoi es-tu soudain tellement pressé d'officialiser de nouveau notre relation ?

— Parce que je ne veux pas laisser passer l'occasion de le faire. La scène où j'interprète cette chanson a beaucoup de potentiel. Je veux seulement l'exploiter de toutes les façons possibles.

A peine eut-il refermé la bouche qu'il comprit combien il avait eu tort de prononcer ces mots. Il avait employé la pire des tactiques… Maintenant, Jenny le dévisageait avec une suspicion grandissante.

— Est-ce que tu as soumis cette idée à quelqu'un d'autre ? demanda-t-elle d'un ton glacial. Quelqu'un d'autre que Bree, je veux dire ?

— Par exemple ?

— Ton agent ? Margo ?

Il fut traversé par une pointe de culpabilité. La conversation prenait un tour qu'il n'aimait pas du tout mais, comme il en était le seul responsable…

— J'en ai effectivement parlé à mon manager, avoua-t-il. Il a pensé que cette scène pourrait relancer ma carrière à Nashville. Mais je te jure que ce n'est pas ce que je cherche !

— Bien sûr que si, lâcha-t-elle dans un soupir. Ton agent doit penser que c'est une idée de génie. Même moi, je vois que c'en est une.

Avec un regard méfiant, elle ajouta :

— Merci d'avoir été franc, Caleb.

— Je te l'ai dit : je ne te trahirai plus jamais. Et cette idée va profiter à tout le monde. Elle va faire une publicité énorme à Bree.

— Je sais bien. C'est même l'une des raisons pour lesquelles je lui ai promis d'envisager de jouer cette scène.

Son regard se fixa sur un point quelques secondes, puis elle le regarda de nouveau dans les yeux. Elle semblait troublée, inquiète.

— Seulement... quand je pense que tout le monde pourrait être de nouveau au courant de notre relation, je me sens tellement... exposée, murmura-t-elle. Bien sûr, au début, les articles déborderont d'enthousiasme. Mais tout le monde attendra le premier faux pas, et tu le sais aussi bien que moi.

Oui, il le savait, et il comprenait exactement ce qu'elle ressentait. Les journaux à scandale avaient joué un rôle prépondérant dans la destruction de leur vie et, même s'il n'en était pas heureux, il ne pouvait l'ignorer. Bien sûr, c'était lui, et lui seul, qui était passé à l'acte. Mais les photographes qui semblaient tapis dans l'ombre en permanence en étaient sortis le temps d'immortaliser l'instant, dont Jenny et le reste du monde avaient ainsi été témoins. Dans ce genre d'histoire, les médias faisaient fi de toute neutralité, de toute objectivité. Ils ne voyaient que le scoop. Dieu merci, ils s'étaient désintéressés de lui pendant qu'il était en cure, ce qui lui avait permis de respirer un peu, mais il savait que ce répit ne durerait pas.

— Cette idée te déplaît vraiment, hein ?

— Pas tout à fait, répondit-elle à mi-voix. J'aime assez t'imaginer en train de me chanter cette chanson.

Elle sourit et ajouta :

— Surtout parce que cela veut dire que tu ne la chanteras pas à l'allumeuse de Broadway.

Quand il entendit le nouveau surnom qu'elle donnait à Helena, un petit rire lui échappa.

— J'espère que ce n'est pas ainsi que tu l'appelles devant les gens.

— Je n'en ai pas encore eu l'occasion, mais pourquoi pas ?

— Elle est vraiment très gentille, tu sais.

— Et elle en pince pour un homme qui dit à qui veut l'entendre qu'il ne souhaite qu'une chose : que je revienne avec lui.

— Mais je veux que tu reviennes avec moi. Je le veux vraiment. Et je veux aussi que le monde entier sache que c'est mon souhait le plus cher.

— Et si je te dis que moi je ne veux pas que le monde entier le sache tout de suite, est-ce que notre marché est rompu ?

— Pas du tout. Tout ce que je désire, c'est remettre notre relation sur les rails. J'ai pensé que cette chanson serait un moyen d'y parvenir, en même temps qu'elle ajouterait encore plus d'intérêt à la pièce.

A son grand soulagement, il vit qu'elle semblait le croire. Enfin !

— J'ai dit à Bree que j'y réfléchirais, et c'est ce que je vais faire, assura-t-elle. Pour le moment, c'est tout ce que je peux te promettre.

Leur commande arriva. Ils mangèrent quelques bouchées en silence avant qu'il ose poser la question qui le taraudait :

— Alors, de quoi as-tu parlé avec Jake ? Bree m'a dit que tu étais allée lui demander un conseil.

— Nous avons parlé du pardon. Et de la trahison.

— Ah. Je vois. Deux petits sujets sans conséquence. Et est-ce que Jake t'a aidée ?

Elle sourit.

— Oui, il m'a aidée. Grâce à lui, j'ai compris ce que j'aurais dû comprendre à l'instant même où tu es arrivé à Chesapeake Shores.

— Et de quoi s'agit-il ?

Elle le regarda droit dans les yeux, laissa durer le suspense quelques secondes et répondit :

— Que, malgré ce qui s'est passé et le chagrin

que tu m'as causé, ma vie est plus belle avec toi que sans toi.

Quel aveu ! Il faillit lui faire répéter sa phrase. Il sentit le nœud qui lui enserrait le ventre se relâcher un peu.

— J'ai fait tout ce que j'ai pu pour l'ignorer, poursuivit-elle en lui décochant un regard irrité, parce que c'était moins pénible pour moi de te renvoyer. Mais tu n'as pas voulu partir.

— Désolé. Je crains que partir n'ait jamais été dans mes intentions.

— Et maintenant, voilà où nous en sommes…

Dans sa voix, il y avait de la résignation… mais pas seulement.

— Et c'est une bonne chose, ou pas ? demanda-t-il.

— C'est une bonne chose pour toi, répliqua-t-elle avec l'ombre d'un sourire. Reste à voir si c'est une bonne chose pour moi.

Ne voulant surtout pas se méprendre sur le sens de ces paroles, il avança prudemment :

— Tu veux dire que j'ai une nouvelle chance ?

Cette fois, ce fut un vrai sourire que Jenny lui offrit.

— Tu as une nouvelle chance, oui. Aussi fou que ce soit, je ne veux pas vivre sans toi.

Il laissa échapper un cri de joie, et les autres clients se retournèrent pour le dévisager, mais il s'en moquait. Il se leva d'un bond, prit Jenny dans ses bras et la fit tournoyer. Bien sûr, il leur restait encore beaucoup de détails à régler avant qu'elle parvienne à vraiment laisser le passé derrière elle, mais il était prêt à s'y consacrer corps et âme. Ce qui venait de se passer était tout simplement… un miracle !

Quand il la reposa enfin, elle lança, dans un rire :

— Bravo pour la discrétion ! Je suppose que maintenant, que j'accepte que tu me chantes cette chanson ou non, cela ne changera rien. J'ai vu une demi-douzaine de téléphones portables prendre des photos de cette charmante petite scène.

— Désolé ! répliqua-t-il, sans grande contrition.

Il se leva de nouveau et héla d'une voix forte les clients qui bavardaient avec excitation. Tous se turent aussitôt et se tournèrent vers lui.

— Je sais que c'est beaucoup vous demander, dit-il, mais… est-ce que vous pourriez éviter de partager les photos que vous venez de prendre ? Comme vous pouvez l'imaginer, Jenny et moi avons une dent contre les journaux à scandale. Nous préférerions ne pas voir de nouveau nos visages en première page.

Soudain, Mick O'Brien, qui devait être arrivé après eux et occupait une table à l'avant de la salle, se leva lui aussi.

— Vous me feriez une faveur personnelle en gardant le secret, dit-il. Ces deux-là méritent de se réconcilier sans que le monde entier soit à l'affût du moindre petit baiser, pas vrai ? Que toute cette histoire reste entre nous, à Chesapeake Shores. Dans cette ville, nous savons comment protéger les nôtres.

Même si la déception se lisait sur leur visage, la plupart des clients hochèrent la tête.

— J'efface tout de suite la photo ! lança une femme.

— Moi aussi, ajouta son compagnon.

Mais Caleb préférait ne pas trop espérer que tous ceux qui avaient pris cette photo révélatrice les imitent. Toutefois, grâce au soutien de Mick, il parviendrait à protéger son intimité et celle de Jenny pendant encore quelque temps. Jusqu'à ce que le monde fasse de nouveau intrusion dans leur vie.

Jenny savait que Caleb attendait avec autant d'impatience que Bree de savoir si elle allait apparaître dans la scène avec Caleb, mais elle ne pouvait tout bonnement pas se décider. Juste au moment où elle était presque prête à céder et à accepter, tous ces gens avaient sorti leur téléphone portable et commencé à prendre des photos. Et cela avait été pour elle comme un avant-goût de la folie qui s'emparerait des spectateurs si elle acceptait de monter sur scène avec lui.

Puisqu'elle ne parvenait pas à mettre de l'ordre dans ses pensées, elle appela sa mère.

— Es-tu disponible pour aller faire les magasins ? lui demanda-t-elle. Je n'aurai pas beaucoup de temps, mais je pense que ce serait agréable d'avoir au moins un canapé dans le salon d'ici Noël.

— Je passe te prendre dans vingt minutes ! répondit aussitôt sa mère d'une voix joyeuse. Juste le temps de prévenir Jake que je fais une pause. Comme Thomas travaille à la maison, il pourra aller chercher Sean à l'école et le déposer au théâtre pour les répétitions. Je lui rappellerai qu'il y a des lasagnes dans le congélateur au cas où nous reviendrions plus tard que tu le penses.

Jenny réprima un rire devant les talents d'organisatrice de sa mère.

— Prends ton temps, maman. Je t'attendrai devant la maison.

Quand elle raccrocha, elle fut un peu surprise de se rendre compte qu'elle n'avait pas ressenti la moindre pointe de rancune lorsque sa mère avait parlé de Thomas et Sean. Peut-être qu'elle guérissait, tout compte fait. Ou qu'elle grandissait, pensa-t-elle avec ironie. Quoi qu'il en soit, elle semblait enfin en paix avec la façon dont les choses se déroulaient ici. Et maintenant, elle voyait vraiment que jamais sa mère ne l'avait lâchée. C'était elle, qui l'avait rejetée.

Lorsque sa mère arriva, elles allèrent droit au

magasin où elles avaient acheté les rares meubles neufs qu'elles avaient pu se permettre d'acquérir au cours des années afin de remplacer les anciens, qui étaient confortables, mais vieillots. Comme il s'était agi d'un vrai luxe, elles avaient choisi chacun de ces meubles avec soin, et Jenny en gardait un souvenir tout particulier.

— Nous ne cherchons qu'un canapé, cet après-midi ? demanda sa mère tandis qu'elles se dirigeaient vers l'entrée.

— A moins que nous tombions sur un autre meuble dont je ne pourrai pas me passer. Mais comme nous n'avons pas assez de temps pour choisir tout ce dont j'ai besoin, concentrons-nous sur le canapé.

— Tu cherches un style en particulier ? Cela pourrait nous faire gagner du temps.

— Je veux seulement qu'il soit grand et confortable. Et peut-être en cuir.

Elle pensait au canapé qui trônait dans le salon de la grande maison de Caleb, à Nashville. Même s'il n'était pas à son goût, elle devait reconnaître qu'il était confortable. Et ce canapé allait à Caleb.

Sa mère lui jeta un regard en coin.

— Est-ce que tu le choisis pour toi… ou pour Caleb ?

— Peut-être un peu des deux.

— Est-ce qu'il va venir s'installer chez toi ?

— Nous n'avons pas parlé de ça.

— Pourtant j'ai l'impression que vous avez parlé de beaucoup de choses et que vous êtes arrivés à un accord ce midi, au Panini Bistro.

Jenny fronça les sourcils.

— Comment le sais-tu ? demanda-t-elle, même si elle en avait une petite idée.

— Ethel m'a envoyé une photo avant de me jurer qu'elle l'effaçait de son portable, à la demande de Caleb.

— Et de Mick. Je pense d'ailleurs que l'intervention de Mick a eu plus de poids.

— Pas pour Ethel. C'est une fan inconditionnelle de Caleb et elle a clairement annoncé qu'elle prévoyait une réconciliation entre vous deux. Elle semble croire qu'elle détient un scoop à ce sujet. Est-ce qu'elle a raison ?

Jenny envisagea de chercher à tergiverser, mais finit par hocher la tête. C'était sa mère qui lui posait la question, la femme à laquelle elle s'était confiée toute sa vie durant.

— Elle a raison, répondit-elle.

— Et il est évident que tu en es heureuse.

— Heureuse… Terrifiée… C'est difficile à dire.

— Comme si je ne connaissais pas cette sensation, répliqua sa mère dans un soupir. C'est ce que j'ai ressenti quand Thomas m'a demandé de l'épouser.

Jenny regarda sa mère, surprise.

— Vraiment ? Je croyais que tu étais folle de joie.

— Oh ! Je l'étais, par beaucoup de côtés. Je ne m'étais certainement pas attendue à retomber amoureuse un jour. Thomas est un homme merveilleux, et nous avons beaucoup de choses en commun. Il me traite comme si j'étais le plus beau cadeau que la vie lui ait jamais offert. Et ça, tu peux me croire, cela n'a pas de prix.

Elle lui jeta un regard un peu triste et poursuivit :

— Mais… je savais que notre mariage entraînerait beaucoup de changements, tu comprends. Y compris dans la relation que j'avais avec toi. Et ce n'était pas la moindre de mes inquiétudes.

Surprise, Jenny la dévisagea avec attention.

— C'est ce que tu as ressenti, toi aussi ? murmura-t-elle.

— Bien sûr. Nous formions une équipe, ma chérie. Je voulais que rien ne vienne jamais ébranler notre relation. J'aimais le lien qui nous unissait, et qui était bien plus fort que celui qui unit la plupart des mères à leur fille, surtout quand elles sont adolescentes. Thomas et moi en avons longuement discuté, et il m'a clairement fait comprendre que, même s'il m'épousait, il tenait à ce que nous restions toujours aussi proches. Jamais il n'a voulu qu'il en soit autrement. Il s'est fait un sang d'encre en pensant que c'était lui qui avait creusé ce fossé entre nous.

— Je n'aurais pas dû me montrer aussi dure envers lui. Il n'est pas responsable de toutes les erreurs qui ont été commises, et toi non plus. Pour tout dire, c'est sans doute moi qui suis le plus à blâmer.

Sa mère lui serra tendrement la main.

— Oublie tout ça. L'eau a coulé sous les ponts, depuis, lui assura-t-elle. Tout va bien maintenant, pas vrai ?

Jenny hocha la tête en souriant.

— Tout va bien, oui, répondit-elle.

— Alors occupons-nous de trouver le canapé parfait ! Personnellement, je vote pour une autre matière que le cuir. Tu n'as pas à tenir compte de mon vote, bien sûr. Mais je connais tes goûts.

— Je veux un tissu à motifs de fleurs. Clair, simple, confortable, moelleux.

Sa mère éclata de rire.

— C'est exactement ce que j'avais en tête, et je pense voir le canapé parfait juste là-bas, dit-elle en le montrant du doigt. Et il conviendra aussi à Caleb. Il est assez grand pour qu'il puisse s'y étendre. Peut-être que cela compensera le fait qu'il ne soit pas sinistre, en cuir marron.

— Oh ! Je pense avoir les moyens de le convaincre que ce canapé nous accueillera très bien tous les deux, répondit-elle en pensant à celui qu'elle avait acheté pour sa maison de Nashville.

Caleb s'était très vite habitué à ce canapé, aucun doute là-dessus !

— Ne me donne pas autant de détails, lui fit

remarquer sa mère. Ah ! Je vois un vendeur, ajouta-t-elle en faisant un petit signe. Ces énormes fauteuils ont l'air d'aller avec le canapé. Ils t'intéressent ?

— Ils sont parfaits, répondit-elle, les imaginant déjà face à la cheminée. La table et les lampes aussi.

Le vendeur qui les avait rapidement rejointes, ravi, nota la commande et promit que les meubles seraient livrés le lendemain matin à la première heure.

— Il ne faut pas que les livreurs aient une minute de retard, lui recommanda Jenny. J'ai une répétition au théâtre à 10 heures.

Le visage du vendeur s'illumina.

— Vous parlez de la pièce qui doit se jouer à Chesapeake Shores ? Ma femme a pris des billets pour toute la famille.

— Super ! Vous allez adorer.

— C'est ma fille qui a composé la musique, précisa fièrement sa mère.

L'air stupéfait, le vendeur regarda la carte de crédit que Jenny lui avait donnée avant de relever les yeux vers elle.

— Vous êtes Jenny Collins.

— C'est moi, en effet.

— Et vous étiez avec Caleb Green, poursuivit-il. Je pense que c'est la raison pour laquelle ma femme a acheté les billets. Elle est dingue de ce chanteur. Je sais que vous avez écrit beaucoup de ses chansons.

— Notre collaboration était fantastique, répondit-elle. Et nous nous sommes beaucoup amusés à travailler de nouveau ensemble pour cette pièce.

Le vendeur lui tendit le reçu avec un grand sourire.

— Les livreurs arriveront à l'heure dite, promit-il. Et moi, je pense que je ne dirai pas à ma femme que je vous ai rencontrée avant demain après-midi. Sinon elle serait bien capable d'embarquer clandestinement dans le camion de livraison dans l'espoir d'apercevoir Caleb !

Jenny éclata de rire mais, malheureusement, elle savait trop bien que les plus acharnés des fans étaient capables de bien pire.

— J'apprécie votre geste, lui dit-elle. Quand vous viendrez voir la pièce, venez donc en coulisses. Je ferai en sorte que votre femme ait une photo dédicacée de Caleb.

Une fois qu'elles furent sorties du magasin, sa mère fronça les sourcils.

— C'est toujours comme ça ? demanda-t-elle.

— Comme quoi ?

— Les gens perdent toujours un peu les pédales quand ils comprennent qui tu es ?

— Tu parles du vendeur ? Comparé à beaucoup de fans, il a été très calme et très gentil. Bien sûr, quand on me voit seule, il ne se passe jamais grand-chose. Peu de gens me reconnaissent, ou connaissent mon nom. Mais quand je suis avec Caleb, c'est une autre histoire. Certaines femmes n'ont aucun sens des limites de la bienséance. Et un véritable attroupement peut se former autour de lui en un clin d'œil. Je te passe les détails.

— Comme aujourd'hui au Panini Bistro.

— Un peu, oui, répondit-elle en essayant de ne pas faire trop grand cas de l'incident. Qu'est-ce que tu veux ? Ce sont les inconvénients du métier !

Sa mère l'observa avec attention ; apparemment, elle ne se laissait pas tromper par son attitude blasée.

— Et tu es prête à affronter de nouveau tout ça ? demanda-t-elle.

— Je n'ai pas le choix, maman. Pas si Caleb est l'homme que j'aime… et c'est ce qu'il est, affirma-t-elle.

Mais elle était loin d'être aussi sereine qu'elle le semblait.

Caleb, l'homme de sa vie ? Ce n'était là qu'une idée abstraite, à laquelle elle devait encore se faire. Mais puisqu'elle y était déjà arrivée une fois, il n'y avait aucune raison pour qu'elle n'y parvienne pas de nouveau. En guise de récompense, elle avait été avec Caleb, et cela avait largement valu la peine qu'elle sacrifie son intimité… du moins jusqu'à ce que tout lui explose au visage. Mais, avec l'aide de Dieu, cela ne se reproduirait pas.

Même si Jenny lui avait promis de leur donner une nouvelle chance à tous les deux, Caleb savait qu'il n'était pas encore tiré d'affaire. Jenny envisageait toujours avec la même réticence de jouer cette scène avec lui, ce qui était clair : elle doutait de pouvoir supporter le projecteur qui ne manquerait pas de se braquer sur leur relation. Et il était tout aussi révélateur qu'elle se soit éclipsée immédiatement après le déjeuner, au lieu de venir au théâtre. Apparemment, elle avait eu peur que Bree et lui se liguent contre elle et la fassent craquer.

A la pause, il se rendit dans la salle de répétitions. Il n'y avait personne, sauf Jenny qui faisait les cent pas, son portable à l'oreille — elle l'avait donc enfin ressorti de son tiroir. Il ne savait trop ce qu'il allait devoir accomplir pour la convaincre qu'il était parfaitement digne de sa confiance, mais il n'avait pas la moindre intention de renoncer à tenter sa chance.

Malheureusement, quand elle raccrocha et l'aperçut, il lut sur son visage une expression qui ne promettait rien de bon. Ce fut comme si les progrès qu'ils avaient accomplis partaient en fumée, juste sous ses yeux. La dernière fois qu'il l'avait vue avec cette expression, c'était juste après qu'elle avait lu le premier des articles que les tabloïds avaient consacrés à sa trahison.

Il avança vers elle et demanda prudemment :

— Il y a un problème ?

— Tout dépend du point de vue, je suppose, répliqua-t-elle d'un ton glacial. C'était Ricky Nolan. Quand j'ai enfin récupéré mon téléphone, j'ai découvert qu'il m'avait laissé une demi-douzaine de messages. Il voulait savoir si j'avais accepté de te céder les droits de la chanson que je lui ai donnée. Bizarre que tu n'aies pas dit un seul mot de cette chanson, ces quinze derniers jours.

Il laissa échapper un gémissement. Ricky n'aurait pu choisir un plus mauvais moment… Une chose était sûre, maintenant : Jenny devait penser qu'il était venu à Chesapeake Shores pour une raison qu'il s'était bien gardé de dévoiler. Mais, même s'il était effectivement venu jusqu'ici pour essayer d'obtenir les droits de cette chanson, il était resté pour elle, et pour elle seule. Mais jamais elle ne le croirait…

— Est-ce que c'est à cause de cette chanson que tu es venu à Chesapeake Shores, Caleb ? Est-ce que c'est pour ça que tu t'es montré aussi accommodant avec Bree et le reste de ma famille ? Est-ce que c'était tout ce que tu avais en tête ? Obtenir les droits de cette chanson pour pouvoir relancer ta carrière ?

Il jura à voix basse.

— Laisse-moi t'expliquer, Jenny. Oui, j'ai entendu cette chanson et oui, je la voulais. Mais ce n'est pas la seule raison qui m'a poussé à venir à Chesapeake Shores. Je voulais que tu reviennes, bien plus que je voulais cette chanson, mais je pensais que je n'avais pas l'ombre d'une chance de te convaincre. Cette chanson m'a seulement fourni le prétexte dont j'avais besoin pour venir.

Mais il vit que ce qu'il venait de dire ou rien...

— Quand je pense que j'étais presque prête à te pardonner ! Je suis vraiment la dernière des idiotes ! lança-t-elle d'une voix tremblante de colère.

— Tu n'es pas une idiote. Si je n'ai pas dit un mot au sujet de cette chanson, c'est parce que, dès que je t'ai vue, plus rien n'a compté pour moi, sinon toi. Libre à Ricky d'interpréter cette chanson. Tu peux le rappeler tout de suite pour le lui dire, à moins que tu préfères que je le fasse. Je n'ai besoin de rien, sauf de toi.

— De moi, de la couverture médiatique que t'apportera cette pièce, et de la ballade tellement révélatrice que tu veux me chanter ! Non, Caleb. Je refuse que tu te serves ainsi de moi.

Elle se détourna, attrapa son manteau et son sac et quitta la pièce.

Il la suivit des yeux et sentit son cœur se briser. Tout espoir de réconciliation venait d'être anéanti, par sa bêtise... une fois encore.

14

Jenny avait glissé un CD de chants de Noël dans le petit lecteur qu'avait acheté Caleb, et poussé le volume au maximum. Elle en était à sa troisième tasse de chocolat, ce qui, elle devait bien le reconnaître, lui faisait un effet bizarre, un peu similaire à celui qu'aurait pu lui faire un excès de caféine et de marshmallows. Elle avait allumé un feu dans la cheminée et demandé à Jake d'installer un sapin dans son salon. En somme, elle s'acharnait à se mettre dans l'atmosphère de Noël, avec une détermination qu'elle n'avait plus ressentie depuis le jour où il lui avait fallu se protéger contre la première trahison majeure de Caleb.

Jake, puis sa mère, et enfin Jess, lui avaient proposé de l'aider à décorer le sapin, mais elle avait rejeté leur offre. Elle savait que cette aide serait prétexte à toutes sortes de questions indiscrètes, des questions auxquelles elle n'avait pas la moindre intention de répondre. Pour tout dire, elle avait été surprise que Jake et Jess lui offrent leur aide ; ils devaient pourtant savoir tous deux qu'elle avait refusé de jouer dans la pièce de Bree.

Mais Jake était quand même venu frapper à sa porte, le sapin sous le bras et une expression anxieuse sur le visage.

— Tu veux parler ? avait-il demandé.

— Il n'y a rien à dire.

A cette réponse, l'inquiétude de son oncle s'était mêlée d'un soulagement indéniable. Il avait dû craindre de la voir fondre en larmes par sa faute.

Jess, elle, s'était montrée plus directe. Elle était venue avec des cookies et des questions, et avait clairement montré qu'elle ne repartirait pas avant d'avoir obtenu les réponses qu'elle voulait.

— Qu'a fait Caleb, cette fois ? avait-elle demandé. Est-ce qu'il faut que je demande à papa de lui faire quitter la ville en vitesse ?

Jenny avait souri. Ce n'étaient pas des paroles en l'air. Elle savait que Mick était capable de faire décamper Caleb… et même pire !

— Ne t'en occupe pas, Jess. Bree a besoin de lui pour sa pièce. Ça va aller.

Mais Jess n'avait pas semblé la croire et avait poursuivi :

— Je pourrais envoyer Will. Il est neutre et, par-dessus le marché, il est psy. C'est peut-être à lui que tu devrais parler de ce qu'il s'est passé. Il pourrait t'aider à prendre un peu de recul.

— Je n'ai pas besoin de parler. Et je n'ai pas besoin de prendre du recul.

Elle savait ce qu'elle devait faire : elle devait oublier Caleb une bonne fois pour toutes. Même si c'était plus facile à dire qu'à faire... Après sa première trahison, elle avait lamentablement échoué. Mais cette fois, elle avait bien l'intention de réussir. Que disait le dicton, déjà ? « C'est en forgeant qu'on devient forgeron » ?

— Tu es sûre ? avait demandé Jess sans parvenir à masquer son scepticisme. Tu as l'air anéantie.

La remarque ne lui avait même pas arraché un sourire.

— Pardonne-moi de te le dire, Jess, mais tu n'es pas très douée pour remonter le moral.

— Tu as raison. Je ne suis pas douée pour ça. Qu'est-ce qui pourrait t'aider ?

Son visage s'était éclairé et elle avait lancé :

— L'un des gâteaux au chocolat décadents de Gail, à l'auberge, juste pour toi ?

— Je ne pense pas qu'un gâteau puisse suffire, pas même celui-ci. On ne peut rien changer à ce qui s'est passé. Mais merci d'être venue me rendre visite.

Jess avait soupiré avec force, mais elle avait enfin compris l'allusion et était partie.

Maintenant, Jenny se retrouvait seule avec ses

pensées et une douzaine de boîtes de décorations qu'elle avait achetées en solde dans un accès de fièvre acheteuse. Malheureusement, ni les décorations, ni la musique, ni le chocolat, ne parvenaient à égayer son humeur sinistre, et décidément indigne de la période des fêtes.

Elle avait peut-être claqué la porte sur sa relation avec Caleb, mais cet homme refusait de sortir de sa tête. Elle ne cessait de repenser à la soirée qu'ils avaient passée à choisir des décorations extérieures, à l'énorme train qu'il lui avait fait la surprise d'acheter et à la façon dont il s'était adressé à sa famille pour qu'ils viennent l'aider à faire de son jardin l'endroit féerique de son enfance. La gentillesse de ce geste lui rappelait pourquoi elle était tombée amoureuse de lui. Cet homme était vraiment à l'écoute, et savait comment réaliser les rêves des personnes qui l'entouraient.

Mais il ne fallait pas qu'elle se rappelle les bons côtés de Caleb. Il fallait qu'elle se concentre sur les mauvais, y compris sur le mensonge qu'elle avait découvert : il n'était venu à Chesapeake Shores que pour obtenir une chanson ; il n'avait pensé qu'à sa carrière.

Quoi qu'il dise maintenant pour essayer de se racheter, elle ne pourrait plus croire qu'il était venu pour elle, comme il le lui avait affirmé. Comment l'aurait-elle pu alors que les preuves apportées par le coup de fil de Ricky Nolan lui résonnaient encore aux oreilles ? Ricky avait semblé surpris qu'elle ne soit au courant de rien, et son étonnement ne pouvait qu'être sincère. Pourquoi aurait-il fait semblant ?

Alors, quelle était la conclusion ? Elle ne se laisserait plus berner par les belles paroles de Caleb. Plus jamais.

— Arrête, arrête, arrête ! D'abord, pourquoi est-ce que tu penses à ça ? Tu as pris ta décision. Maintenant, passe à autre chose.

Sa maison commençait à prendre forme, maintenant qu'elle avait meublé le salon. Il était intime et chaleureux, exactement comme elle l'avait imaginé. Quelques gravures aux murs, quelques bougies parfumées, et elle aurait l'impression d'être vraiment chez elle chaque fois qu'elle aurait le temps de venir ici.

Pour le moment, elle avait un joli sapin, dont l'odeur emplissait les pièces du rez-de-chaussée. Il ne lui fallait plus que quelques touches finales pour devenir le plus joli sapin qui ait jamais existé. Elle avait de la musique et une solide provision de chocolat. Elle avait même une montagne de cadeaux à emballer. En s'éclipsant du théâtre comme elle l'avait fait, elle avait eu tout le temps d'aller faire les magasins. Elle n'avait pas besoin de perdre son temps en pensant à Caleb et à ce qui aurait pu être.

Quand la sonnette retentit, elle poussa un

gémissement. Elle n'avait vraiment pas envie de recevoir d'autres visiteurs.

Elle ouvrit la porte et découvrit Sean, tout seul, emmitouflé dans un manteau d'hiver, une écharpe vert vif, un bonnet en laine et des gants. L'espace d'un instant, elle se demanda comment il pouvait encore arriver à bouger, puis elle se rappela soudain qu'on l'envoyait jouer dans la neige vêtue presque exactement de la même façon. Apparemment, sa mère avait gardé certaines de ses vieilles habitudes.

— Est-ce que tu es seul ? demanda-t-elle.

Inquiète, elle chercha un signe qui puisse lui indiquer que Thomas ou sa mère était là.

— Je suis venu te rendre visite, annonça solennellement Sean. Maman a dit que je pourrais peut-être t'aider à mettre des décorations sur ton sapin. Je peux ?

— On va voir.

— Elle a dit que tu aurais aussi sans doute du chocolat et peut-être des cookies, ajouta-t-il, les yeux brillant à cette perspective. Tu en as ?

Elle sourit malgré son humeur sombre.

— Maman a l'air de très bien me connaître, dit-elle. Où est-ce qu'elle est ?

Il fit un geste du bras.

— En bas de la rue. Elle m'attend, au cas où.

— Au cas où quoi ?

— Au cas où tu voudrais voir personne, répondit-il.

Il lui adressa un regard empli d'espoir et demanda :

— Tu veux voir personne ?

Elle n'avait pas la moindre envie de voir qui que ce soit, en effet, mais elle ne pouvait pas renvoyer son petit frère qui mourait manifestement d'envie de passer du temps avec elle. Peut-être que cette visite était exactement ce qu'il lui fallait, tout compte fait.

— Je suis ravie d'avoir de la visite, du moment que c'est toi, répondit-elle avec enthousiasme.

Elle fit un pas de côté afin que Sean puisse entrer. Son visage se fendit d'un grand sourire et il se tourna pour hurler, plein d'exubérance :

— C'est bon, maman ! Je peux rester !

Alors, Jenny aperçut sa mère qui, assise au volant de sa voiture, leva les pouces avant de démarrer. Bien joué, pensa-t-elle, amusée malgré tout. Elle ne s'était pas rendu compte que sa mère avait atteint un tel niveau de sournoiserie. L'influence des O'Brien, sans doute.

Sean souleva un sac de courses presque aussi grand que lui, qu'elle n'avait pas encore remarqué, et lui fit franchir le seuil avec effort.

— Je vais le prendre, proposa-t-elle.

Ce sac pesait une tonne. Pour l'amour du ciel, est-ce qu'il venait s'installer ici ?

— Bon sang, qu'est-ce qu'il y a là-dedans ? demanda-t-elle.

Sean ôta son manteau et le jeta par terre avant de la regarder en souriant.

— C'est mon petit train, annonça-t-il. Pour mettre sous ton sapin. Je veux que tu l'aies cette année parce que maman a dit que tu étais triste et que tu aimes vraiment les trains, toi aussi.

Elle ne put empêcher ses yeux de s'emplir de larmes devant la gentillesse de ce geste.

— J'adore les trains, lui répondit-elle solennellement. Si on buvait un bon chocolat chaud avant de l'installer ?

— Super ! s'écria-t-il en levant son poing. Avec des cookies ?

— Bien sûr, mais il faut que j'en garde quelques-uns pour le Père Noël.

— Tu crois au Père Noël ?

— Et comment !

Une fois dans la cuisine, elle lui prépara une tasse de chocolat, mit quelques-uns des cookies de Jess sur une assiette et porta le tout dans le salon.

Sean observait le sapin, l'air perplexe.

— Tu as oublié de mettre des lumières, dit-il.

— Non, elles y sont. Je ne les ai pas encore allumées, c'est tout.

— Papa dit qu'il faut les allumer avant d'ajouter autre chose au cas où il faudrait les bouger.

Elle sourit. Quelque chose lui disait que Thomas

avait obtenu ce tuyau auprès de quelqu'un d'autre — Jake, très probablement. D'après ce que lui avait dit Caleb, Thomas n'était pas un expert en matière de décorations de Noël.

— Il a parfaitement raison, dit-elle. Et c'est ce que j'ai fait. Tu veux vérifier au cas où un détail m'aurait échappé ?

Il hocha la tête avec le plus grand sérieux.

— Ça vaudrait mieux. Papa dit que j'ai l'œil.

Une fois que Sean eut approuvé la disposition des lumières, il entreprit avec enthousiasme d'ajouter les dernières décorations.

— On peut monter le train, maintenant ? lança-t-il, les yeux brillants.

— Il va falloir que tu m'apprennes.

— Je peux le faire, répondit-il fièrement.

A quatre pattes, la langue entre les dents et le front plissé de concentration, il assembla les rails de sorte qu'ils forment un ovale autour du pied du sapin.

— Tu vois ? C'est facile, dit-il.

— Tu as fait vite, dis donc !

— Et on assemble les wagons comme ça, poursuivit-il.

Il les posa sur les rails et lui montra l'interrupteur.

— Tu peux le faire marcher.

Elle comprit que c'était là un véritable honneur qu'il lui faisait. Elle le remercia et actionna l'interrupteur. Le petit train s'élança aussitôt sur le circuit pour contourner l'arbre.

Sean leva les yeux vers elle.

— C'est chouette, hein ?

— Génial !

Mais ce qui était le plus génial, c'était de partager ce moment avec son petit frère. Et à cet instant précis, devant l'expression de ravissement innocent qui était apparue sur le visage de son frère, Jenny se sentit gagnée par l'esprit de Noël.

— Tu vas venir au théâtre ce soir, même si je dois t'y traîner de force ! lança Bree en regardant Jenny sans douceur.

Jenny n'était pas sortie de chez elle depuis des jours, bien que plusieurs des membres de sa famille aient essayé de l'y inciter en l'invitant chez eux. Elle restait assise sur son canapé neuf, une tasse de chocolat à la main, et fixait les lumières du sapin. Le petit train de Sean avait tellement de fois fait le tour de l'arbre qu'elle avait déjà dû changer les piles.

Un « non » n'allait pas suffire à décourager Bree, elle le voyait bien. Mais elle n'allait certainement pas céder sans lutter. Son isolement lui convenait. Loin des regards inquisiteurs et des grimaces inquiètes, elle se sentait bien.

— Pas question, répondit-elle avec emphase.

Si maman ne comptait pas sur ma présence pour Noël, je serais déjà en train de charger mes valises dans la voiture.

— Eh bien, ta mère compte *vraiment* sur ta présence à Noël, et moi aussi. Des producteurs vont venir de New York. Ils vont vouloir rencontrer la parolière. En plus, tu mérites de savourer ta part de triomphe. C'est grâce à tes chansons et à la présence de Caleb que ce spectacle a pris une telle ampleur. Et on commence à beaucoup parler de mon théâtre. Donc tu vas me faire le plaisir de rester pour assister au succès de ta tante.

Elle remarqua que Bree n'insistait plus pour qu'elle monte sur scène. Quand elle avait appris les vraies raisons de la présence de Caleb en ville, elle avait été aussi indignée qu'elle. Et même si Jenny se moquait éperdument qu'on la félicite ou non pour son travail, elle savait qu'elle devait être présente pour fêter le triomphe de Bree avec elle. Si elle voulait se montrer loyale envers sa famille, elle devait faire cet effort. Et… elle savait aussi que, si elle ne cédait pas maintenant, elle serait harcelée tout au long de la journée par tout un tas de gens. Et il se pouvait bien que Caleb en personne en fasse partie, ce qui était une perspective extrêmement préoccupante.

Alors elle accepta l'inévitable.

— Je ne mettrai pas un pied en coulisses, précisa-t-elle.

— D'accord.

— Ni sur scène, ajouta-t-elle, pour que ce soit bien clair.

— Pas de souci. Crois-moi, je te comprends. Mais j'aimerais que tu participes à la petite fête qui se déroulera ensuite à l'auberge. Juste le temps de faire une apparition et de parler avec quelques personnes.

Elle se figea à la perspective de se trouver dans la même pièce que Caleb, même si la foule des invités ferait sans doute office de tampon.

— Ne tire pas trop sur la corde, Bree. Je ne pense pas que tu aies envie qu'une dispute vienne gâcher ta fête, et je ne peux pas te promettre de ne pas en déclencher une.

— Je sais que tu ne le feras pas. Et d'ailleurs, tu dois saluer les commanditaires potentiels. Nous ferons tous de notre mieux pour vous tenir à l'écart l'un de l'autre, Caleb et toi.

Avec un regard interrogateur, elle ajouta :

— Si c'est vraiment ce que tu veux.

— C'est vraiment ce que je veux, affirma-t-elle fermement.

— Très bien. Je mettrai le reste de la famille au parfum, et nous nous débrouillerons.

— Merci. Et j'assisterai à la représentation dans le public, vers le fond de la salle. Je préférerais être assise à côté d'étrangers, pas de membres de la famille.

Elle voulait que personne ne guette sa réaction au moment où Caleb apparaîtrait sur scène. Si elle laissait paraître un soupçon de tristesse, ne fût-ce que l'espace d'une seconde, ils s'en apercevraient et en feraient tout un roman.

Bree lui offrit un large sourire, manifestement, elle semblait ravie d'avoir obtenu ce qu'elle voulait.

— J'ai déjà réservé ta place, annonça-t-elle.

Jenny secoua la tête, consternée, et marmonna :

— Si je ne t'aimais pas autant, je te détesterais. Tu es bien trop sûre de toi.

Le sourire de Bree s'élargit encore.

— Ton oncle n'est pas la seule personne de la famille qui soit doté d'un fort pouvoir de persuasion, ma chérie. Et d'ailleurs, j'avais une arme secrète.

— Laquelle ?

— Je te connais assez pour savoir que cette soirée a autant d'importance pour toi qu'elle en a pour moi, même si tu ne le montres pas. Jamais tu aurais pu ne pas y assister.

Malheureusement, Bree avait raison. Jenny voulait voir quelle serait la réaction du public devant la pièce et devant ses chansons… et, pensa-t-elle en soupirant intérieurement, devant Caleb. Même si une partie d'elle souhaitait désespérément le haïr, elle savait avec une certitude absolue que le public allait tomber amoureux de lui. Tout comme elle.

Caleb n'avait plus qu'une chance de se réconcilier avec Jenny et de la convaincre qu'elle était ce qu'il y avait de plus important dans sa vie. Après cette soirée, il n'aurait plus le moindre prétexte pour la voir, et ne recevrait plus aucun soutien de la part de Bree, la seule alliée qu'il lui restait dans sa famille.

Il était parvenu à convaincre Bree de la sincérité totale de ses sentiments pour Jenny, et elle avait accepté de courir un énorme risque qui mettait en jeu le succès de sa pièce : elle y avait apporté plusieurs modifications, afin de l'aider à se faire enfin comprendre de Jenny. Elle avait même engagé des vigiles supplémentaires pour être certaine qu'aucun paparazzi ne se glisserait dans le théâtre. Un seul éclair de flash pouvait tout gâcher.

Le Chesapeake Shores Playhouse était plein à craquer pour la représentation de ce soir. Le public, parmi lequel il vit le clan O'Brien au grand complet, semblait bienveillant. La présence des O'Brien était une arme à double tranchant : elle pouvait autant jouer en faveur de Bree que faire naître une atmosphère hostile envers lui, s'il échouait. Mais mieux valait qu'il ne pense pas à ça.

Le spectacle commença.

Comme Jenny n'avait pas assisté à la plupart des dernières répétitions, elle n'avait pas la moindre idée des modifications que Bree avait apportées à la pièce. Caleb quitta la scène après avoir interprété sa deuxième chanson, sortit du théâtre par la porte de derrière, contourna le bâtiment, pénétra dans le hall et se posta à la porte de la salle, guettant le signal qui lui indiquerait que le moment était venu de faire son entrée.

Quand le signal vint, il poussa la porte, s'engagea dans l'allée, s'agenouilla à côté du siège que Bree avait réservé pour Jenny et commença à jouer de la guitare. Le projecteur balaya le public avant de se poser sur lui, et l'assistance tout entière se retourna. Il y eut une exclamation étouffée collective quand les O'Brien virent où il se trouvait et comprirent pour qui il s'apprêtait à chanter. Quant à Jenny, elle ne pouvait masquer son angoisse, mais il lui était impossible de s'enfuir sans provoquer un scandale. Il espérait que son sens inné des convenances et peut-être sa peur de provoquer un nouveau déchaînement médiatique l'empêcheraient de quitter son siège, du moins avant la fin de la chanson.

Les paroles qu'il chanta n'étaient pas celles du morceau qu'elle avait composé pour clore le premier acte, mais celles de la chanson qu'elle avait donnée à Ricky, cette chanson qui ne parlait que de cœur brisé et de rêves enfuis. Il savait qu'il prenait un risque énorme en l'interprétant, mais il fallait que Jenny comprenne à quel point ces paroles l'avaient touché, et pourquoi il voulait si désespérément interpréter ce morceau. Il mit dans les paroles toute l'émotion qu'il put trouver en lui, parce qu'il fallait qu'elle l'entende non comme un chanteur, mais comme un homme qui avait perdu celle qu'il aimait et souhaitait ardemment obtenir une seconde chance.

Il mit tout son cœur, toute son âme, et vit les yeux de Jenny s'emplir de larmes. Quand il eut chanté la dernière note, le public, sentant qu'il s'agissait là de bien plus qu'une simple interprétation, se déchaîna dans un tonnerre d'applaudissements et de vivats. Mais Caleb ne se souciait que de Jenny. Ses joues ruisselaient de larmes, mais l'expression de profonde détresse qui ne quittait plus son regard ces derniers jours avait totalement disparu.

Elle leva une main tremblante et la posa sur sa joue.

— Tu avais raison, chuchota-t-elle. C'est toi qui devais chanter cette chanson.

— Ce n'est pas important. C'est la seule et unique fois que l'on m'aura entendu la chanter. Ricky est déjà en studio, en train de l'enregistrer.

— Pourquoi ?

— Parce que tu la lui as donnée, répondit-il simplement. Ken Davis pense qu'elle va lancer sa carrière et faire de lui une vedette. Il mérite cette chance. Pour ma part, je ne demande que la chance de revenir avec toi. Est-ce que tu veux bien me donner cette seconde chance, Jenny ? Comme nous en avons discuté il y a quelques jours ?

Elle lui décocha un regard empli d'une exaspération qu'il espéra feinte.

— Tu as conquis le public tout entier, y compris ma propre famille, marmonna-t-elle. Est-ce que cela ne te suffit pas ?

— Cela ne me suffira jamais jusqu'à ce que je t'aie, toi.

Il sortit alors une bague de sa poche. Il était parfaitement conscient que, par ce geste, il mettait en jeu sa fierté et son bonheur mais… c'était le moment ou jamais.

— Qu'en dis-tu, Jenny ? A partir de maintenant, nous allons former une équipe. Même si tu dois ne plus jamais écrire une seule chanson pour moi, ce n'est pas grave. C'est de toi dont j'ai besoin. Seulement de toi.

Le cœur battant, il vit son sourire s'épanouir, encore un peu incertain, puis ses yeux étinceler.

— Ne t'imagine pas un instant que je vais laisser quelqu'un d'autre écrire pour toi, répliqua-t-elle. Tu as la fâcheuse habitude de tomber amoureux de tes compositeurs.

— Seulement d'une, murmura-t-il en se relevant et en l'attirant dans ses bras. Seulement d'une…

Quand il l'embrassa, les lumières faiblirent et

le public sembla pris de folie. Malgré les cris, il entendit Mick O'Brien déclarer solennellement :

— Et Joyeux Noël à tous !

Quand leurs lèvres se séparèrent, le regard de Jenny croisa le sien et elle éclata de rire.

— Le second acte de Bree va avoir du mal à surpasser ça !

— Et c'est la raison pour laquelle tu vas venir sur scène avec moi pour que nous chantions le final ensemble, répliqua-t-il. Cela devrait suffire pour que tout le monde reparte avec le sourire.

Jenny le regarda droit dans les yeux.

— Bree et toi avez vraiment le même sens du spectacle.

— Et nous t'aimons tous les deux, déclara-t-il.

— Ce Noël va vraiment être joyeux, pas vrai ?

— Ce sera le plus joyeux que j'aie jamais connu, aucun doute à ça !

Et jamais il n'avait été plus certain que ce Noël-là, et tous les Noëls à venir, seraient parfaits aussi longtemps que Jenny serait à ses côtés.

Épilogue

Un an plus tard

Quand le rideau retomba sur l'acte II de *Un Noël en bord de mer*, le soir de la première représentation à Broadway, la salle était debout. Bien sûr, ce n'était qu'un petit théâtre ancien, mais il se trouvait à Broadway ! Le rêve de Bree était devenu réalité. Caleb en était vraiment ravi pour elle, mais il avait ses propres projets pour la soirée, lui aussi.

— Je pense que nous tenons un énorme succès de Noël ! s'exclama Bree, les yeux étincelants d'excitation. Jamais je ne pourrai assez vous remercier tous les deux d'avoir travaillé avec moi sur ce spectacle.

Caleb se tourna vers Jenny et murmura :

— Toi je ne sais pas, mais moi, je dois aller quelque part.

Jenny lui sourit.

— Moi aussi, répondit-elle. Juste à côté de toi.

Bree les regarda sans comprendre.

— Vous ne venez pas à la soirée ? s'étonna-t-elle.

— Si, mais nous avons légèrement modifié nos plans, avoua Jenny.

— Nous n'avons pas l'intention de te voler la vedette, mais nous avons pensé que personne ne prêterait beaucoup d'attention à la fête qui se tient traditionnellement après la première représentation, compléta Caleb.

— Et tous ceux que nous aimons seront là, ajouta Jenny.

Bree fronça les sourcils et les dévisagea tour à tour.

— Qu'est-ce que vous avez derrière la tête, tous les deux ?

— Nous avons l'intention de nous marier, si cela ne te dérange pas, répondit Caleb.

— Nous avions d'abord prévu de nous éclipser en douce, mais nous nous sommes dit que quelqu'un nous verrait et que ça ferait tout rater, précisa Jenny. Donc, nous avons pensé que le meilleur contexte pour une cérémonie secrète était une fête qui était déjà prévue, et interdite aux médias.

Caleb dévisagea attentivement Bree pour voir si elle était contrariée de devoir partager les projecteurs. Mais un sourire naquit sur ses lèvres et s'élargit.

— J'adore cette idée ! s'exclama-t-elle. Qui d'autre est au courant ?

— Seulement maman, répondit Jenny. Je savais qu'elle allait devenir folle si elle se retrouvait au milieu d'un mariage alors qu'elle ne portait pas la robe parfaite. Elle est allée chez le coiffeur et s'est fait faire une manucure et une pédicure. Je pense qu'elle va être plus belle que moi.

— Personne ne peut t'arriver à la cheville, ma chérie, intervint Caleb.

— Tu parles comme un homme qui veut se marier aussi vite que possible, répliqua Bree. Alors, allons-y ! Est-ce que l'hôtel est au courant ? ajouta-t-elle, soudain inquiète. Y aura-t-il une pièce montée ? Vous ne pouvez pas vous marier sans gâteau. Et les fleurs ? Je voulais m'occuper des fleurs pour votre mariage. J'y pense depuis que vous êtes revenus ensemble.

— Et c'est bien pourquoi j'ai fait livrer des fleurs à l'hôtel, mais en vrac, répondit Jenny. J'ai travaillé avec toi assez souvent pour savoir précisément de quoi tu as besoin. Il ne faut qu'un bouquet, Bree. Tout le reste est prêt. Est-ce que tu peux t'en occuper ?

— Ce sera un honneur, ma chérie. Et si tu ne me l'avais pas demandé, je t'en aurais voulu jusqu'au restant de tes jours.

Un quart d'heure plus tard, ils gagnèrent l'hôtel qui se trouvait dans la même rue que le théâtre, et où les attendait tout le clan des O'Brien. Caleb suivit Bree dans la salle privée qui avait été réservée pour la soirée, tandis que Jenny s'éclipsait pour aller retrouver sa mère.

— Ne tarde pas trop, murmura-t-il en l'embrassant sur la joue. J'attends déjà ce jour depuis trop longtemps.

Il la regarda s'éloigner, le cœur battant. Il serait resté là jusqu'à la nuit des temps si Bree ne l'avait pas tiré de son état d'hypnose.

— Allons tout préparer pour la future mariée, dit-elle en lui tapant légèrement sur le bras.

— Quoi que nous fassions, elle éclipsera tout, dit-il.

Bree éclata de rire.

— Voilà ce que j'ai fini par adorer chez toi, Caleb. Ton côté charmeur. Tu es sûr de ne pas avoir un peu de sang irlandais ?

— Non, mais les O'Brien déteignent vraiment sur moi.

La fête battait son plein quand Jenny revint au rez-de-chaussée, accompagnée de sa mère. Dès qu'elles sortirent de l'ascenseur, elle entendit la musique qui passait : un morceau extrait de la pièce.

— C'est une jolie chanson, pas vrai ? demanda sa mère. Je suis tellement fière de toi.

Elle l'examina, l'air soucieux.

— Tu es sûre que tu veux te marier ce soir ? J'ai toujours rêvé que tu marcherais vers l'autel de notre église, à la maison.

Jenny secoua la tête.

— C'est parfait comme ça, maman. C'est une soirée privée, et toute ma famille est présente. Tout ce qu'il me faut pour être heureuse, c'est que Caleb et moi puissions échanger nos vœux devant des personnes qui nous sont chères.

Sa mère, les larmes aux yeux, l'embrassa sur la joue.

— Si tu es heureuse, je le suis moi aussi, ma chérie. Caleb est un homme bien.

— Et plein de défauts, précisa Jenny en riant. Ce qui le rend humain. Mais pour moi, il est l'homme parfait.

Quand sa mère et elle pénétrèrent dans la salle, ce fut Mick qui la vit la première. Même si elle avait choisi une robe blanche toute simple, personne ne pouvait s'y tromper : c'était une robe de mariée.

Mick avança vivement vers elle, Thomas sur les talons, un regard interrogateur dans les yeux.

— On dirait que nous allons assister à un mariage, dit Connie en passant son bras sous celui de Thomas.

— C'est donc pour ça que Caleb a l'air tellement nerveux ! s'exclama Mick. Je pensais qu'il s'inquiétait pour les critiques.

Caleb traversa la salle sans quitter Jenny des yeux.

— Tu es prête ? demanda-t-il à mi-voix.

Il lui tendit le bouquet que Bree avait confectionné avec des roses jaunes, du gypsophile, quelques myosotis et des rubans de satin blanc.

Jenny se tourna vers Thomas.

— Je n'ai aucun droit de te le demander, mais voudrais-tu me conduire jusqu'à l'autel ?

— Est-ce que ce n'est pas Jake qui devrait le faire ?

— Je pense qu'il comprendra. Je veux que cette soirée soit un nouveau départ, pas seulement pour Caleb et moi, mais pour ma famille tout entière. Et pour nous deux en particulier, ajouta-t-elle avec un petit sourire.

Les yeux de Thomas brillèrent d'un éclat ravi, et il hocha la tête.

— Ce serait un plaisir pour moi, répondit-il d'une voix émue.

Il ne fallut que quelques instants à la plupart des autres invités pour comprendre ce qui se passait. Et quand la *Marche nuptiale* remplaça la bande originale de la pièce, ceux qui n'avaient pas encore compris se tournèrent vers eux, avec des exclamations étouffées.

Jenny, le cœur battant, s'avança vers Caleb.

Carrie se précipita vers elle, les yeux brillants d'excitation.

— Tu te maries ?

— Oui, répondit Jenny. Nous nous sommes dit que c'était la chose à faire.

— C'est complètement dingue ! s'exclama Carrie. Attends que mes amis sachent que j'étais au mariage de Caleb Green !

Jenny lui adressa un regard sévère.

— Tu peux leur en parler, mais pas de photos, la prévint-elle. Pas une seule. Compris ?

Carrie ne chercha même pas à masquer sa déception, mais elle sembla comprendre.

— Pigé, répondit-elle. S'il y a une fuite, elle ne viendra pas de moi.

Quelques secondes plus tard, Caleb et elle se tenaient face à un pasteur et répétaient les vœux qu'ils avaient écrits, des vœux qui retraçaient tout ce qu'ils avaient traversé et exprimaient tout ce qu'ils espéraient vivre dans l'avenir.

— Et même si je faiblis, j'aurai toujours cette certitude : celle de toujours t'aimer plus que tout, dit Caleb. Je veux que tu gardes cette promesse dans ton cœur chaque jour.

Jenny lui sourit à travers ses larmes.

— Et je te promets de toujours essayer d'être la meilleure épouse possible et de t'aimer d'un amour inconditionnel. Chaque jour sera béni parce que nous le vivrons ensemble.

Dès que le pasteur les eut déclarés mari et femme, Caleb la prit dans ses bras et l'embrassa jusqu'à ce qu'elle soit sur le point d'oublier son propre nom… que ce soit l'ancien, ou le nouveau, celui qu'elle avait accepté de prendre aujourd'hui : Mme Caleb Green.

Ensuite, on porta des toasts, on servit un dîner tardif et on apporta le gâteau : une pièce montée qui aurait suffi à rassasier une tablée dix fois plus importante. Ils la découpèrent et distribuèrent les assiettes à des invités ravis de leur soirée improvisée.

Puis Caleb attira Jenny à l'écart.

— Je sais que la tradition veut que les mariés restent encore un peu, mais je voudrais vraiment être seul avec toi.

Elle lui décocha un regard espiègle.

— Tu t'attends à une lune de miel ?

— Je m'attends à une nuit de noces, rectifia-t-il. La lune de miel viendra plus tard, quand les fêtes seront terminées et que la pièce s'arrêtera pour cette année. Alors je t'enlèverai pour t'emmener quelque part, sur une plage privée. Mais, pour le moment, j'ai une suite charmante avec un très grand lit qui nous appelle. Qu'en penses-tu ?

— Que nous perdons du temps, ici.

Il saisit sa main et l'entraîna vers la porte. Elle lui demanda d'attendre, le temps de souhaiter bonne nuit à sa mère et de remercier Bree d'avoir partagé cette soirée tellement spéciale avec elle.

Caleb et elle avaient presque réussi à s'éclipser quand Carrie les arrêta.

— Jenny, tu ne vas pas lancer ton bouquet ? demanda-t-elle, les yeux pleins d'étoiles.

— C'est vrai, renchérit Caleb. Il faut que tu respectes la tradition.

Elle posa sur le bouquet un regard empli de regret. Elle avait vraiment espéré le garder…

— Tu le récupéreras, lui assura Caleb. Demande seulement à la personne qui l'attrapera si tu peux le garder en souvenir.

— Tu pourras, répondit aussitôt Carrie.

Apparemment, elle comptait bien être l'heureuse élue.

Caleb fit tinter un verre pour attirer l'attention des invités.

— Que les jeunes femmes célibataires s'avancent, ordonna-t-il. Jenny va lancer son bouquet !

Dans cette très grande famille, il n'y avait que quelques femmes célibataires et beaucoup de très jeunes filles. Carrie fit en sorte de se trouver au premier rang.

Jenny tourna le dos au groupe de femmes et lança son bouquet par-dessus son épaule. Un instant plus tard, un cri surpris, et peut-être même consterné, s'éleva derrière elle.

Elle se retourna. Caitlyn tenait les fleurs à bout de bras, l'air horrifié.

— Pas question, marmonna-t-elle en essayant de refiler le bouquet à Carrie.

— Ce n'est pas comme ça que ça marche, idiote, rétorqua sa sœur en repoussant les fleurs. C'est toi qui l'as attrapé. Tant pis, je vais attendre que tu te maries la première. Même si cela me condamne sans doute à rester vieille fille.

Jenny regarda Caleb et éclata de rire.

— Les événements prennent une tournure intéressante, murmura-t-elle en observant Caitlyn qui semblait littéralement traumatisée.

— Comme tu dis, ma chérie. J'ai hâte de voir ce qu'il va se passer.

Mais Jenny savait une chose sur Chesapeake Shores et les O'Brien : quoi qu'il se passe, l'histoire se terminerait comme elle le devrait.

Composé et édité par HarperCollins France.

Achevé d'imprimer en octobre 2019.

Barcelone

Dépôt légal : novembre 2019.

MIXTE
Papier issu de sources responsables
FSC® C108412

Pour limiter l'empreinte environnementale de ses livres, HarperCollins France s'engage à n'utiliser que du papier fabriqué à partir de bois provenant de forêts gérées durablement et de manière responsable.

Imprimé en Espagne.